KB115894

증보 2판

시낭송 교실

김성우 지음

시낭송 운동은 명예시인·명예배우의 소명

내 평생의 직업은 신문 기자였다.

신문 기자는 입에 확성기가 달린 사람이다.

나는 이 확성기로 시를 외치고 연극을 외쳤다.

그래서 나는 우리나라 최초의 명예시인이 되고,

우리나라에서 유일한 명예배우가 되었다.

시낭송은 시와 연극의 합작이다.

우리나라에서 시낭송 대중화 운동의 역사는 1967년 처음으로

'시인만세'를 조직하면서 나와 함께 시작되었다고 나는 감히 자부한다.

그 이래로 전 국민의 시 개송 운동은 나의 소명이 되었고,

이제 나의 새로운 직업이 되었다.

누가 시 한 편도 외워 읊지 못하는 것을 부끄럽지 않다 하는가.

이 시낭송 교실은 그런 당신을 위한 학교다.

2009년 5월 15일
욕지도(欲知島) '돌아가는 배'에서
김 성 우

자연스러운, 감동적인 시낭송을

1967년 첫 '시인만세'에서 시민들의 시낭송 경연이 처음 시작된 지
50년이 지났다.
우리나라 시낭송 운동은 지금 전국 곳곳에 확산되어 있다.
전 세계 어느 나라에도 이런 열기는 없다.
그럼에도 불구하고 시낭송이 애호가들끼리의 유희일 뿐
아직도 대중 곁에 다가가 대중의 공감을 얻지 못하고 허공에 맴돈다.
감동을 주는 낭송이 드물기 때문이다.
왜 감동을 못 주는가. 시낭송이 대개 부자연스럽기 때문이다.
그러나 자연스럽다고 다 감동적인 것은 아니다.
전 국민의 시 개송 운동을 외친 '시낭송 교실'은 이제
자연스러우면서도 감동적인 시낭송을 제창한다.

2022년 8월 1일
욕지도 '돌아가는 배' 에서
명예시인 김성우

차례

부록

서 장(序章)

시낭송은 역사 이전부터 있었다

시낭송은
역사 이전부터 있었다

태초에 말이 있었다.

말과 함께 시가 생겼다.

시가 생긴 것은 문자가 나오기 훨씬 이전부터다.

문자의 시 이전에 구송(口誦)된 것이 시낭송이었고, 시를 전승시킨 것도 시낭송이었다.

기원전 8세기경의 것이라는 호메로스의 〈일리아드〉와 〈오딧세이〉도 당초에는 구송으로 전해진 것이다.

고대 그리스의 키오스 섬에는 호메로스의 서사시 낭송을 대대의 직업으로 하는 '호메리다이' 라는 길드 단체까지 있었다.

크세노폰의 〈향연〉에는 〈일리아드〉와 〈오딧세이〉 전편을 줄줄 암송하는 니케라토스라는 사람이 나온다.

〈오딧세이〉에는 시가 잔치에서 낭송되는 장면이 있다.

"연회에 참석한 사람들이 시인의 시에 귀가 흘려 있는 동안 식탁에는 빵과 고기가 가득 놓이고 술잔에 술이 가득 채워질 때, 이때만큼 완전에 가까운 극락은 없다."

고대 아테네에서는 매년 7월 아테네 여신을 제사지내는 판아테나이아라는 축제를 열었고 4년마다 이것을 확대한 것이 대 판아테나이아 축제였다. 이때 운동 경기, 음악 경연과 함께 서사시 낭송 경연대회가 펼쳐졌다.

플라톤의 대화편 〈이온〉에는 시낭송 배우가 등장한다.

펠로폰네소스 전쟁 때 시라쿠사를 공격한 니키아스의 아테네군이 패배한 뒤 포로가 된 아테네인들은 호메로스의 시를 낭송해 주고 생활비를 벌었다.

알렉산더 대왕의 소년 시절 스승이던 아리스토텔레스는 그에게 호메로스의 시를 암송시켰고 그 영향으로 알렉산더 대왕은 뒷날 원정 길에서 곧잘 호메로스의 시를 읊조렸다.

로마시대에는 유력한 문예 애호가들이 자기 집에 아우디토리움(auditorium)이라는 낭독회장을 개설하여 관객들을 초대해 놓고 시를 비롯한 문학 작품들을 낭독하는 취미가 있었다. 때로는 황제나 대정치가들도 참석하여 스스로 낭독하기도 했다.

로마에는 시 등 문예작품의 낭독이 널리 퍼져 있어서, 특히 낭독을 전문적으로 훈련시킨 '아나그노스테스'라 불리는 낭독 노예까지 있었다.

동양에서도 고대 중국의 주(周) 왕조는 문왕(文王)이 기원전 11세기경에 창건한 것으로 추정되고 있는데, 이 문왕의 태교가 시였다. 그의 어머니 태임(太任)은 문왕을 잉태하자 밤이면 맹인 악관을 불러 시를 읊게 했다고 〈열녀전〉은 전한다.

기원전 6세기에 공자가 편찬했다는 〈시경〉(詩經)은 구전의 민요를 중심으로 한 전래의 시가들을 추려 모은 것이다.

중국에서는 고대로부터 조정에서 채시관(采詩官)을 각 지방에 파견하여 민간에서 낭송되는 시를 채집함으로써 민심을 읽었다.

춘추시대에 각국의 사자들은 〈시경〉의 시를 낭송하는 것으로 외교 교섭을 했다.

〈예기〉(禮記)에는 "남자로서 13세가 되면 음악을 배우고 시를 읊는다"고 했다. 시낭송은 그 당시 모든 남성의 필수 과목이었던 것이다.

우리나라에서도 예부터 선비의 기본 요건이 시 암송이었지만, 과거 응시자에게 처음으로 시를 암송케 한 것은 고려의 충숙왕 때다. 자그마치 율시사운(律詩四韻) 1백 수를 외워야 과거에 응시할 수 있었다.

역사상 시를 가장 많이 암송한 사람은 아마도 이슬람의 알 흐와리즈미(934~993?)일 것이다. 그는 뛰어난 기억력을 가지고 수만 수의 시를 암기하여 문학을 애호하는 고관들을 찾아다니며 낭송했다고 한다. 한번은 어느 재상 집을 방문했을 때 문지기가 "시 2만 수를 외워야 들여보내라는 분부이십니다."라고 말하자 "남자의 시 2만 수냐, 여자의 시 2만 수냐?"고 물었다. 이 말을 전해 들은 재상은 "그는 흐와리즈미가 틀림없다"면서 얼른 불러들였다.

일본 무라카미(村上)천황의 후궁이던 호오시(芳子)는 와카(和歌) 1,100수를 모은 '고킨슈'(古今集) 전편을 외우고 있었고 천황이 실제로 시험을 해 봤을 때 한 글자도 안 틀리고 암송하여 총애를 받았다.

장 자크 루소도 시 암송자였다. 그의 〈고백록〉에는 시 암송을 연습하는 대목이 나온다(제7권). 그는 파리에 살 때 매일 아침 베르길리우스(로마 시인)나 장 바티스트 루소(18세기 프랑스 서정시인)의 시집을 호주머니에 넣고 뤽상부르 공원에 산보를 나가 점심 때까지 이들의 시를 외웠다. 수십 번이나 외우고도 잊어버린 것을 다시 외우고 하여 많은 시인의 시를 암송할 수 있었다.

대시인이 자신의 시를 낭독하는 장면은 에커만이 〈괴테와의 대화〉에서 생생히 묘사하고 있다(1824년 3월 30일자).

"오늘밤은 괴테가 아주 기분이 좋았다. 그는 아직 인쇄되지 않은 시의 원고를 가져 오게 하더니 그것을 낭독해 주었다. 그의 낭독을 듣는 것은 매우 독특한 즐거움이었다. 왜냐하면 그 시가 가진 본래의 강렬함과 신선함이 나를 크게 감동시키는 데 그치는 것이 아니라 그 낭독으로 내가 그때까지 모르고 있던 극히 중요한 괴테의 일면을 발견했기 때문이다.

그 음성 변화의 풍부함이며, 그 힘참이며, 또 주름투성이의 커다란 얼굴에 나타난 표정은 얼마나 생기 있었던지. 게다가 그 눈이라니!"

대시인의 시도 스스로 소리내어 낭송할 때 얼마나 감동이 다른가를 단적으로 증언해 준다.

I
우리나라의 시낭송 운동

I
우리나라의
시낭송 운동

(1) 광복 직후의 '시낭독 연구회'

광복 후 우리나라에서의 시낭송 운동은 시인들이 대중 앞에서 자작시를 낭독하는 것으로부터 시작된다.

광복 직후의 혼란기에도 시인들의 자작시 낭독회가 있었다.

그 무렵 북한에서 월남했던 김규동 시인의 증언을 들으면 당시 시낭독회의 일단을 엿볼 수 있다.

1948년 '시낭독 연구회'라는 것이 현재의 롯데 백화점 건너편에 있던 대지백화점 2층에 간판을 내걸고 있었다. 이 연구회는 대지백화점의 주인이던 박거영 시인이 개설한 것이었다. 주로 오장환, 이용악, 이병철 등 좌경 시인들이 참여해 시낭독회를 개최했다.

그중에서도 오장환 시인의 '병든 서울', '헌사'등 자작시 낭독은 장안 여학생들의 인기를 크게 끌었고, 낭독 도중 순경들이 들이닥치면 청중 속으로 몸을 숨겨 빠져나갔다.

좌경 시인들은 이 낭독회를 민중을 선동하는 마당으로 이용했다. 6 ·

25 전쟁이 일어나자 이들이 모두 월북함으로써 낭독회는 문을 닫았다.

(2) 임시수도 부산의 '현역 시인 33인 시낭독회'

6 · 25 전쟁이 한창이던 때 임시수도 부산.

우리나라 최초의 대규모 시낭독회인 '현역 시인 33인 시낭독회'가 1952년 12월 피란 온 이화여대의 가건물 강당에서 열렸다.

김규동 시인의 발의로 당시 박거영 시인이 운영하고 있던 인간사라는 출판사가 주최하면서 박 시인이 거액의 경비를 부담했고 부산일보와 국제신보가 후원했다.

독립선언서의 33인에 맞춘 참여시인 33인 중에는 박인환, 김수영, 김종문, 양명문, 조병화, 노천명, 모윤숙 등의 시인들이 포함되어 있었다. 주로 부산에 피란 와 있던 시인들이었고 대구에 머물고 있던 시인들은 참여하지 못했다. 이날 대회는 대형 천막의 가건물에 2천여 명의 청중이 빽빽히 들어차 그 열기로 한겨울의 추위를 데우면서 저녁 7시부터 9시 반까지 2시간 반 동안 진행되었고 청중들은 찢을 듯이 열광했다.

바로 이 청중들 속에 필자인 내가 있었다. 나는 당시 고등학교 3학년 생이었다.

나는 기억하고 있다. 박인환 시인은 담배를 피우면서 시를 읊었고 김수영 시인은 단상을 왔다갔다 배회하면서 낭독했다. 그중에서도 가장 특이한 것이 김규동 시인이었다. 김 시인은 종이에 써 온 자작시를 다 읽고 나서 호주머니에서 라이터를 끄집어내더니 시 원고에 불을 붙여 태워 버렸다. 당시로서는 이것이 여간 진귀하지 않은 퍼포먼스였다. 그 시의 제목은 내가 그 이후로 잊어버리고 있었는데 시인 자신이 뒷날 '불안의 속도'라는 시였다고 내게 알려 주었다.

아무 위안도 희망도 없던 전란 중의 피란지에서 열린 이날의 시낭독회는 피란민들에게 하나의 구원이었다. 그 탈출구를 찾아 그 많은 인파가 모여들면서 시에 경배했던 것이다.

제2차 세계대전 중 소련의 레닌그라드가 독일군에 포위되었을 때 레닌그라드의 시인들이 라디오 방송에 매일 나와 시를 낭독하며 방위전을 독전했다. 그중의 하나이던 여류시인 올리가 벨골리츠는 뒷날 그때를 이렇게 회상했다.

"그 겨울 동안(1941~1942) 레닌그라드 시민들이 레닌그라드 시인들의 시에 귀를 귀울였을 때만큼 인간이 시에 귀를 귀울이는 일은 결코 없을 것이다."

참으로 레닌그라드의 시민들처럼 당시 부산의 시민들은 그날 밤의 시낭독회에 귀를 기울였다. 그때 나는 깨달았다. 시낭독이 복음이라는 것을 깨달았다.

우리나라의 시낭송 대중화 운동의 역사는 바로 이날 밤부터 서장이 시작된다고 나는 단언하고 싶다. 내가 그로부터 15년 후인 1967년 '시인만세'를 기획하여 개최한 것은 오로지 고등학생 때의 그 시낭독회의 감동을 재생시키기 위해서였다.

1967년에 나온 첫 시낭송 음반 표지

(3) 첫 시낭송 음반

시인들 다음으로 시를 읽은 사람은 성우들이다.

휴전 후부터는 시낭송이라면 시인들의 산발적인 자작시 낭독 외에는 라디오에서 간혹 성우들이 명시를 낭독하는 것이 인기였다.

우리나라 신시(新詩)가 60년째를 맞던 1967년 나는 시낭송 운동의 첫 단계로 이 성우들의 명시 낭독을 한자리에 모으는 음반 제작을 기획했다.

처음 듣는 녹음된 시집이었고 낭송으로 듣는 한국시 60년사였다.

'레코드로 듣는 세계의 명시'라는 타이틀로 문우사(文友社)가 제작한 이 음반은 25cm LP판 4장에 우리나라 명시 20편 외에 외국 번역시 5편, 외국 시인의 자작시 육성 낭독 8편을 수록했다.

아직 TV가 발달되지 않아 라디오의 성우들이 대중의 스타이던 그 시대에 당대의 인기 성우들이 총출연해 녹음을 했다.

그 해 8월에 출시된 이 낭송집은 우리나라에서는 최초의 시낭송 음반이었다. 이 음반이 지금은 시낭송이 어떻게 변천되어 왔는가를 가늠하는 데 귀한 자료가 된다.

당시 기준의 우리나라 명시는 어떤 것이었는지, 누가 인기 시낭송 성우였는지는 여기 수록된 작품과 낭송 성우들의 이름을 보면 알 수 있다.

〈낭송시〉

초혼 (김소월)

모란이 피기까지는 (김영랑)

남으로 창을 내겠소 (김상용)

나의 침실로 (이상화)

설야 (김광균)

산으로 가는 마음 (신석정)

귀촉도 (서정주)

나는 왕이로소이다 (홍사용)

님의 침묵 (한용운)

눈이 내리느니 (김동환)

노변의 애가 (오일도)

깃발 (유치환)

나그네 (박목월)

들국화 (노천명)

떠나가는 배 (박용철)

청산도 (박두진)

동경 (이장희)

승무 (조지훈)

청포도 (이육사)

별 헤는 밤 (윤동주)

〈낭송 성우〉

구민, 정은숙, 윤미림, 이창환, 박용기, 고은정, 오승룡, 신원균,
김수일, 이우영

⑷ 첫 '시인만세' (1967)

1967년 12월 2일 오후 1시 서울의 시민회관(세종문화회관의 전신)에
서 '시인만세'라는 이름의 대대적인 시낭송회가 열렸다. 우리나라 신시는
1908년 〈소년〉지에 발표된 최남선의 〈해에게서 소년에게〉를 효시로 삼
기 때문에 이해에 신시 60년째를 맞으면서 이를 기념하여 한국일보사 '주
간한국'이 주최하고 신시60년 기념사업회가 협찬한 시의 대축제였다.

필자인 나는 이때 한국일보사가 발행하는 우리나라 최초의 본격 주간
지 주간한국의 초대 편집장이었다. 1964년에 창간된 주간한국은 발행
부수가 40만 부까지 돌파하여 당시 최고부수의 일간지(약 20만 부)를
훨씬 능가하는 인기의 유력지로 군림하고 있었다.

이 영향력에 고무된 나는 고등학생 시절 임시수도 부산에서 감격했던
'현역 시인 33인 시낭독회'를 주간한국 주최로 재현하여 독자들을 감격
시키기로 했다.

임시수도에서의 시낭독회는 단순히 현역 시인들의 자작시 낭송이 모두였지만, '시인만세'는 당대의 유명 시인, 인기 시인을 모두 초청하여 우리 시단을 무대에 총등장시켰을 뿐 아니라 유명 배우와 인기 성악가와 무용단이 출연하여 작고 시인의 명시들을 낭송으로, 노래로, 춤으로 소개하는 다채롭고도 이채로운 프로그램이었다. 시가 참여할 수 있는 무대 양식은 총망라된 유례없는 무대였다. 출연 시인만도 박종화, 이희승, 이은상 등 무려 32명에 이르렀다.

시민회관의 3천 석을 가득 메운 관객들은 시집으로만 이름을 알고 있던 별과 같은 시인들의 얼굴을 처음으로 직접 대면하고 자작시를 육성으로 듣는 감격에 장장 4시간 동안 지치지도 않고 환호했다.

1967년의 첫 '시인만세'

· 1967년 '시인만세' 프로그램

A. 현역 시인 자작시 낭송 (출연순 · 괄호 안은 낭송시)

　　정한모 [사회]

함윤수 (소톱)

신동집 (기념비)

김요섭 (봄밤의 피)

홍윤숙 (풍차)

B. 작고 시인 명시 낭송

초혼 (김소월 시 · 배우 최은희 낭독)

비밀 (한용운 · 성우 구민 낭독)

자화상 (윤동주 · 배우 백성희 낭독)

남사당 (노천명 · 성우 고은정 낭독)

나의 침실로 (이상화 · 성우 이우영 낭독)

일월 (유치환 · 배우 김동원 낭독)

광야 (이육사 · 배우 김승호 낭독)

C. 시가곡

진달래꽃 (김소월 시 · 김동진 곡 · 황영금 노래)

달밤 (김태오 시 · 나운영 곡 · 황영금 노래)

옛동산에 올라 (이은상 시 · 홍난파 곡 · 이인영 노래)

그집 앞 (이은상 시 · 현제명 곡 · 이인영 노래)

내마음 (김동명 시 · 김동진 곡 · 김자경 노래)

수선화 (김동명 시 · 김동진 곡 · 김자경 노래)

D. 시무용

바라춤 (신석초 시 · 배우 박웅 낭독 · 임성남 안무 · 박동희 외 5명 출연)

E. 시낭송 콩쿠르

(예선 통과자 22명 참가 · 낭송시 및 수상자는 부록 II 참조)

심사위원 : 김용호(시인), 김종길(시인), 이진섭(평론가),
이해랑(예총회장), 조경희(수필가 · 당시 주간한국 부녀부장)

• 시낭송 콩쿠르의 도입

시를 시인만 낭송할 것이 아니다. 성우만 낭송할 것도 아니다. 시는
시인도 낭송하고 성우나 배우도 낭송하고, 일반 시민들도 낭송해야 한
다. 이것이 '시인만세'였다.

이 '시인만세'에서 주목할 것은 우리나라에서 처음으로 시낭송 콩쿠르
가 도입된 것이었다.

시낭송으로 경연대회를 연 것은 우리나라에서 최초의 이벤트였을 뿐
아니라 전 세계를 통틀어도 전례가 없는 독창적인 기획이었다.

이 콩쿠르는 시인이나 성우 또는 배우가 아닌 일반 시민들이 처음으
로 시낭송을 대중 앞에서 공개적으로 하기 시작했다는 데 획기적인 의미
가 있었다.

유례 없는 이 시낭송 경연에 참가자들이 얼마나 있을지 조마조마했으
나 뜻밖에도 무려 270여 명이 신청을 했고, 부랴부랴 음악 감상실 '세
시봉'에서 이틀 동안 예심을 진행하여 22명(팀)을 '시인만세'의 결선 무
대에 등장시켰다. 참가자는 중학생에서 대학생까지의 학생들이 많았고,
예선에서 가장 많이 읽은 시는 '초혼'(김소월) '국화 옆에서'(서정주) '님
의 침묵'(한용운) 순이었다.

시낭송 경연대회는 일반 시 애호가들도 얼마든지 시를 낭송할 수 있
다는 것을 과시하고 이를 널리 보급하기 위한 것이긴 했지만 한편으로는
다른 저의가 있었다. '시인만세'가 아무리 유명 시인들을 총등장시킨다
해도 이들의 시낭송 연속만으로는 관객이 금방 지루하고 실미가 나기 쉽
다. 어떻게 하면 관객을 끝까지 붙잡아 둘 수 있을까. 고심한 끝에 내가
당시에도 있던 노래자랑 대회에서 힌트를 얻어 착안해 낸 것이 콩쿠르다.

노래자랑을 보면 청중들은 저마다 개인적으로 참가자들의 노래 솜씨

를 채점해 자기 채점이 심사위원들의 심사 결과와 얼마나 일치하는가를 확인하는 재미로 끝까지 자리를 뜨지 않고 기다린다. 시낭송도 경연을 하면 청중에게 그런 흥미를 줄 수 있을 것이다. 노래는 웬만하면 아무나 제나름으로 채점할 자신이 있을 수 있지만 시낭송은 생소하므로 자신의 평가가 얼마만큼 심사 결과에 근접할는지 전혀 자신이 없다. 그렇기 때문에 오히려 심사결과가 기다려질 것이다.

이 작전은 옳았다. '시인만세'의 관객들은 그 장시간의 공연에도 불구하고 자리를 떠나는 사람이 거의 없었다.

이 시낭송 경연은 누구든지 시를 잘 낭송할 수 있다는 인식을 널리 확산시키는 데도 크게 기여했다.

우리나라의 시낭송 대중화 운동은 실로 이때부터 시작된 것이다.

그 이후로 여러 차례의 '시인만세' 행사 때마다 반드시 시낭송 콩쿠르가 포함되었을 뿐 아니라, '시인만세'를 본따서 수많은 단체들이 저마다 시낭송 경연대회를 개최하게 되었고, 경연이 아니더라도 일반인들의 시낭송이 전국 각지에서 울려 퍼지게 되었다.

이 첫 시낭송 경연대회가 세운 또 하나의 전통은 시낭송은 암송으로 해야 한다는 것이다. 그때까지는 시인이 자작시를 읽든 배우가 명시를 읽든 모두 시 원고를 보고 읽는 낭독이었다. 보고 읽는 낭독과 외워 읽는 암송은 감동이 전혀 다르다. 그런 인식을 아무도 하지 않고 있었다. 이 미망을 깨우기 위해 처음부터 경연대회의 참가 요강에 암송을 조건으로 내세웠다.

이 이후 모든 경연대회의 시낭송은 암송이라야 한다는 것이 철칙처럼 되어 이어져 오고 있다. 이에 시인들도 동조하여 요즘은 많은 시인들이 자작시를 암송으로 읽는다.

(5) 두 번째 '시인만세' (1986)

'시인만세'는 잊혀져 가고 있었다.

'시인만세'가 잊혀져서 될 일이 아니다.

첫 '시인만세'로부터 19년이 지난 1986년 10월 24일 두 번째 '시인만세'가 한국문예진흥원의 문예회관 대극장에서 열렸다.

나는 이 해에 한국일보사에서 일간스포츠, 주간한국 등 자매지를 총괄하는 사장이 되었다. 20여 년 전 주간한국 편집장이던 내가 이번에는 주간한국 담당 사장이 되자 옛 '시인만세'의 영광을 되살리고 싶었다. 그래서 이번에도 주간한국이 한국문예진흥원과 공동주최로 개최한 것이었다.

1986년 '시인만세'의
시낭송 콩쿠르 시상식
(왼쪽 끝이 필자)

이 두번째 '시인만세' 역시 1,200석의 객석을 꽉 메운 가운데 3시간에 걸쳐 진행되었다. 현역 시인 22명이 자작시를 낭송했고, 10편의 작고 시인 명시가 배우·성우들에 의해 낭송되었으며, 시가곡과 무용시가 곁들여졌다.

시낭송 콩쿠르에는 170여 명이 신청하여 3일에 걸쳐 예선대회를 연끝에 20명이 결선 무대에 세워졌다.

이 '시인만세'는 KBS와 MBC 두 TV 방송이 녹화 방영을 했다. 시낭송대회가 TV로 중계된 것은 우리나라 방송사상 처음이자 역사적인 일이었다.

이 1986년의 '시인만세'는 사실상 우리나라 신시 80년을 기념하는 다음해 '시인만세'의 전야제였다고 할 수 있다. 그것은 1967년의 '시인만세' 이후 시 독자들의 기호가 어떻게 달라졌는지, 그리고 19년 만의 대회에 얼마만한 호응이 있을지 미지수인 상태에서 개최되어 시 애호가들의 열기가 여전히 식지 않았다는 것을 확인하게 된 마당이었다.

- 1986년 '시인만세' 프로그램
A. 현역 시인 자작시 낭송 (출연순 · 괄호 안은 낭송시)

정한모 (서시)

구 상 (내가 모세의 선지와 진노를 빌어서)

조병화 (낙엽끼리 모여 산다)

허영자 (용서하옵고)

김광림 (반노인)

정진규 (들판의 비인 집이로다)

김종길 (고고)

황금찬 (등대지기)

김후란 (우리글 한글)

이성부 (벼)

정공채 (갈매기 우는구나)

김남조 (화답)

이원섭 (눈)

김경린 (너의 목소리는 목관악기)

문덕수 (동해 가에서)

박재삼 (이 가을 들면서)

서정주 (국화 옆에서)

김춘수 (꽃)

추영수 (금잔디 같이 우리)

박희진 (관세음상에게)

홍윤숙 (네가 오는 가을산 눈부심을)

B. **작고 시인 명시 낭송**

깃발 (유치환 시 · 배우 장민호 낭송)

나그네 (박목월 시 · 배우 장민호 낭송)

초혼 (김소월 시 · 성우 김세원 낭송)

자화상 (윤동주 시 · 성우 김세원 낭송)

알수 없어요 (한용운 시 · 배우 윤석화 낭송)

모란이 피기까지는 (김영랑 시 · 배우 윤석화 낭송)

승무 (조지훈 시 · 배우 유인촌 낭송)

풀 (김수영 시 · 배우 유인촌 낭송)

성북동 비둘기 (김광섭 시 · 배우 정동환 낭송)

누군가 나에게 말했다 (김종삼 시 · 배우 정동환 낭송)

C. **시가곡**

수선화 (김동명 시 · 김동진 곡 · 송광선 노래)

동심초 (김안서 시 · 김성태 곡 · 송광선 노래)

그리움 (유치환 시 · 정희갑 곡 · 오현명 노래)

명태 (양명문 시 · 변훈 곡 · 오현명 노래)

가고파 (이은상 시 · 김동진 곡 · 박성원 노래)

희망의 나라로 (현제명 시 · 현제명 곡 · 박성원 노래)

D. **무용시**

무슨 꽃으로 문지르는 가슴이기에 나는 이리도 살고 싶은가

(서정주 시 · 하영일 낭송 · 서정자 안무 · 물이랑 발레단 8명 출연)

E. 어린이 시낭송

어머니 (양명문 시 · 안성호, 인성진 낭송)

F. 시낭송 콩쿠르

(예선 통과자 20명 참가 · 낭송시 및 수상자는 부록Ⅱ 참조)

심사위원 : 구상(시인), 정한모(시인), 조경희(예총 회장),

이해랑(예술원 회장), 백성희(연극배우)

⑹ 세 번째 '시인만세' (1987)

우리나라 신시가 80년째를 맞는 1987년이 왔다.

한국시인협회와 한국현대시인협회의 두 시인 단체는 이 해를 기해 11월 1일을 '시의 날'로 제정했다.

우리나라 최초의 신시인 최남선의 〈해에게서 소년에게〉가 발표된 것이 〈소년〉지의 1908년 11월호였기 때문에 이날을 택한 것이다.

이 '시의 날' 제정은 그 해 7월부터 지방 대회를 시작한 세 번째 '시인만세'가 계기가 되었고 이 '시인만세'의 서울 대회는 '시의 날'에 날짜를 맞추었다.

신시 80년과 제1회 '시의 날'을 기념하여 이해의 11월 1일, 20년 전에 '시인만세'가 열렸던 서울 시민회관이 불타고 그 자리에 새로 세워진 세종문화회관에서 사상 최대의 '시인만세'가 개최되었다. 이번에도 한국일보사 주간한국이 주최했고 한국문예진흥원이 후원했다.

이 해의 '시인만세'는 부산, 강릉, 대구, 대전, 광주 등 전국의 5대 도시에서 미리 지방 '시인만세'를 연달아 개최하여 기세를 올린 뒤 그 여세를 몰아 서울 '시인만세'로 대단원을 장식한 것이었다.

지방 '시인만세'만 해도 참여한 시인이 총 81명에 관객수가 총 5,200명에 달하는 대행사였고 대성황이었다.

• 도시별 '시인만세'

부산 시인만세
7월 18일, 부산산업대 콘서트홀, 관객 600석 만석

참가 시인(17명)

김춘수 조병화 허영자 신달자 오세영(이상 서울 시인) 강은교 박송죽 김석규 김영준 신 진 양재용 이 석 임종성 최영철 하 일(이상 현지 시인)

시낭송 콩쿠르

참가자 91명이 예심을 거쳐 20명을 무대에, 이 중 최우수상·우수상 입상자 3명이 서울 '시인만세' 본선 진출

강릉 시인만세
8월 28일, 신영극장, 관객 700석 만석 외 입석까지 1,200여 명

참가 시인(16명)

황금찬 문덕수 정진규 추영수 김혜숙(이상 서울시인) 정순응 엄창섭 김원기 조영수 이언빈 구영주 이성선 최명길 박명자 이무상 이영춘(이상 현지 시인)

시낭송 콩쿠르

참가자 52명이 예심을 거쳐 22명 무대에, 3명 본선 진출

대구 시인만세
9월 11일, 동아쇼핑센터, 관객 1,100석 만석

참가시인(17명)

구 상 김광림 박재삼 유안진 김선영(이상 서울 시인) 이윤수 도광의 예종숙 권국명 하청호 이하석 이태수 서종택 구석본 이성복 서정윤 조행자 (이상 현지 시인)

시낭송 콩쿠르

참가자 43명이 예심을 거쳐 20명 무대에, 3명 본선 진출

대전 시인만세
9월 28일, 시민회관 대강당, 관객 1,300석 만석

참가 시인(20명)

정한모 홍윤숙 권일송 이근배 김초혜(이상 서울 시인) 정 훈 김대현 임광빈 최원규 홍희표 안명호 김용재 이헌석 양애경 임헌도 한상각 신인찬 정연덕 안수환 조남익(이상 현지 시인)

시낭송 콩쿠르

참가자 110명이 예심을 거쳐 20명 무대에, 3명 본선 진출

광주 시인만세
10월 14일, 남도예술회관, 관객 600석 만석 외 입석까지 1,000여 명

참가 시인(13명)

김남조 박성룡 신경림 이성부 조태일(이상 서울 시인) 정현웅 범대순 손광은 이향아 국효문 곽재구 오명규 이진영(이상 현지 시인)

시낭송 콩쿠르

참가자30명이 예심을 거쳐 17명 무대에, 2명 본선 진출

* **시낭송 콩쿠르 서울 예선 (10월 16, 17일)**

참가자 210명, 예선에서 10명이 선발되어 본선 진출

* **지방 시인만세 결산**

참가 시인 : 81명

관객 수 : 5,200명

시낭송 콩쿠르 참가자 : 536명, 24명이 본선 진출

11월 1일 오후 7시 마침내 '시인만세' 서울대회의 막이 올랐다.
우리나라 시낭송 운동의 역사는 이날을 기억해야 할 것이다.

시는 무료라는 인식을 불식시키고 시의 가치를 높이 치켜들기 위해 유료 입장권을 예매했더니 2,000원·3,000원·5,000원짜리 3,500 석이 3일 만에 매진되었고, 미처 표를 사지 못한 관객들의 성화에 못 이겨 발행한 500석의 입석권까지 금세 동이 났다. 극장 밖에서는 4,000 원, 5,000원의 웃돈이 붙은 암표까지 나돌았다.

1987년
'시인만세'의 피날레

공연은 4,000명의 관객이 대극장을 가득 메운 가운데 이 행사를 위해 제작된 '시인만세'라는 찬가가 합창단의 노래로 울려 퍼지면서 시작되어 장장 3시간 40분 동안 이어졌다. 출연한 총 24명의 시인은 20년 전에 출연했던 시인 중 많은 시인들이 그 사이 작고하여 면면들이 바뀌어 있었다. 유명 시인으로 유일하게 두 차례의 이전 '시인만세'에 참여를 거부했던 박두진 시인도 끈질긴 설득 끝에 이번에는 무대에 섰다.

관객 속에는 당시 민정당 총재이던 노태우, 현대그룹 회장인 정주영, 세계적 비디오 아티스트 백남준도 있었다. 백남준 씨는 대회가 끝난 후 "유명 시인들이 이렇게 한 무대 위에 서고 시를 가지고 이렇게 다양한 공연을 하는 것은 전 세계에서 처음"이라고 경탄했다.

이 1987년의 '시인만세'는 5대 도시의 지방 '시인만세'까지 합치면 참가 시인이 총 105명, 총 관객 수가 거의 1만 명에 달하는 유례없는 시 축제였다.

우리나라에 '시낭송가'가 등장한 것 또한 이때가 처음이다.

서울 '시인만세'의 시낭송 콩쿠르 결선 무대에서 수상한 낭송자는 '시낭송가'로 호칭하기로 한 것이다.

'시낭송가'라는 칭호는 우리나라에서 처음일 뿐 아니라 세계 어느 나라에도 없는 타이틀이다. 노래에는 작곡가가 있고 가수가 따로 있는데 왜 시에는 시인만 있고 시낭송가는 없는가. 이 의문에 답한 것이 '시낭송가'였다.

시낭송가는 그 이후 재능교육 주최의 재능시낭송대회에서 계속 배출되면서 이때부터 정식으로 한국시인협회가 시낭송가증서를 수여하게 되고 이들은 전문 낭송인으로서 시의 보급에 이바지하게 된다.

- **1987년 '시인만세' 서울대회 프로그램**

A. **프롤로그**

서시 〈시인공화국〉(박두진 시 · 성우 김세원 낭송)

찬가 〈시인만세〉(김남조 시 · 장일남 곡 · 한국소년소녀합창단 노래)

신시 80년송 〈해에게서 소년에게〉(최남선 시 · 양지운 어린이 낭송)

B. **현역 시인 자작시 낭송 (출연 순 · 괄호 안은 낭송시)**

서정주 (학)

정한모 (바람 속에서)

황금찬 (변모하는 구름)

홍윤숙 (백조의 노래)

박재삼 (몸뚱이의 비애)

김광균 (기적)

박두진 (휩쓸려 가는 것은 바람이다)

김규동 (오시는 님에게)

김광림 (쥐)

성찬경 (보석밭)

정진규 (말씀)

김남조 (바람에게)

구 상 (그대들의 시)

김요섭 (사금파리)

유안진 (서신)

권일송 (바람과 눈물 사이)

김초혜 (사랑굿30)

이원섭 (산상에서)

김춘수 (물또래)

문덕수 (얼굴의 현상학)

허영자 (무지개를 사랑한 걸)

정공채 (세상살이)

이근배 (겨울자연)

조병화 (오산 인터체인지)

C. 작고 시인 명시 낭송

광야 (이육사 시 · 배우 장민호 낭송)

깃발 (유치환 시 · 배우 장민호 낭송)

모란이 피기까지는 (김영랑 시 · 배우 황정아 낭송)

사슴 (노천명 시 · 배우 황정아 낭송)

님의 침묵 (한용운 시 · 배우 정동환 낭송)

산이 날 에워싸고 (박목월 시 · 배우 정동환 낭송)

낙화 (조지훈 시 · 배우 박정자 낭송)

남으로 창을 내겠소 (김상용 시 · 배우 박정자 낭송)

D. 시가곡, 시창, 시와 피아노

그리워 (이은상 시 · 채동선 곡 · 송광선 노래)

추억 (조병화 시 · 최영섭 곡 · 송광선 노래)

임의 초상 (박재삼 시 · 김연준 곡 · 신영조 노래)

내 마음 (김동명 시 · 김동진 곡 · 신영조 노래)

그리움 (유치환 시 · 박윤초 창)

폭포 (김수영 시 · 이건용 곡 · 김수련 피아노 · 바리톤 김의창 낭송)

E. 조시(組詩)

시집 · 진달래꽃 (김소월 시 · 김성우 구성 · 배우 이호재, 김성녀 출연 · 배혜령 안무)

F. 시무용

바라춤 (신석초 시 · 김복희, 김화숙 안무 · 김복희, 손관중 무용 · 배우 유인촌 낭송)

G. 어린이 낭송

해 (박두진 시 · 소년한국일보 주최 제1회 어린이 시낭송 대회 우수상 수상자 엄준호 낭송)

H. 시낭송 콩쿠르

(지방 '시인만세' 수상자 24명 참가 · 낭송시 및 수상자는 부록 Ⅱ 참조)

심사위원 : 이해랑(연출가), 조경희(예총 회장), 박동규(평론가), 박희진(시인), 고은정(성우)

· 첫 명예시인의 탄생

김춘수 한국시인협회장
으로부터 명예시인패를
받는 필자(오른쪽)

이날 필자인 나는 명예시인이 되었다.

이 '시인만세'가 열린 11월 1일의 오후 4시, 한국문예진흥원 강당에서 '시의 날' 선포식이 열렸고, 이 자리에서 나는 한국시인협회와 한국현대시인협회가 공동명의로 추대하는 '명예시인'의 칭호패 제1호를 받았다.

'명예시인'이란 우리나라에서 최초일 뿐 아니라 세계를 통틀어도 전대미문인 칭호다.

〈귀하는 평소 시를 사랑하고 '시인만세' 등을 통하여 시의 보급과 발전에 이바지한 바 크므로 신시 80년과 제1회 '시의 날'에 즈음하여 명예시인의 칭호를 드립니다.〉

이 명예시인 칭호는 그 이후로 줄곧 나에게 시낭송을 통한 시의 보급활동을 위해 큰 영예이자 동시에 무거운 멍에가 되었다.

나는 우리나라 최초의 명예시인일 뿐 아니라 우리나라 유일의 명예배우이기도 하다.

1996년 한국연극협회는 내가 언론계에 재직하면서 연극에 애정을 가지고 '연극 중흥을 위한 캠페인'을 펼치는 등 무대 뒤에서 연극 발전에 이바지한 공로로 '명예배우'의 칭호패를 나에게 주었다. 그리고 1999년에는 국립극단의 명예단원이 되었다.

나에게는 늘 시와 연극이 공존해 왔다. 그 표현이 시와 연극의 결합인 시낭송 운동이다.

(7) 재능문화의 시낭송 활동

한국일보사 주간한국 주최의 '시인만세'가 1967년부터 세 차례에 거쳐 우리나라 시낭송운동의 바람을 일으킨 이후 이 운동을 계승하여 발전시킨 것이 재능문화이다. 재능교육이 설립한 문화재단인 재능문화는 1991년부터 시낭송 경연대회를 시작으로 시낭송 경연 외에도 각종 시낭송 행사를 다양하게 펼쳐 우리나라 시낭송 운동을 선도하고 있다. 재능문화에 자극되어 그 후로 전국적으로 많은 시낭송 경연대회가 열리고 많은 시낭송 단체가 생겨났지만 그 선구자격인 재능문화의 활동은 우리나라에서 시낭송 운동이 어떤 방법으로 어떻게 전개되고 있는지를 한눈에 보여 준다.

가. 재능시낭송대회
- 명예시인 제2호 · 제3호의 탄생

1991년 제1회 전국어린이와 어머니 시낭송 본선대회 시상식 (왼쪽부터 김수남 소년한국일보 사장, 서정주 시인, 대상수상자, 박성훈 재능교육 사장)

두 번째와 세 번째 '시인만세'의 개최에 열성적으로 참여했던 김수남 당시 소년한국일보 사장이 1987년 '시인만세'의 열기에 힘입어 소년한국일보 주최로 제1회 어린이 시낭송 대회를 시작했다. 이어 이듬해부터는 주요 도시에서 예선을 거친 전국 어린이 시낭송 본선대회를 열어 오다가 1991년 재능교육의 박성훈 사장과 손을 잡고 양사 공동주최로 전국 어린이와 어머니 시낭송 대회를 처음 개최했다. 초등학교 어린이들의 시 교육을 위한 캠페인으로 시작한 어린이 경연대회지만 어머니들까지 참여시킨 것은 어린이들에게 시낭송을 가르치자면 가정의 어머니들부터 배워야 한다는 의도에서였다. '시인만세'의 시낭송 경연대회는 시인들의 자작시 낭송에 곁들인 것이었지만 성인이 참여하는 독립된 시낭송 경연대회로는 우리나라에서 이 대회가 최초다. '시인만세'의 시낭송 경연대회 전통은 이렇게 이어졌다.

이 첫 대회는 서울 등 전국 22개 지역에서 예선대회를 열었고, 이 예선에 총 1,166명의 초등학생과 337명의 어머니가 참가하여 대성황이었다.

이 해부터 이 경연대회는 해마다 이어지면서 제3회 때인 1993년부터는 주최자를 재능교육에서 재능문화로 바꾸고, 제7회 대회 때인 1997년부터는 어머니 외에 아버지까지 참가 범위를 확대했다.

재능 시낭송 대회(성인부)
본선대회

1999년에는 이 대회에 초등부 외에 중등부가 신설된 뒤 곧 이어 중·고등부로 확대되었고, 또 2000년부터는 어머니부를 성인부로 개칭하여 남녀 성인을 포괄하게 됨으로써 국민의 각 층이 다 참여하는 시낭송 경연대회로 발전했다.

대회 명칭도 처음의 전국 어린이와 어머니 시낭송 대회에서 1997년 전국 재능 시낭송 대회, 2005년 전국 시낭송 경연대회가 되었다가 2016년부터 재능시낭송대회로 바뀌었다.

재능시낭송대회는 매년 서울, 부산, 대구, 인천, 대전, 광주, 울산, 경기(수원), 경북(구미), 경남(창원), 전북(전주), 전남(목포), 충북(청주), 충남(천안), 강원(강릉), 제주 등 16개 시·도에서와 재능시낭송여름학교에서 예선대회를 개최한 뒤 연말에 서울에서 본선대회를 열고 있으며, 한국시인협회가 공동 주최로 참여하고 교육부, 문화체육관광부, 한국문화예술위원회, 한국교원단체총연합회 등이 후원하여 우리나라에서 가장 전통 있고 가장 규모가 크고 가장 권위 있는 시낭송 콩쿠르로 자리 잡았다.

이 대회가 30주년을 맞은 2020년 한 해의 성인부 예선 총 참가자수는 천 명을 돌파하여 1,020명을 기록했다.

특히 이 대회는 본선대회의 성인부 동상 이상 수상자들에게 한국시인협회가 인증하는 시낭송가 증서가 수여됨으로써 시낭송가의 산실이 되었고, 이들을 중심으로 재능시낭송협회가 설립되어 활발한 시낭송 활동을 전개해 오고 있다.

재능시낭송대회는 이렇게 시낭송 전문가를 계속 탄생시키면서 전 국민을 대상으로 시낭송의 물결을 확산시키는 데 중추적 역할을 담당하고 있다.

재능문화는 이 오프라인 대회와는 별도로 대학생들의 적극적인 참여를 유도하기 위해 2016년부터는 재능 전국 대학생 온라인 시낭송 경연대회를 개설하여 인터넷을 통한 경연도 시작했다.

오세영 한국시인협회 회장으로부터 명예
시인패를 받는 박성훈 재능그룹 회장
(오른쪽)

자신이 정열적인 시낭송가이던 김수남 소년한국일보 사장은 '시인만
세'와 시낭송 경연대회에 열정을 쏟은 외에도 정기적으로 백상기념관 시
낭송회를 열고 매달 시 카드를 제작하여 어린이들에게 나누어 주는 등
시 보급에 크게 기여한 공로로 1992년 한국시인협회가 추대한 제2호
명예시인이 되었고, 재능시낭송대회를 개최하면서 각종 시낭송 운동을
꾸준히 벌여온 박성훈 재능그룹 회장은 2007년 한국시인협회로부터 제
3호가 되는 명예시인의 칭호패를 받았다. 이로써 우리나라에는 필자를
포함해 3인의 명예시인이 탄생했으며, 시낭송 시민운동은 이 명예시인
들의 사명이 되어 왔다.

제1호인 필자는 시낭송 시민운동을 창시했고, 김수남 제2호 명예시
인은 이것을 발전시켰으며, 박성훈 제3호 명예시인은 이것을 정착시켰
다고 할 수 있다.

나. 재능시낭송협회

재능시낭송협회는 1991년 재능교육과 소년한국일보 공동 주최의 전
국 어린이와 어머니 시낭송 대회가 시작된 후 이 대회에서 배출된 시낭
송가들을 중심으로 시낭송을 애호하는 사람들이 모여 재능문화의 산하
단체로 1993년에 결성되었다.

그 이래 해마다 재능시낭송대회의 수상자 등이 계속 참가하여 서울의 중앙회 외에 전국의 각 시·도에 15개 지회, 그리고 캐나다에도 지회를 두면서 2022년 현재 등록된 회원이 700여 명에 이른다. 우리나라에서 가장 먼저 생긴 시낭송가들의 시낭송 단체로 규모도 가장 크다.

재능시낭송협회는 중앙회와 각 지회에서 정기 발표회 등의 시낭송 공연, 학교·직장 등을 찾아가는 시낭송, 정례적인 재능 목요시낭송회, 시낭송 아카데미, 시낭송 CD 제작, 회원 연수 등을 통해 전국적으로 활발하게 우리나라 시낭송 운동을 선도하고 있다.

• 재능시낭송협회의 주요 시낭송 공연

- 청마 유치환 시인 탄생 100주년 기념 공연 '뉘가 이 기를 들어 높이 퍼득이게 할 것이냐' (2008)
- 옥천 지용제 초청 정지용 시 낭송 공연 '차마 그곳이 꿈엔들 잊힐리야' (2009)
- 고창 미당 서정주 시인 10주기 추념 시제 참가 공연 '국화 옆에서' (2010)
- 한국 10대 낭송 명시 공연 (2011)
- 미당 서정주 시인 탄생 100주년 기념 공연 '무슨 꽃으로 문지르는 가슴이기에' (2015)
- '청록집' 70주년 기념 전편 낭송 공연 '청노루 맑은 눈에 도는 구름' (2016)
- 시낭송 운동 50년 기념 공연 '누가 시 한 편도 외워 읊지 못하는 것을 부끄럽지 않다 하는가' (2017)
- 통영 한산대첩제, 한산도 섬문화콘서트 등 참가 '남해찬가' (이충무공 승전보 서사시) 공연 (2019)

재능시낭송협회의 청마 탄생
100주년 기념 공연

다. 재능목요시낭송회

시낭송 단체들은 거의 다 시낭송회를 개최하고 있고 이 낭송회들은 대개 시인이나 고정 회원들끼리만 참여하는 것이지만, 재능문화가 주최하고 재능시낭송협회가 주관하는 재능목요시낭송회는 일반 시민에게 개방된 것이 특징이다.

2008년부터 시작된 이 시낭송회는 매월 마지막 목요일 저녁 서울을 비롯하여 재능시낭송협회 지회가 있는 각 시도에서 일제히 동시에 열려, 전국에서 같은 날 같은 시간에 시낭송이 낭랑히 울리고 있다. 시를 자신이 남 앞에서 읽고 싶고 남이 읽는 시를 듣고 싶은 사람은 누구나 참여할 수 있는 열린 마당이다. 다과와 음료가 제공되기도 한다. 다만 일반 시민이더라도 시를 반드시 암송해야하는 것이 다른 시낭송회와 다르다.

재능교육 빌딩에서 열리는
재능 목요시낭송회

라. 재능시낭송여름학교

재능문화가 일반 시민들에 대한 시낭송 교육을 위해 마련한 것이 재능시낭송여름학교다. 2006년부터 해마다 여름철에 2박 3일간 합숙하며 저명 시인, 성우, 시낭송가 등 전문가들을 강사로 초빙하여 시낭송 강의를 듣고 실습도 한다. 완전히 개방된 재능시낭송대회의 특별예선도 곁들여 지역 예선 낙선자에게도 출전 자격이 주어진다. 매년 전국에서 400~500명이 참가하여 열기가 뜨겁다. 장소는 지방 도시를 순회하고 있고 지금까지 통영, 군산, 안동, 순천 등지에서 개최되었다.

재능시낭송여름학교와는 별도로 일반 시민들에게 시낭송을 가르치는 프로그램으로는 재능시낭송협회가 2002년부터 매년 두 차례 시낭송 아카데미를 개강하고 있다.

매년 여름 개최되는
재능시낭송여름학교

마. 시낭송 지도 교사 강습

초중고 학생들에게 시낭송을 가르치자면 각 학교에 전담 지도 교사가 있어야 한다. 재능문화는 이 교사들을 교육해서 양성하는 강습회를 매년 연다. 한국교총의 후원 아래 방학동안을 이용해 초중고 교사들을 대상으로 1주일간 무료로 실기 위주의 훈련을 한다. 재능시낭송대회 학생부에서는 수상한 학생을 지도한 교사에게 따로 상을 주고 있다.

학교에서 시를 어떻게 가르칠 것인가. 이 주제로 2007년에는 전국 초중고의 국어 및 문예담당 교사들을 한 자리에 모아 시교육 연수회를 개최했고 200여 명의 교사들이 참가했다.

재능문화 주최
시낭송 지도 교사 강습회

바. 시낭송 교육자 자격증 과정

일반 성인들의 시낭송은 누가 가르칠 것인가. 해마다 전국에서 열리는 시낭송 경연대회에서 수많은 시낭송가들이 탄생하고 있지만 이들이 아무나 다 시낭송을 지도할 자격이 있는 것은 아니다. 재능문화는 인천재능대학교 평생교육원과 제휴하여 2014년부터 시낭송 교육자 자격증 과정을 마련하고 소정의 평가를 통과한 수료자에게 자격증서를 수여하고 있다. 12주간에 걸쳐 매주 4시간씩 총 48시간 동안 전문 강사들이 교습을 한다. 실습 지도이기 때문에 매기마다 수강인원을 시낭송 경연대회에서 수상한 경력 있는 시낭송가 20명으로 제한하고 있고 전국 각지에서 참여한다.

인천재능대 시낭송 교육자
자격증 과정 제1기 수료생

사. 시낭송 교재 발간 및 시낭송 CD 발매

시낭송을 위한 지침서는 우리나라뿐 아니라 어느 나라에서도 별로 나온 것이 없다. 재능교육은 재능시낭송협회가 편찬한 '시낭송의 이론과 실제'를 발간한 데 이어 2009년에 새로 '시낭송 교실'(김성우 지음)을 출간해 시낭송가 지망자들은 위한 교재가 되어 있다.

시낭송 보급을 위해 재능교육이 시낭송 CD도 제작, 발매했다. 재능시낭송협회의 시낭송가들이 작고 시인 24명과 현역 시인 24명의 명시들을 낭송한 '한국 낭송 명시집'(2006), 재능시낭송대회 학생부 수상 학생들의 낭송시들을 모은 '수상학생 낭송 시집'(2007), 청마 유치환 시인의 명시 낭송집 '파도야 어쩌란 말이냐'(2011), 미당 서정주 시인의 명시 낭송집 '국화 옆에서'(2014) 등이 차례로 출반되었다.

아. 시낭송 50년 기념 공연

2017년은 1967년 '시인만세'로 우리나라 시낭송 운동이 시작된 지 50주년을 맞는 해였다. 이 해를 기념하여 재능문화는 '누가 시 한 편도 외워 읊지 못하는 것을 부끄럽지 않다 하는가'라는 깃발 아래 재능시낭송협회가 출연하는 특별 공연을 개최했다. 이에 앞서 열린 이 해의 재능시낭송대회에서는 50년 전 제1회 '시인만세' 때 우리나라 최초의 시낭송 경연에서 최우수상을 수상했던 낭송자를 초청하여 특별 낭송으로 무대에 세웠다. 20대의 대학생이던 수상자는 70대의 노신사가 되어 있었다.

시낭송 50주년 기념 공연은 그때까지 시낭송 경연대회에 가장 많이 등장했던 명시들을 소개하면서 50년 동안 우리나라 시낭송이 얼마나 발전했는가를 한 자리에서 보여 주는 무대였다.

이 해를 맞아 한국시인협회에서는 시낭송 운동을 50년 동안 이어 온 공로로 필자와 재능교육 박성훈 회장에게 공로패를 수여했다.

재능시낭송협회의 시낭송 운동
50년 기념 공연 출연자들

⑻ 네 번째 '시인만세' (재능교육 · KBS 주최, 2008)

한국일보사 주간한국 주최의 세 차례에 걸친 '시인만세' 중 시낭송 경연대회의 전통을 이어받은 재능교육이 이번에는 2008년 한국 현대시 100주년을 맞아 KBS와 공동 주최로 '시인만세' 자체를 재생시켰다. 세 번째 '시인만세' 이후 21년 만이었다. 이 해의 '시의 날'인 11월 1일 국립극장에서 막을 올린 이 네 번째 '시인만세'에서는 2부로 나뉘어 제1부에서 전국 16개 지역의 예선을 거친 이 해의 재능시낭송대회 본선이 열리고, 제2부에서는 현역 시인들의 자작시 낭송과 작고 시인들의 명시 낭송 등으로 이어졌다.

2008년의
시인만세 피날레

• 2008년 '시인만세' 프로그램

[제1부] 전국 시낭송 경연대회 본선

A. 프롤로그 및 에필로그
   (시낭송 퍼포먼스 · 재능시낭송협회 회원 출연)

B. **시낭송 콩쿠르** (지역 예선의 최우수상 수상자 17명 참가 · 낭송
   시 및 수상자는 부록 Ⅲ 제18회 전국 시낭송 경연대회 참조)
   심사위원 : 김남조(시인), 고 은(시인), 오탁번(시인 · 한국시인
   협회장), 임동진(탤런트), 배한성(성우), 김지숙(연극 배우),
   이지나 (뮤지컬 연출가)

C. **축하공연 (노래)**
   향수 (정지용 시 · 김희갑 곡 · 이동원, 김현동 노래)
   나의 가난은 (천상병 시 · 나무자전거 노래)

D. **시낭송 공연**
   성묘 (고은 시 · 전영란[2007년 전국 시낭송 경연대회 대상 수
   상자] 낭송 · 장선희 발레단 무용)

[제2부] 시낭송 축제

A. 프롤로그
   해에게서 소년에게 (최남선 시 · 허윤미[2007년 전국 시낭송
   경연대회 초등부 수상자] 낭송)

B. **현역 시인 자작시 낭독** (출연순 · 괄호 안은 낭송시)
   고 은 (축시 · 시의 날을 맞으며)

신경림 (낙타)

나희덕 (와온에서)

허영자 (부끄러움)

오세영 (김치)

이근배 [작고시인 회고담]

황금찬 (백 년 그 아침에)

신용목 (산수유꽃)

문정희 (키 큰 남자를 보면)

장석남 (수묵 정원9-번집)

도종환 (담쟁이)

신달자 (열애)

정호승 (내가 사랑하는 사람)

김남조 (시인에게)

C. 작고 시인 육성 낭송

서정주 (국화 옆에서)

박목월 (사투리)

D. 작고 시인 명시 낭송

님의 침묵 (한용운 시 · 배우 변희봉 낭송)

나와 나타샤와 흰 당나귀 (백석 시 · 국악인 이자람 낭송)

진달래꽃 (김소월 시 · 뮤지컬 배우 배해선 낭송)

귀천 (천상병 시 · 시인 부인 목순옥 낭송)

꽃 (김춘수 시 · 레게 랩퍼 쿤타 낭송)

이 네 번째 '시인만세'는 KBS-TV에 의해 1부와 2부 2회로 나누어 전 프로그램이 녹화 방영되었다. 방송시간 관계로 현역 시인의 등장이 14명에 그친 것은 아쉬운 일이었지만, 우리나라에서 이런 대대적인 시낭송 행사를 공영 방송이 주관한 것은 처음 있는 일로 시낭송운동 40년 사의 큰 성과인 동시에 앞으로의 시낭송 확산에 획기적인 계기를 마련한 것이었다.

이렇게 네 차례에 걸친 '시인만세'는 첫 '시인만세' 이래 우리나라 현대 시 60주년, 80주년, 100주년을 20년 간격으로 차례로 기념하면서, 우리의 시단을 총망라한 가장 큰 시의 축제로 그리고 시낭송 대중화 운동의 가장 큰 줄기로 이어져 왔다.

⑼ 전국의 시낭송 경연대회

'시인만세'가 처음 시도한 시낭송 경연대회는 재능교육의 전국 시낭송 경연대회에 이어 여러 지역에서 여러 단체가 다투어 개최하면서 전국적으로 널리 확산되어 있다.

해마다 정기적으로 개최되는 경영대회만도 2022년 현재 무려 100개 가까이 되는데, 이렇게 많은 경연대회가 열리고 여기에 참가자들이 끊임없이 몰려들고 있다는 것은 참으로 고무적인 일이다. 이 경연대회들은 단독으로 개최되는 것도 있고 지역 예술제 행사의 일환으로 열리는 것도 있으며, 대부분 지역별 예선은 따로 없으나 그 지역뿐 아니라 전국의 참가자들을 대상으로 하는 대회가 많다. 이처럼 시낭송 경연대회는 우리나라만의 독특한 시 보급 활동의 양식으로 정착되었다.

서울 문학의 집
시민 시낭송 경연대회

• 매년 열리는 전국의 주요 시낭송 경연대회 (2022년 현재)

서울

- 재능 시낭송 대회

  (재능문화 주최, 1991년부터, 학생부 · 성인부)

- 전국 성인 시낭송 대회

  (한국시낭송가협회, 1999년부터)

- 중구민 시낭송 대회

  (한국여성문예원, 2006년부터, 중구민 대상)

- 전국 시낭송 대회

  (현대문학신문 · 열린시서울, 2013년부터)

- 배기정 시낭송대회

  (한국문인협회, 2014년부터, 한국문인협회 회원 대상)

- 전국 시낭송 페스티발

  (뉴스토마토 · 토마토TV · 시마을, 2013년부터)

- 한석산 지정 전국 시낭송대회

  (한국문학신문, 2016년부터)

- 전국 시낭송대회

  (한국 미래예술 총연합회, 2021년부터)

- 문덕수 전국 시낭송대회

  (한국 시문학 문인회, 2022년부터)

- 한글문학 전국 시낭송대회

  (한글문학 한글 문인협회, 2017년부터)

– 갯벌문학회 전국 시낭송대회

　(갯벌문학회, 2021년부터)

– 한용운 전국 시낭송대회

　(Sam 샘문그룹, 2021년부터)

– 전국 김소월 시낭송대회

　(새한국문학회 · 김소월문학기념사업회, 2004년부터)

– 설봉 전국 시낭송대회

　(국제설봉예술협회, 2019년부터)

부산

– 부산색동회 한국시사랑회 시낭송 대회

　(부산색동회 · 한국시사랑회, 부산 시민 대상)

– 전국 풀잎 시낭송 대회

　(풀잎시낭송회 · 부산영선2동 주민자치회, 2008년부터)

– 부산시단 전국 시낭송 대회

　(새부산시인협회, 2014년부터)

– 부산 서구사랑 전국 시낭송대회

　(부산서구문화원)

– 별밭 시낭송대회

　(시가 익는 마을, 2016년부터, 학생부 · 성인부)

– 윤동주 시낭송대회

　(윤동주 선양회, 2017년부터)

대구

- **상화 시낭송대회**

  (수성문화원, 학생부 · 성인부)

- **제1회 대구 한국일보 가족사랑 전국 시낭송대회**

  (대구한국일보사 · 대구종합유통단지 주최, 한국시터치예술협회
  주관, 2022년부터)

- **대구 달구벌 전국 시낭송대회**

  (달구벌 시낭송협회, 2015년부터)

광주

- **빛고을 전국 시낭송 경연대회**

  (아시아서석문학, 2009년부터)

- **전국애송시낭송대회**

  (광주서구문화원, 2004년부터)

대전

- **대덕 시낭송 대회**

  (대덕문화원, 1999년부터, 대덕구민 대상)

- **한밭 시낭송 전국대회**

  (중도일보 · 대전시낭송가협회 · 문학사랑협의회, 2000년부터,
  학생부 · 성인부)

- **온누리 청소년 시낭송 전국대회**

  (온누리청소년문화재단, 2013년부터, 초 · 중 · 고 · 대학생 및 청소
  년 지도자)

- 대청 시낭송 전국대회

　(대전동구문화원, 2017년부터)

- 시와 소리 전국 시낭송대회

　(대전시마을 문학회, 2016년부터)

울산

- 2020 울산광역시 태화강 전국 시낭송대회

　(태화강시낭송문학협회)

- 2021 울산 남구사랑 고래 전국시낭송대회

　(태화강시낭송문학협회)

경기

- 전국 안양 시낭송 대회

　(안양문인협회, 1996년부터)

- 동두천 · 양주 학생 시낭송 대회

　(동두천 신흥중학교, 1999년부터, 학생부)

- 가족 시낭송 대회

　(포천문화원, 2006년부터, 포천시민 대상)

- 꿈나무 시낭송 대회

　(안성 조병화문학관, 2008년부터, 학생부)

- 천상병 예술제 시낭송 대회

　(의정부 천상병기념사업회 · 천목문화사랑방, 2012년부터)

- 청암문학작가협회 시낭송 대회

　(평택 청암문학작가협회, 2013년부터, 평택지역 거주자 대상,
　학생부 · 성인부)

- 시민 詩낭송 경연대회

  (수원시낭송가협회, 2010년부터)

- 유네스코 문학창의 도시 부천 전국 시낭송대회

  (복사골시낭송예술협회, 2021년부터)

- 전국 시낭송대회

  (사단법인 즐거운 눈빛 · 고양시낭송협회, 2019년부터)

- 시니어 전국 詩낭송대회

  (수원시낭송가협회, 2021년부터)

- 독산성 시낭송대회

  (경기도시낭송협회, 2009년부터)

강원
- 심연수 전국 시낭송 대회

  (강릉 MBC · 심연수선양사업위원회, 2006년부터)

- 강원 문인 시낭송 대회

  (춘천 강원문인협회, 2007년부터, 학생부 · 성인부)

- 전국 김삿갓 시낭송 대회

  (영월군, 2011년부터)

- 박경리 시낭송 대회

  (원주 박경리문학공원, 2013년부터)

- 난설헌 전국 시낭송 대회

  (강릉 교산 · 난설헌선양회, 2014년부터)

- 교산 허균 전국 시낭송 대회

  (강원도, 강릉시, 교산 · 난설헌선양회, 2021년부터)

- 봄내 시낭송대회

  (춘천문화재단 · 김유정 문학길 · 강원도민일보, 2019년부터)

- 박인환 전국 시낭송대회

  (인제군문화재단)

충북

- 포석 조명희 전국 시낭송 경연대회

  (동양일보, 진천군, 2002년부터)

- 전국 임꺽정 시낭송 대회

  (괴산문인협회, 2010년부터, 학생부 · 성인부)

- 권구현 전국 시낭송 대회

  (영동예총, 2018년부터)

- 정지용 전국 시낭송 대회

  (옥천군청 · 옥천문화원, 2014년부터)

- 전국 직지사랑 시낭송대회

  (직지나라사랑 시낭송회 · 직지나라사랑 조직위원회, 2020년부터)

- 반기문 전국 시낭송대회

  (한국예총 충청북도 연합회 음성지회, 2018년부터)

- 도산 안창호 전국 시낭송대회

  (흥사단 충북지부, 2019년부터)

충남

- 계룡 전국 시낭송 경연대회

  (계룡시낭송회 주최, 2011년부터)

- 유관순 애국시 전국시낭송대회

  (유관순애국시단, 2022년부터)

- 보령해변시인학교 전국 자작시낭송대회

  (총청남도 보령시 · 한국문협보령지부, 2014년부터)

- 전국 풀꽃 시낭송대회

  (공주풀꽃문학관 · 공주시낭송가협회, 2017년부터)

- 만해 시낭송 전국대회

  (홍성문화원, 2018년부터, 학생부 · 성인부)

- 전국 신석초 시낭송대회

  (서천문화원, 2017년부터)

전북
- 논개 시 퍼포먼스 대회

  (장수군 의암주논개정신선양회 · 장수문인협회 주최, 2012년부터)

- 변산 마실길 전국 시낭송 경연대회

  (변산마실길, 2014년부터, 제한 없음)

- 미당 서정주 전국 시낭송 대회

  (고창 미당문학회 주최, 2015년부터, 학생부 · 성인부)

- 전국 신석정 시낭송대회

  (부안 석정문학관, 2015년부터)

- 만해 시낭송 전국대회

  (홍성문화원, 2018년부터, 학생부 · 성인부)

- 전국 신석초 시낭송대회

  (서천문화원, 2017년부터)

- 전국 윤동주 시낭송대회

  (윤동주 문학연구 보존회, 2019년부터)

- 전주 한옥마을 전국 시낭송 경연대회

  (한벽루 사람들, 2020년부터)

- 구름재 박병순 시조시인 시낭송대회

  (한국문인협회 진안지부, 2015년부터)

전남

- 전국 가사 낭송 경연대회

  (담양군 · 한국가사문학관, 2005년부터, 학생부 · 성인부)

- 고흥군 송수권 시낭송대회

  (고흥군, 2015년부터, 제한 없음)

- 전국 윤동주 시낭송대회

  (윤동주문학연구보존회, 2019년부터)

경북

- 전국 육사 시낭송 대회

  (안동문인협회, 2006년부터, 학생부 · 성인부)

- 예천 전국 시낭송대회

  (예천군, 2013년부터, 학생부 · 성인부)

- 문경새재 전국 시낭송대회

  (청음시낭송예술인협회, 2018년부터)

경남

- **개천예술제 시낭송 대회**

    (진주시 · 진주문인협회, 학생부 · 성인부)

- **그림내 전국 어린이 시낭송 대회**

    (진주 그림내시낭송회, 2002년부터, 학생부)

- **함안문인협회 시낭송대회**

    (함안문인협회, 2003년부터, 학생부 · 성인부)

- **이형기문학제 시낭송대회**

    (진주시 · 이형기시인기념사업회, 2008년부터)

- **이형기문학제 전국 청소년 시낭송대회**

    (진주시 · 이형기시인기념사업회, 2020년부터, 학생부)

- **창녕전국시낭송대회**

    (창녕문인협회, 2014년부터)

- **전국 청마 시낭송 대회**

    (거제문인협회 주최, 2011년부터)

- **가야문화예술진흥회 전국 시낭송 대회**

    (김해 가야문화예술진흥회, 2014년부터, 학생부 · 성인부)

- **시사랑 전국 시낭송 경연대회**

    (창원시 진해군 한국명시낭송가협회, 2014년부터)

- **거제예술제 학생 시낭송 대회**

    (거제문인협회, 학생부)

- **남명시낭송대회**

    (김해 남명정신문화연구원 · 남명문학회, 2021년부터)

- 금오 전국 시낭송대회

  (구미시 · 가온빛문화창작소, 2016년부터)

제주
- 제주도특별자치도 한라詩낭송대회

  (제주특별자치도시낭송협회, 2018년부터)

- 제주어 시낭송 대회

  (한국예총 제주도 연합회, 학생부 · 성인부)

⑽ 전국의 시낭송회

우리나라의 시낭송 운동은 시낭송 경연대회 외에 시 애호가들 끼리의 시낭송회 모임으로도 확산되어 있다.

1980년 무렵부터 생기기 시작한 시낭송 모임은 웬만한 도시면 한두 개 없는 곳이 없을 정도다. 대개는 시인들이 중심이 되어 주로 카페 같은 장소에서 매월 열린다. 시인들이 나와 자작시를 읽기도 하고 참석자들과 대화도 나눈다. 참석자는 평균 20~30명으로 대부분 고정적인 회원들이다.

• 정기적으로 열리는 서울 시내 주요 시낭송회

▶ 공간 시낭독회

우리나라에서 정례적 시낭송회는 공간 시낭독회가 효시다.

청중을 모아 놓고 일시적으로 시를 낭송하는 모임이 아닌 정례적 시낭송회로는 공간 시낭독회가 처음으로 문을 열었다.

공간 시낭독회

1979년 4월 구상, 성찬경, 박희진 시인 등이 주축이 되어 공간사랑에서 시작한 후 장소를 바탕골 예술관, 한국현대문학관 등으로 옮겼다가 노스테라스 빌딩에서 이어져 오고 있다.

매달 첫째 주 목요일 하오 6시에 열리는 이 시낭송회는 그동안 한 회도 거르지 않고 계속되어 2022년 3월로 500회째를 기록했다. 우리나라 시낭송 운동 역사의 한 폿말이다.

회원은 주로 시인들이고 40명 내외의 상임 시인 외에 초청 시인도 참여하여 자작시를 낭독하고 해설한다.

▶ 우리 시 진흥회 낭송회

도봉도서관에서 열리는
우리 시 진흥회 낭송회

1987년 서울 우이동에 거주하는 이생진, 임보, 홍해리, 채희문, 신갑선 시인 등이 '우이동 시인들'이라는 동인회를 결성하여 우이동 덕성여대 입구의 커피숍 파인웨이에서 첫 우이 시낭송회를 시작했다. 우리나라 시낭송회로는 두 번째로 역사가 길다.

그 후로 동인회는 '우이시회'가 되었다가 2007년부터 '우리 시 진흥회'로 바뀌었다. 1992년 제51회부터는 도봉도서관에서 매월 마지막 토요일에 낭송회가 열리고 있으며, 150여 명의 정회원들끼리 자작시 낭송을 주로 하고 있다.

▶ 한국시문화회관 대학로 시낭송회

1987년 김경민 시인이 한국시집도서관을 개관하고, 1989년 이것이 한국시문화회관이 되면서 시낭송회를 시작했다. 한동안 공백이 있었으나 대학로 시낭송회로 이름을 바꾸어 혜화동의 한국시문화회관에서 매월 마지막 주 토요일 하오 5시에 열리고 있다. 중견 시인들의 신작 자작시들이 처음 공개된다.

▶ 시낭송 모꼬지

보리수 카페에서 열리는
인사동 시낭송 모꼬지

2000년부터 이생진 시인 등에 의해 인사동 '아트사이트'에서 시작된 후 카페 '시인학교', '보리수', '순풍에 돛을 달고'를 거쳐 카페 '시가연'으로 옮겼다. 매월 마지막 금요일 저녁 7시에 열리며 시인 외에 화가, 의사, 교수 등 다양한 직종의 시 애호가들이 참여한다.

▶ **광화문 사랑방 시낭송회**

(1994년부터, 매월 둘째 주 목요일 광화문 라이브 카페 '나무'에서, 시인 25~30명 참여)

▶ **서울시단 시낭송회**

(성기조 시인 주관, 격월로 둘째 화요일 하오 6시 서울대병원 구내 함춘원 등에서, 자작시 낭송)

▶ **백양문학 시낭송회**

(백양문학회 주최, 한국시낭송가협회 주관, 매월 마지막 주 화요일 하오 3시반 광진문화원 대강당에서)

▶ **시우주 시낭송회**

(매월 셋째 토요일 하오 3시 '문학의 집'에서)

▶ **시가 흐르는 서울 낭송회**

(시가흐르는서울낭송회 주최, 매월 마지막 주 토요일 하오 2시 대학로 예술가의 집 등에서)

▶ **스토리문학관 시낭송회**

(한국스토리문인협회와 계간 스토리문학 주관, 매년 4회, 장소는 찻집 등에서 이동)

▶ **한국시문학문인회 시낭송회**

(한국시문학문인회 주최, 배재학당 역사박물관에서)

▶ **마로니에 시낭송회**

(동숭동 책읽는 문화재단 주최, 2015년부터, 매월 넷째 주 목요일 하오 6시 마로니에공원 좋은공연안내소 지하 다목적홀에서)

▶ **명동 시낭송 콘서트**

(한국여성문예원 주관, 2015년부터, 매년 4회, 명동 Lounge on six

카페에서)

▶ 국회 시낭송의 밤
(대한민국 국회와 한국문화원연합회 공동 주최, 2003년부 매년 1회,
국회의원회관에서)

▶ 재능 목요시낭송회
(재능시낭송협회 주관, 2008년부터, 중앙회와 전국 각 지회에서 매
월 마지막 목요일 하오 7시 동시에 개최, 시민 누구나 참가)

▶ 백상기념관 시낭송회
이 재능 목요시낭송회의 모델이 된 것은 지금은 없어진 백상기념관 시낭
송회다. 1987년 세 번째 '시인만세'가 끝난 뒤 이 행사를 준비한 필자와 김
수남 당시 소년한국일보 사장은 '시인만세'의 여세로 그 해 12월 안국동 로
터리의 백상기념관에서 정기적인 시낭송 모임을 시작했다.

격월로 짝수 달 24일에 열린 이 시낭송회에는 당대의 유명시인들 외에
각계의 명사들이 초대되었고, 일반 시민이 누구나 참석하여 100여 명의 참
석자들은 무료로 제공되는 맥주를 실컷 마시며 시를 낭송했다.

1987년 백상기념관에서
열린 시낭송회

자유스러운 분위기의 개방된 시낭송회였지만 여기서도 시를 보고 읽는
낭독은 허용되지 않았다.

월북 시인으로 묶였던 정지용 시인이 이듬해 해금되어 애호가 모임인 자

용회가 발족된 것도 이 모임을 통해서였다.

이 낭송회는 건물의 용도 변경으로 약 2년 만에 아쉽게 중지되었다.

▶ 외국의 예-파리의 '시인클럽'

매번 거의 일정한 참석자들이 모이는 우리나라 시낭송회와는 다른 유형의 시낭송 모임이 외국에는 있다. 프랑스 파리의 7구(부르고뉴가 30번지)에 있는 '시인클럽'(Club des poétes)이라는 카페다. 1961년에 문을 연 이래 대를 이어 성업 중이다.

여기서 매일 밤 시낭송회가 열린다. 시인이나 배우들이 나와 시를 낭송하고, 손님들도 자작시 등을 읽을 수 있으나 반드시 암송이라야 한다. 저녁 8시부터 오는 손님들에게는 식사를 제공하고 시낭송이 시작되는 10시부터는 음료를 대접한다. 입장료가 음식대에 포함된다. 네루다, 파스 등 대시인들도 다녀간 것이 자랑이다.

⑾ 전국의 시낭송 단체

우리나라에는 꾸준히 활동하고 있는 시낭송 전문 단체가 2022년 현재 전국적으로 130개 가량을 헤아린다. 이 단체들은 주로 여러 시낭송 경연대회의 수상자나 참가자들을 중심으로 결성된 것으로 이 또한 우리나라만의 특이한 현상의 하나라 할 수 있다.

시낭송 단체 중에서 역사가 가장 오래이고 가장 조직이 크며 가장 활발한 활동을 하고 있는 것이 1993년 설립된 재능시낭송협회다. (p.44 참조)

재능시낭송협회 외에 서울에서 비교적 활동이 많은 단체로는 '문학의 집' 시낭송대회 수상자 모임인 문학의 집 시낭송인회, 한국시낭송가협회, 한국시낭송예술협회 등이 있고, 토마토TV가 Rock Poem 시낭송 프로를 시마을낭송작가협회의 참여로 정기적으로 방송하고 있다.

• 전국의 주요 시낭송 단체 (2022년 현재)

서울

- 재능시낭송협회(전국 시 · 도에 15개 지회 및 캐나다에 지회)
- 한국시낭송가협회 (경기, 강원, 충남 지회)
- 한국시낭송진흥회 (경기, 전남 지회)
- 한국시낭송연합회 (광주, 울산, 세종, 경기, 강원, 전북, 창원, 제주)
- 한국시낭송공연예술원
- 한국시낭송예술협회
- 한국시문학문인회
- 한국낭송문예협회
- 한국시사랑회
- 한국 시낭송 치유 협회
- 문학의 집 서울 시낭송인회
- 시와 그리움이 있는 마을
- 시(詩)가(歌) 머무는 마을
- 詩가 흐르는 서울 낭송회
- 현대문학신문 열린시서울
- 하나예술원 꽃뜰 힐링 시낭송협회
- 한우리 낭송 문학회
- 공간시낭독회
- 문예운동
- 짚신문학
- 광화문사랑방시낭송회
- 시우주 시낭송회
- 서울 청계천 영상시낭송문학회
- 인사동예술촌

- 우리 시 진흥회
- 국제시낭송예술인협회
- 한국 명시낭송 예술인 연합회
- 시향 서울낭송회
- 시마을 낭송작가협회
- 한국 무궁화사랑 시낭송중앙회
- 대한시낭송가협회
- 한국 감성리더 시낭송협회
- 서울시단 시낭송회
- 방통대 알포엠 시낭송 동아리
- 행복동 낭송리 시낭송회
- 시낭송 모꼬지
- 보리수 시낭송모임

부산
- 한국시민문학협회 KCLA 낙동강문학
- 부산시낭송협회
- 풀잎시낭송회
- 부산 시울림 시낭송회
- 시가람시낭송회
- 오륙도시낭송회
- 시낭송행복나눔

대구
- 시하늘
- 달구벌 시낭송협회
- 한국예술문학회 (구: 한국낭송문학회)

- 영남문학시낭송회
- 대구시낭송예술회
- 대구시낭송진흥회

인천
- 배다리 시낭송회

광주
- 광주시낭송가협회
- 광주시낭송협회
- 문학메카시낭송회
- 다형시낭송회
- 봄, 숨, 트다. 낭송회

대전
- 한국시낭송협회
- 한국낭송문학협회
- 하늘사랑 시사랑
- 대전시낭송인협회
- 대전솔바람시낭송
- 코리아시낭송작가협회
- 대덕시낭송협회
- 행복한 하모니 시낭송회
- 한국시와 소리마당
- 대전시낭송작가협회

울산

- 울산詩낭송문학회
- 태화강 시낭송문학협회
- 한국시낭송예술인협회
- 한국문학예술원
- 시목 문학회

경기

- 경기시낭송협회 (오산)
- 김포시낭송협회 (김포)
- 풀꽃소리 시낭송협회 (안성)
- 타오름 낭송 봉사단 (용인)
- 안산시낭송예술인협회 (안산)
- 시소리 (하남)
- 봄공연예술연구소 (구리)
- '시 소리를 담다' 시낭송회 (구리)
- 수원시낭송가협회 (수원)
- 다원시낭송예술협회
- 부천시소리낭송회 (부천)
- 복사골시낭송예술협회 (부천)
- 늘푸른시낭송회

강원

- 심연수선양회 (강릉)
- 해람시낭송회 (강릉)
- 쌍마시낭송회 (강릉)
- 어울림시낭송회 (강릉)

- 난설헌 시낭송회 (강릉)
- 청솔시낭송회 (강릉)
- 행복시낭송회 (강릉)
- 바다시낭송회 (강릉)
- 한국시낭송 강원지회 (강릉)
- 투타문학회−투타시낭송회 (삼척)
- 춘천낭송가협회 (춘천)
- 수향시낭송회 (춘천)
- 물소리시낭송회 (속초)
- 설악시낭송회풀니음 (속초)
- 한국시낭송강원도문화예술협회
- 한국시낭송예술인협회 (원주)
- 토지시낭송회 (원주)

충북
- 한국시낭송전문가협회 (청주)
- 무지개도서관 낭독 봉사모임 (청주)
- 직지사랑시낭송회 (청주)
- 에코 시낭송회 (청주)
- 별하나 시낭송회 (청주)
- 옥천지용시낭송협회 (옥천)
- 청명회 낭송 동아리 (제천)
- 고운소리낭송회 (충주)

충남
- 부여시낭송회 (부여)
- 서산시낭송회 (서산)

- 서산 마삼살쌈 시낭송회 (서산)
- 계룡시낭송회 (계룡)
- 보령낭송인회 '별비사랑' (보령)
- 천안낭송문학회 (천안)

전북

- 전북시낭송협회 (전주)
- 미당시낭송협회 (전주)
- 한국 신석정시낭송협회 (부안)

전남

- 순천시낭송협회 (순천)
- 여수 물꽃시낭송회 (여수)

경북

- 구미낭송가협회 (구미)
- 금오 동화·시낭송협회 (구미)
- 의성시낭송회 (의성)
- 포항 시낭송 아카데미 (포항)
- 포항시낭송협회 (포항)
- 상주시낭송협회 (상주)
- 청음시낭송예술인협회 (문경)
- 시와 산책 시낭송협회
- 행복 시울림 낭송회 (칠곡)
- 영주시낭송회 (영주)

경남

- 창원 시낭송협회 (창원)
- 창원시 시사랑낭송회 (창원)
- 마산문학관 참꽃시낭송회 (창원)
- 그림내 시낭송회 (진주)
- 시낭송 힐링포엠 논개시낭송회 (진주)
- 김해 시낭송공연예술협회 (김해)

제주

- 제주시사랑회 (제주)
- 숨비소리 시낭송회 (서귀포)
- 제주 한림문학회 (한림)

⑿ 시낭송 인터넷 카페

우리나라의 시낭송은 오프라인뿐 아니라 온라인에서도 활발하다.

2000년대에 들어서면서 시낭송 운동의 두드러진 현상은 경연대회나 정기적인 시낭송회 외에 시낭송 카페의 등장이다. 시낭송 단체들은 저마다 인터넷 사이트나 홈페이지를 가지고 있으며 단체 말고도 개인들이 운영하는 시낭송 카페도 많다. 이들 카페에는 수십 명 또는 수백 명의 회원들이 가입하여 교류하고 있고 더러는 부정기적으로 시낭송회를 장외에서 열기도 한다.

⒀ 우리나라는 시낭송의 최강국

우리나라는 세계적으로 시낭송 운동의 최대 강국이다.

우리나라는 시인이 가장 많은 나라요 시집이 가장 잘 팔리는 나라로 알려져 있다. 이에 더하여 시낭송이 가장 활발한 나라가 되었다. 전 세계를 통틀어 우리나라만큼 시낭송 운동이 널리 확산된 나라가 없다.

전 시단을 한꺼번에 무대에 세우는 '시인만세'부터 전 세계에서 전례 없는 일이요, 시낭송 경연대회가 이렇게 많고, 시낭송 단체가 이렇게 전국에 깔리고, 시낭송가라는 타이틀이 따로 있어 이 타이틀을 가진 사람이 이렇게 흔한 나라는 유례가 드물다.

우리나라의 대표적인 시낭송 경연대회인 재능시낭송대회 하나만으로도 1991년 시작한 이래 2020년까지 30년 동안 총 참가자가 학생부 21,146명, 성인부 11,748명에 이르고 이 대회에서 배출된 시낭송가가 510명이나 된다. 그리고 이 대회 참가자들을 중심으로 결성된 재능시낭송협회에서 활동중인 회원만도 700여 명이다. 이외에 100개에 가까운 다른 시낭송 경연대회의 참가자나 이 대회 출신의 시낭송가들, 그리고 130여 개나 되는 다른 시낭송 단체의 회원까지 합치면 우리나라의 시낭송 전문가와 시낭송 애호가의 수는 헤아릴 수 없을 정도다. 우리나라는 가히 시낭송 운동의 종주국이라 할 만하다.

한편으로는 그럼에도 불구하고 이 시낭송의 열기가 동호인끼리만의 운동에 그친 감이 있고 아직도 일반 대중의 호응을 크게 얻지 못하고 있다는 것이 우리나라 시낭송 운동의 문제점이다.

Ⅱ

시낭송이란 무엇인가

Ⅱ 시낭송이란 무엇인가

(1) 시낭송은 노래하는 것이다

시는 노래다.

시낭송은 노래를 노래하는 것이다.

시가 노래지만 낭송으로 노래되지 않는 노래는 책장 속에서 잠자는 노래다.

시는 눈으로 읽는 기호의 문학이라기보다 귀로 듣는 곡조의 문학이다.

베를렌이 그의 〈시법〉이라는 시에서 "무엇보다도 먼저 음악을" 하고 부르짖은 이래 시인들은 리듬이나 암시의 힘 등 음악이 갖는 특성을 시에 공들여 왔다.

"모든 예술은 음악의 상태를 동경한다"는 월터 페이터의 저서 〈르네상스〉의 마지막 구절도 유명한 말이지만, 모든 예술의 근원인 시는 음악의 상태 그대로라고 할 수 있다.

엄격한 의미에서 음악성이 없는 시는 시가 아니다.

시에서 이 음악성을 어떻게 표출시켜 시 전체를 살릴 것인가. 그 방법이 시낭송이다.

어떤 사람이 시를 써서 소동파(蘇東坡·중국 송나라 때의 대문인)를 찾아갔다. 먼저 자작시를 낭독하고 나서 "이 시가 몇 점이나 됩니까?" 하고 물었다. 소동파는 "10점이요"라고 대답했다. 그 사람이 만족해하자 소동파가 덧붙였다. "시가 3점이고 낭독이 7점이요."

이 말은 시 한 편을 이루는 것은 시의 내용이 3이고 그 음향적 효과가 7이라는 뜻일 수도 있다.

고대 그리스의 철학자 크라테스는 좋은 시와 나쁜 시의 차이는 소리가 쾌감을 주느냐 않느냐에 달렸다고 말했다.

로마의 수사가인 키케로와 퀸틸리아누스도 언어예술에서는 귀의 판단(aurium judicium)이 중요하다고 믿었다.

헤겔도 〈미학강의〉에서 말한다.

"시는 음악처럼 노래 불려져야 하고 낭독으로 표현되어야 한다. 시는 본질적으로 음의 울림이며, 인쇄된 시의 글자들은 소리와 무관한 기호일 뿐이다."

본래 시와 음악은 하나였다. 시는 노랫말이었다. 차츰 가사가 음악에서 독립해 시가 되었다. 시낭송은 시와 음악의 재회다.

음악은 어느 예술보다도 사람의 심정에 가장 깊이 파고드는 예술이다. 플로티노스(고대 후기의 그리스 철학자)가 말했듯이 모든 예술 가운데 가장 큰 감동을 주는 것이 음악이다. 우리의 귀를 통해 바로 마음 내부에 침투하고 거기서 공감의 감정을 불러일으키는 작용을 한다. 시낭송은 바로 언어를 가지고 음악과 꼭 같은 작용을 하는 또 다른 예술 양식이다.

시낭송은 자체가 노래이면서 음악의 노래보다 더 감동적일 수 있다. 시낭송은 시의 아름다움에 노래의 아름다움이 겹치는 이중적인 아름다움의 표현이다. 시를 가사로 한 가곡이 있기는 하지만 가사로서의 시는 곡 때문에 음악성이 말살되고, 시낭송의 시는 가곡의 가사보다 훨씬 범위가 넓고 깊이가 깊으면서 전달력이 강하다.

⑵ 시낭송자는 작곡가요 가수다

시낭송은 시어와 음성언어의 결합이다.

음악에는 작곡가가 있고 연주가가 따로 있다.

가곡의 음악에는 작사가와 작곡가가 있고 가수가 따로 있다.

시인은 작곡가이고 시낭송자는 연주가다.

엄밀히 말하자면 시인은 작사 · 작곡가이고 시낭송자는 가수다.

시인이 작사 · 작곡가를 겸한다는 말은 가사인 시 자체에 곡이 내재되어 있기 때문이다. 시에 따로 곡을 붙이는 가곡은 별개의 경우다.

괴테의 시에 슈베르트를 비롯한 많은 작곡가들이 곡을 붙였지만 괴테의 시는 본래 자체적으로 고유의 음악을 내재하고 있기 때문에 이 시로 작곡을 한다는 것은 불가능하다는 주장도 나온다.

시인의 시 속에 곡이 자동적으로 들어 있다지만 시의 곡은 음부가 따로 있는 것이 아니다. 언어 자체의 음감과 리듬이 곡이 되는 것이다. 시는 가사이자 악보다.

시는 산문과는 달리 시 자체의 아름다움뿐 아니라 그 은유성과 상징성 때문에 음감의 밀도가 더욱 높다.

시낭송자가 가수라고 했지만 일정한 음부 없이 음감과 리듬을 가지고 시를 노래하는 것이기 때문에 시인이 만든 곡의 제한에서 상당히 자유스럽다.

낭송자는 시 속의 음률을 따라가야 하지만 때로는 어느 범위 내에서는 스스로 음률을 만들기도 한다. 이런 뜻에서 더 엄밀히 말하자면 시낭송자는 부분적으로 작곡가와 가수를 겸한다고도 할 수 있다. 1차 작곡가는 시인이요, 2차 작곡가는 시낭송자다. 시낭송자는 또 시인의 곡을 편곡할 수도 있고 변주할 수도 있다.

뿐만 아니라 시낭송의 음조를 기본적으로 지시하는 것은 시 자체이지만 이것을 표현하는 것은 낭송자의 재량이요 재간이다.

노래를 부를 때 악보가 있다고 해서 모든 가수가 그 노래를 똑같이 부르는 것은 아니다. 음색 따라, 성량 따라, 감정 따라, 기교 따라 전혀 다른 노래가 된다. 시낭송은 가사는 있되 일정한 악보가 없으므로 더욱 낭송자에 따라 전혀 다른 느낌의 낭송이 된다.

낱말끼리나 행끼리의 장단, 고저, 강약을 각자의 해석 따라 감정 따라 낭송해야 하므로 시낭송의 노래는 가수의 노래보다 훨씬 자유롭고 변화가 많다. 이것이 시낭송이 노래이면서도 가수의 노래와 다른 점이요, 시낭송이 가수의 노래보다 더 감동적일 수 있는 또 다른 이유다. 노래의 음치라도 시낭송은 얼마든지 잘할 수 있다.

음악의 연주자가 작곡가의 음악을 완성시키듯이, 시낭송가는 시인의 시를 완성시킨다.

⑶ 소리 있는 곳에 감동이 있다

음가(音價)를 모르고는 시가(詩價)를 모른다.

영국의 비평가 I. A. 리처즈는 〈시와 과학〉에서 이렇게 말했다.

"시를 읽을 때 느끼는 것은 몸에서 나는 말의 음과 마음속에서 상상적으로 나오는 말의 어감이다. 이들이 말의 전체를 형성하는 것으로, 시인이 시를 쓰는 것은 이 말의 전체를 가지고 하는 것이지 인쇄된 말의 기호를 가지고 하는 것은 아니다. 그런데 많은 사람들은 이 불가결한 부분을 귀로 스쳐 버림으로써 시의 거의 전부를 잃어버린다."

시의 어조와 어음은 그 시의 뜻이 지적으로 이해되기 이전에 직접 독자의 가슴에 와 닿는다.

우리 조선조의 실학자이던 박제가(朴齊家)가 그의 문집의 서문에서 시를 규정한 것이 있다.

"감정을 소리로 내지 않으면 통달하지 못하고, 소리를 문자화하지 않으면 행해지지 않으니, 이 세 가지가 하나로 합해져야 시가 된다."

시의 글자 속에는 소리가 들어 있고 그 소리를 밖으로 내지 않으면 시의 감정이 전달될 수 없다는 말이다.

사람의 마음은 본디 감동을 하면 소리로 나타난다. 또 반대로 소리가 있는 곳에 감동이 있다. 무엇인가 감동을 주려면 소리를 내야 한다. 이것이 바로 음악의 출발점이다.

시는 생각하는 음악이다. 음악으로 생각하게 하는 것이 시요, 그래서 시낭송이 필요하다.

시에서 음악은 시를 담는 그릇이요 시를 나르는 도구다. 음악을 깨뜨려 버리면 시는 흩어져 버린다. 시낭송은 음악으로 시를 담아주는 것이고 음악으로 시를 전달해 주는 것이다.

햇빛이 들어가지 않는 곳에도 음악은 들어간다는 말이 있다. 시는 음악에 실렸을 때 언어만으로는 도저히 파고들어가지 못하는 감정의 이입을 완수하게 되는 것이다.

(4) 리듬의 효과

시가 노래라면 그 바탕은 음률과 리듬이다.

시낭송은 이 음률과 리듬을 살리는 것이다. 음률과 리듬으로 그 시의 정조를 표현하는 것이다.

쇼펜하우어가 그의 〈의지와 표상으로서의 세계〉에서 말한 바 있다. "시의 음률과 리듬의 효과는 엄청나다. 규칙적으로 되풀이되는 음을 마음속에서 따라가며 시낭독에 귀를 기울이게 함으로써 음률과 리듬은 우리의 주의력을 연결하는 수단이 된다. 이로 인해 우리는 마음속에서 아무런 판단도 기다리지 않고 맹목적으로 그 시에 공명하게 되고, 그래서 그 시는 설득력을 얻게 된다."

이렇게 시낭송은 말을 가지고 의식적으로 시의 내용을 전달하는 것이 아니라 음감의 리듬을 통해 무의식적으로 시를 감지하게 하는 것이다.

호메로스의 서사시의 무대인 트로이를 발굴한 슐리만은 젊을 때 한 주정뱅이 친구가 호메로스의 시를 줄줄 암송하는 것을 듣고 그 때는 자신이 그리스어를 한 마디도 알아들을 수 없었지만 그 리듬에 감동되어 눈물을 흘리면서 세 번이나 다시 낭송해 달라고 졸랐다는 이야기가 그의 자서전에 나온다.

아리스토텔레스에 의하면 "리듬(율동)에 대한 감각은 인간의 타고난 본성"이다.

사람이 리듬에 민감한 것은 생리적인 것으로, 심장의 고동이나 호흡 속에 리듬이 있기 때문이다. 그리고 파도소리처럼 시의 리듬은 사람을 최면시키는 효과가 있다.

"리듬은 꿈과 현실의 중요한 번역자"라고 영국의 여류시인 시트웰 (Dame E. Sitwell)이 말했다. 청각 세계에서의 리듬은 시각 세계에서의 빛과 같다. 리듬은 새로운 의미를 형성하고 부여한다.

'교회의 음조(accentus ecclesiastici)'라는 것이 있다. 특히 가톨릭 성당에서 성직자가 복음서를 낭독하거나 기도할 때의 리드미컬한 음조를 말한다. 리듬이 있는 똑딱 소리가 멀리까지 들리듯이, 리듬이 있는 기도 소리가 신의 귓가에 더 가까이 들릴 것 같은 경건함을 준다.

고대 이스라엘의 예언자들은 여호아의 예언을 전할 때 왕왕 운율이 있는 시낭송의 형식을 취했다. 감정을 고양시키기 위해서다.

리듬은 영혼을 울린다. 시낭송은 리듬으로 사람의 영혼을 흔드는 것이다. 플라톤은 인간의 영혼을 위한 교육으로 음악의 수련을 강조하면서 그것은 음악의 리듬과 하모니가 영혼의 내부에 가장 깊이 스며들어가 영혼을 우미(優美)하게 해주기 때문이라고 했다.

⑸ 리듬의 발굴

시는 원천적으로 그 자체 속에 음률과 리듬이 내재되어 있다.

시낭송은 시에 감춰진 음률과 리듬을 끌어내어 그것을 확성시키는 것이다.

그러나 음률과 리듬이 시 속에 잠재해 있다고 해서 아무 시나 그리고 누구나 그것을 쉽게 발견할 수 있는 것은 아니다. 리듬 감각을 훈련하여 그 리듬을 발굴해내는 것이 시낭송이다. 리듬은 시감의 향수 능력과 취향에 따라 얼마든지 달라질 수 있다.

시낭송은 음률과 리듬의 발굴과 확산에만 그치는 것이 아니다. 시낭송에도 멜로디가 있어야 한다. 멜로디로 노래를 만들어내는 것이 시낭송이다. 피아니스트가 악보대로 건반만 누른다고 해서 음악이 되지 않는다. 노래 부르듯 연주해야 하는 것이다.

시낭송자를 시의 가수라고 말하는 것은 낭송자가 시 속의 음률과 리듬을 제대로 끄집어내어 시의 정조에 맞게 살려내야 할 뿐 아니라 시로써 아름다운 가락을 만들어내야 하기 때문이다.

선율은 시가 가진 시감을 가장 직접적으로 그리고 가장 직입적으로 전달해 준다.

⑹ 낭독과 목독의 차이

소리 내어 시를 읽는 시낭송은 시를 눈으로 읽는 목독이나 마음속으로 읽는 심독과 어떤 차이가 있는가.

목독이나 심독은 시의 음률과 리듬을 묵살하는 것이다. 시의 뜻만 머리로 좇고 있지 시의 음악을 귀로 듣고 있지 않다. 마음 속으로도 음률이나 리듬을 감지한다지만 소리 내지 않으면 스스로 그 음감에 취하지 않는다.

사람이 소리를 내어 말을 하면 신체 기관이 따라 움직이면서 그 진동과 파동으로 말속에 감정을 띠게 된다. 시낭송은 몸으로 시의 감정을 전달하는 것이다.

고대 그리스의 철학자 제논은 "소리는 미의 정화(精華)다"라고 말했지만, 시의 경우 소리는 미의 발견자라고 할 수 있다. 소리가 시를 찾아낸다. 소리가 동반되지 않으면 시미(詩美)는 실종된다.

몽테뉴의 〈수상록〉에는 이런 구절이 있다.(II권 12장)

"어떤 사람이 내게 말해 주었다. '당신은 우리 프랑스 사람이면 누구나 알고 있는 대시인이 자작시를 낭독하는 것을 듣고 아주 감탄했겠지만, 그런 시를 책에서 눈으로 읽는다면 귀로 듣는 것보다는 못할 것이므로 당신의 눈은 당신의 귀와 전혀 반대의 판단을 할 것입니다. 그만큼 낭독은 읽기에 달린 것이어서 평범한 작품에도 가치와 풍치를 더하게 할 수 있습니다'라고."

또 영국 시인 C. D. 루이스는 〈당신을 위한 시〉에서 이렇게 말한다. "거의 대부분의 시는 소리를 내어 낭독함으로써 그 시의 맛을 제대로 맛보게 된다. 시의 리듬이나 운이 반복되는 맛은 눈을 통하기 보다는 귀를 통하는 것이 진하게 전해진다. 그래서 한 편의 시를 혼자서 자기 눈으로 읽어 자기에게만 들려주는 것보다는 한 사람이 읽고 다른 사람이 듣는 편이 더 효과적이다."

사실 많은 시들은 눈으로 읽을 때와 귀로 들을 때 전혀 다른 작품인 것처럼 느껴질 경우가 많다. 그리고 낭독으로 들으면 활자로 읽을 때보다 훨씬 시를 이해하기 쉽다.

아미엘의 유명한 〈일기〉에도 시낭독에 대해 언급한 대목이 나온다.(1877년 11월 19일자)

"시라는 것은 노래하거나 입으로 전하지 않으면 안 된다. 눈이 글자에 매여 있는 한 정신은 날 수가 없게 되고 그저 땅 위를 기어다니게 된다. 생각은 말로 해야 하고 꿈은 노래하지 않으면 안 된다."

⑺ 시낭송은 시의 재발견이다

명연주자는 한 곡을 얼마만큼 숙달된 기교로 소화하느냐 하는 것보다는 그 곡을 어떻게 해석하느냐에 달렸다. 음악은 같은 곡이라도 연주자에 따라 해석이 달라진다. 시낭송자도 가수로서 연주자인 이상 시의 해석자다.

한 편의 시를 읽자면 수많은 낭송 방법이 있을 수 있다. 낭송자는 이 중에 자기 해석을 택하게 된다. 이때 해석이란 시의 재발견이다. 시인이 쓴 시 속에서 자기 시를 찾아내는 것이다. 시어를 한 자도 바꾸지 않으면서 자기 시를 새로 쓰는 것이다. 시인이 미처 미치지 못했거나 아예 의도하지 않았던 이미지를 낭송자가 창안해 내기도 한다.

해석이라고 해서 시의 축어적인 분석을 뜻하는 것은 물론 아니다. 시낭송은 그 시의 이미지를 그리는 것이고 그 이미지를 전달하는 것이다. 시의 이미지는 그 시의 자구(字句)나 자의(字意)만으로 정해지는 것이 아니고 음률이나 리듬 같은 여러 요인들이 복합적으로 작용해 만들어지는 것이기 때문에 어떤 이미지를 그리느냐는 시의 해석에 달려 있다. 그 해석이 새로운 시를 가공해 내는 것이다.

감동적인 시낭송을 들을 때는 그 시를 활자로 읽을 때와는 전혀 다른 시로 느껴진다고 했는데, 그것은 낭송자가 시를 재발견했기 때문이다.

시는 글이요 시낭송은 말이다. 시에는 글로 다 표현하지 못하는 비밀이 있다. 시낭송은 그 비밀을 찾아내는 것이다.

⑻ 시낭송은 시의 통역이다

시낭송은 문자의 언어를 음성의 언어로 통역하는 것이다.

시가 문자 언어의 상태로는 외국어처럼 생경하고 난해할 수 있기 때문에 그것을 음성 언어로 전환함으로써 우리말처럼 쉽게 들리게 해주는 것이 시낭송이다. 시낭송자는 시인과 독자 사이의 매개자다.

사실 시란 언어의 정수요 우리말 시는 우리말의 정화이므로 익숙하지 않은 사람에게는 시의 정제된 언어가 생소하다. 이것을 낭송이라는 노래로 통역하여 친숙하게 하는 것이다. 노래는 모든 사람을 설득시킬 수 있는 만국어다.

설령 이미 시에 충분히 익숙해 있는 사람이라도 시낭송은 그 다양한 버전(version)이 시의 묘미를 더해 준다.

모든 통역이 그렇듯이 시낭송의 통역에도 한계가 있을 수 있다.

가령 언어에는 이중, 삼중의 이미지가 겹친 중층 구조의 것이 있다.

이것을 소리 내어 읽을 때는 그중의 하나를 선택해야 한다. 성대는 두 가지 소리를 한꺼번에 낼 수 없기 때문이다.

그렇다고는 해도 낭송자에게 시는 외국어의 원전 같은 것이고 통역되지 않고는 아무나 이해할 수 없는 그 원전을 낭송자는 통역해 내는 것이다.

⑼ 시낭송은 연기다

시낭송자는 배우다. 연극배우나 성우와 같은 연기자다.

시낭송이라면 지금까지 연극배우나 성우의 전담물로 생각해 왔다. 물론 이들의 기본적인 연기력이 어느 정도 시낭송을 커버할 수는 있겠지만, 전문적인 시낭송자가 되려면 시적 감수성이 있어야 하고 시적 표현력의 수련이 필요하다.

유럽에서는 연극의 딕션(diction) 연습을 시낭독으로부터 시작한다. 음악원에서 오페라 교습을 할 때도 시낭송부터 가르친다. 시낭송이 성악의 첫걸음이라는 말이요 연기의 기초라는 말이다. 그래서 배우가 시낭송을 하는 것이 조금도 어색하지 않다.

그러나 우리나라에서는 배우나 성우들이 이런 훈련에 익숙해 있지 않다. 그래서 등장한 것이 시낭송가라고 할 수 있다. 시낭송가는 배우도 성우도 아닌 제3의 연기자다. 아직은 우리나라에만 있는 시 전문 연기자다.

⑽ 왜 암송인가

시낭송에는 낭독이 있고 암송이 있다.

예전에는 시인들이 자작시를 읽거나 성우들이 명시를 읽거나 대부분 시 원고를 보고 읽는 낭독이었다.

우리나라에서 암송에 의한 시낭송이 본격화된 것은 첫 '시인만세' 때의 시낭송 경연대회에 일반 시민이 참여하면서부터다. 이때부터 경연대회 출전자는 반드시 시를 암송하는 것이 관례가 되었다. 그 이후로 경연대회가 아니더라도 시낭송이라면 으레 암송이라는 통념이 생기게 되었고, 자작시를 잘 외우지 못하는 시인들도 차츰 시 원고를 들고 무대에 서는 것을 쑥스럽게 여기게 되었다.

시 한 편을 암기하기란 과히 쉬운 일이 아닌데도 왜 굳이 암송을 강요하는가.

시를 암송하면 되풀이해 외운 목소리로 길들여져 버린다는 반론이 있다. 시를 처음 대하는 것 같은 신선감이 없다는 것이다.

그렇다면 음악 연주회에서 피아니스트나 바이올리니스트는 독주 때 왜 반드시 악보를 외워 연주하는가. 왜 악보를 들고 나와 노래하는 가수는 없는가.

특히 기악곡의 연주자들은 그 긴 곡을 암보로 연주하기 위해 피나는 연습을 한다. 독보와 암보는 음악의 표현력에 엄청난 차이가 있기 때문이다. 곡을 외워야 그 음악이 자기 몸 속에 용해되어 체득화(體得化)되고 내면화(internalisation)된다. 이렇게 해서 온몸에서 우러나는 음악이라야 진정한 음악이 되는 것이다.

시낭송도 마찬가지다. 원고의 글자를 따라 시를 읽으면 그 시각의 집중이 내면의 정감을 방해한다. 글자에 얽매여 자신의 감흥이 자유롭게 생성되지도 않고 발산되지도 않는다. 시감이 내면화되지 않으므로 충분한 감정이 묻어나기가 어렵다. 그저 글자를 하나하나 발음하는 데 그치게 된다. 발성이 있을 뿐 낭송은 없다.

연설의 경우를 보더라도 원고를 보고 읽는 연설에서 웅변을 기대할 수 없다.

시를 외우고 있어야 평소에 늘 시를 몸에 지니고 있게 된다. 시를 보고 읽는 것은 시를 휴지처럼 한번 읽고 버리는 것이다.

뿐만 아니라 시를 눈으로 보고 읽는 낭독은 읽는 사람의 시에 대한 정성과 열의와 이해가 담겨 있지 않다는 것이 드러나 있기 때문에 처음부터 듣는 사람으로 하여금 깊은 감명을 주지 못한다. 건성으로 읽는 시는 듣는 사람도 건성으로 듣게 마련이다. 반면에 비록 시를 잘 읊지 못한다 하더라도 시를 외워서 낭송하면 그 낭송에 대한 듣는 사람의 신뢰가 커지고 그 낭송자의 시에 대한 애정에 공명하게 되는 것이다.

라디오 같은 데서 흘러나오는 시낭송을 들으면 대개 시를 조화처럼 읽는다. 생화 같은 생기가 없다. 시어들이 입 안에서 사어(死語)처럼 공전한다. 시를 보면서 읽고 있기 때문이다.

흔히 배우들이 시 원고를 들고 태연히 무대에 서는 것을 볼 때 희극을 보듯 웃음이 나온다. 배우가 대본을 보면서 연기를 하는 꼴이다.

시낭송회에 가보면 인쇄된 시의 텍스트를 청중들에게 나누어 주는 경우가 많다. 시는 낭송자만 암송으로 읊을 것이 아니라 청중도 시 텍스트를 보지 않고 듣는 것이 바람직하다. 시를 눈으로 보면서 낭송을 들으면 청각의 집중력이 산만해질 뿐 아니라 시각이 글자에 매여 그 음감의 전달이 둔해지기 쉽다. 그래서 시의 감흥이 약해진다. 텍스트를 청중에게 보여주어야 시가 정확하게 전달될 정도라면 낭송자가 시를 잘 못 읊고 있는 것이다.

⑾ 누구를 위한 시낭송인가

혼자 즐기기 위한 경우를 제외하면 시낭송 전문가들이 청중 앞에서 시를 낭송하는 것은 일차적으로 시를 널리 전달하기 위해서다. 그러면 왜 시를 남에게 전달하느냐.

그 필요성을 물으려면 먼저 시의 효용성을 물어야 한다.

그러나 지금 여기는 시의 목적을 말하고 있을 자리가 아니다. 그것은 시론에 맡길 수밖에 없다.

다만 한 가지는 말할 수 있다.

헤겔에 의하면 시는 최고의 예술이다. 그리고 가장 보편적인 예술이다. 왜냐하면 시는 자체의 영분속에 모든 예술의 영분을 포함하고 있기 때문이다. 시는 모든 예술의 기초다. 모든 예술에는 시가 들어 있다.

시 없이는 아름다움이 없다. 아름다움을 추구하는 모든 정신은 시부터 습득하지 않으면 안 된다.

시낭송은 이런 시를 맛있게 복용시키는 방법이다. 그러나 보들레르 같은 시인은 시의 목적성을 아예 부인한 사람이었다.

"시는 그 자체 외는 아무 목적도 없다. 어떤 시도 단지 시를 쓴다는 즐거움만을 위해 쓰여진 것 이상으로 위대하고 고귀한 가치는 없을 것이다."

시낭송도 그렇다. 아무리 시낭송이 침 마르게 시의 전도사로서의 사명을 외친다 하더라도 시낭송 그 자체의 즐거움보다 가치가 더 크지는 않다. 노래하는 것이 즐거움이듯이 시낭송은 즐거움이다. 노래가 자신의 정념을 정화시키고 순화시켜 주듯이 시낭송도 마찬가지다. 다만 노래도 가수가 되면 남을 즐겁게 하기 위해 노래를 부른다. 시낭송도 시낭송 전문가가 되면 남을 즐겁게 하기 위해 시를 낭송한다. 그래서 시낭송가가 탄생하는 것이다.

〈논어〉는 말한다. "시는 감흥을 돋우는 것이다." 이 시의 감흥을 전파하자는 것이 시낭송이다. 시낭송을 청중 앞에서 하는 것은 낭송자의 시적 감동을 남에게 전달하여 같은 시적 감동을 불러일으키게 하기 위해서다.

그렇다면 아무나 그 시낭송에 감응할 수 있는 것일까.

"자신 속에 시를 감추고 있지 않은 경우에는 어디에서도 시를 발견할 수 없다"는 말이 있다. 이 말은 시인을 두고 하는 말이겠지만 시낭송자나 시낭송의 청중에게도 해당되는 말일 것이다.

청중이 시낭송을 충분히 음미하여 그 낭송에 공감을 일으키자면 그 역시 자신 속에 상당한 시를 감추고 있는 것이 좋다. 그러나 다수의 청중들에게 이런 시적 감수성의 수준을 기대할 수는 없다.

그렇다면 시낭송은 특정 청중만을 대상으로 해야 할 것인가.

원시인에게는 시적 예지(sapientia poetica)라는 것이 있다. 이성이 발달하지 않아도 감성적인 상상력은 발동한다. 아무리 미개한 사람이라도 이 시적 예지가 있고, 그것이 발달하여 사람은 누구에게나 어느 만

큰 시적 기질을 가지고 있다. 태초에 시가 있었던 것도 이 때문이다. 게다가 음악성은 누구에게나 있는 기질이므로 누구나 시낭송의 청중이 될 수 있고 그 낭송에 공명할 수 있다. 시낭송은 사람마다 있는 금선(琴線)을 울리는 것이다.

Ⅲ

어떤 시를 낭송할 것인가

Ⅲ
어떤 시를
낭송할 것인가

재능문화 주최로 매년 열리고 있는 재능시낭송대회의 심사 규정을 보면 시의 선택이 중요한 평가 기준의 하나로 되어 있다.

그러면 낭송시를 어떻게 선택할 것인가.

시의 선택이 낭송 능력의 기본 기준이 되는 것은 어떤 시를 고르느냐가 낭송자의 시에 대한 안목을 가늠해 주기 때문이다. 일반적으로 시에 대해 얼마만큼의 식견이 있느냐를 알려면 그가 어떤 시를 좋아하는지를 알면 된다.

시낭송자는 시에 대한 상당한 소양이 없이는 시를 소리로 잘 전달하기 어렵다. 전혀 시가 되어 있지 않는 것을 아무리 시라고 읊어 봤자 시는 무안할 수밖에 없다.

그렇다면 시적으로 완성된 시라야 낭송에 적합한 것인가.

시는 명시라고 해서 반드시 좋은 낭송시인 것은 아니다. 문학적으로 명시로 평가된 작품에는 비대중적인 것이 많다. 고고하고 싶고 도도하고 싶은 것이 시다. 시는 대중에게 사랑받고 싶으면서도 한편으로는 대중과 손잡고 싶지 않다.

그러니 좋은 시라고 해서 다 소리내어 읽힐 수 있는 것은 아니다. 소리 내어 읽을 수 있는 시가 따로 있는 것이다.

시낭송 경연대회에 심사위원으로 참여하는 시인들의 채점 경향을 보면 심사에 가장 민감한 것이 시의 선택이다. 대개 너무 평범하다거나 시의에 맞지 않다거나 하는 시를 낭송하는 사람은 좋게 평가 하지 않는다.

시낭송 경연대회는 엄밀한 의미에서 시에 대한 소양을 테스트하는 것이 아니라 시낭송의 기량을 테스트하자는 것이니 낭송시가 명시가 아니라거나 오래된 시라거나 하더라도 그 낭송이 듣는 사람에게 감동을 주었으면 낭송을 잘한 것이지 않느냐 하겠지만, 그 시가 시로서 미흡하다거나 너무 진부하다거나 할 경우에는 청중에게 감동을 주기가 어렵다.

어떤 시를 읽어야 가장 호소력 있게 감흥을 전달할 것인가 하는 시의 선택은 시낭송의 출발점이다.

(1) 평이한 시

읽는 시와 듣는 시는 다르다.

눈으로 읽어 좋은 시가 있고 귀로 들어 좋은 시가 있다.

귀로 들어 좋은 시는 무엇보다도 우선 알아듣기 쉬운 시다.

시에는 대별하자면 주정적인 시가 있고 주지적인 시가 있다. 일반적으로 주지적인 시는 낭송으로 전달이 어렵다.

왕왕 이 시는 절대로 낭송하기에 적합하지 않다고 생각했던 시인데 낭송자의 기량으로 전혀 예상하지 않았던 감동을 주는 경우가 있다. 난해시더라도 영 낭송의 가치가 없는 것은 아니다.

그렇긴 하지만 시낭송이 듣는 사람에게 공감을 불러일으키기 위한 것이라면 듣는 사람으로서는 먼저 그 시가 평이해야 공감을 하기가 쉽다. 시낭송이 상당한 시적 이해력을 가진 어느 특정한 계층만을 상대로 하는 것이 아닌 바에야 일반 대중이 접근하기 쉬운 시부터 시작하는 것이 좋다. 그래야 듣는 사람이 시에 대한 친근감을 느끼게 되고 시낭송에 호감을 가지게 된다. 그리고 낭송자 자신으로서도 쉬운 시의 낭송을 통해 시를 충분히 소화시키는 훈련을 쌓아가는 것이 바람직하다.

그렇다고 해서 무턱대고 알아듣기 쉬운 시만 고르라는 것은 아니다. 시적 완성도가 높은 시 중에서 전달력이 있는 시를 선택하자는 말이다. 〈맹자〉에 "말은 비근하면서 그 뜻이 심원한 것이 좋은 말이다." 라는 구절이 있다. 용어가 평이하면서 뜻이 깊은 것이 낭송하기에도 좋은 시다. 평이하면서는 좋은 시가 얼마든지 있다. 그저 알아듣기만 쉬운 시는 일반적으로 시의 긴장감이나 시어의 밀도가 떨어져 아무리 전달이 잘 되더라도 시적 감흥을 주기 어렵다.

시낭송이 모두 평이한 표현의 시 위주로 흐른다면 시의 장래는 어떻게 될 것인가, 시낭송이 자기 편의로 시를 연골화함으로써 시의 수준을 격하시키고 시의 본질을 왜곡시키는 것은 아닐까 하는 생각은 기우다. 언제나 평이한 시만 낭송하자는 것도 아니거니와, 시낭송 운동은 기본적으로 일반 시민들의 시에 대한 흥미를 고취시킴으로써 시와의 접면(接面)을 넓히자는 것이므로 시낭송을 통해 시에 친숙해지기 시작하게 되면 차츰 듣는 시가 아닌 읽는 시도 찾게 되는 것이다.

(2) 노래가 있는 시

시낭송이 기본적으로 노래를 노래하는 것이라면, 노래 없는 시를 노래할 수는 없다.

시는 음률감과 리듬감이 두드러지는 시일수록 그 음악성을 살릴 때 낭송을 통한 감응력이 크다. 가장 리드미컬한 시가 가장 읊기 좋은 시다. 그리고 가장 듣기 좋은 시다.

마르셀 프루스트의 소설 〈잃어버린 시간을 찾아서〉(스완네 집 쪽으로)에는 "아름다운 시구란 뜻이 하나도 없으면 없을수록 아름답다"는 구절이 나온다.

노래가 가사 없이도 음악이 되듯이 시는 음률 자체가 시의 본체다. 노래성만으로도 시는 아름다운 것이다.

사실 현대시는 노래가 없어져 간다. 노래 없는 시도 시냐 아니냐 하는 것은 시론의 토론에 맡기더라도, 적어도 시낭송에 있어서는 시가 노래를 잃어가는 것은 안타까운 일이다. 그래서 시낭송자들은 자꾸만 노래가 있는 고전 명시로 회기하고 싶어 한다.

(3) 감정의 기복이 있는 시

시낭송은 감정의 이입이다. 시 속에 내포된 감정을 듣는 사람에게 전달하는 것이다.

감정을 차분히 내재시켜 시를 낭송하건 격렬히 표출시켜 낭송하건 얼마나 감동을 주느냐에 달린 것이지만, 일반적으로는 열의 전도처럼 감정의 온냉이 심할수록 전달력이 강하다.

에드먼드 버크는 "정열적인 사람들이 애용하는 언어는 명석하게 표현하는 언어보다 우리를 더 감동시킨다."고 했다.

노래는 음의 고저와 장단과 강약의 조합이다. 시낭송은 노래이므로 고저와 장단과 강약이 두드러질 때 훨씬 큰 감응을 일으킨다.

그러나 아무 시나 다 음성적으로 고저와 장단과 강약을 줄 수 있는 것은 아니다. 별다른 감정의 기복이나 명암이 없는 시가 있고 그런 시가 다 명시가 아닌 것도 아니지만 시를 음성으로 전달하자면 이런 시는 효과가 덜한 것이다.

무슨 시든 잔잔한 물결 소리로 읽는 낭송자들이 많은데, 그렇게 읽어야 할 시라도 낱말 하나하나의 정확한 발성으로 시구의 전달이 확실하고 또 시의 낱말 자체가 가진 감정이 충분히 우러난다면 공감을 줄 수 있겠지만, 감정이 물결칠수록 시는 생동감이 있다.

모든 예술의 기초는 빛과 그림자의 대조다.

미술은 말할 것도 없고 음악도 마찬가지다.

시낭송도 그 자체로 예술의 경지에 이르자면 음영이 짙어야 한다. 이 음영을 만드는 것이 감정의 기복이다. 시낭송자는 시의 언어에 음감으로 색칠을 하는 사람이다. 시구 하나하나에 색감을 줄 뿐 아니라 행과 행 사이, 연과 연 사이에 빛과 그림자를 만들어 내야 한다. 그 빛과 그림자가 또한 다채로워야 한다. 인상파 화가들의 그림을 보라. 그림자가 반드시 검정색인 것은 아니다. 녹색의 그림자도 있고 빨간색의 그림자도 있다.

이에 대해 영국 시인 C.D.루이스는 〈당신을 위한 시〉에서 반론한다. "극으로 쓰여진 시가 아니라면 연극적인 발성의 낭송을 해서는 안된다. 특히 서정시나 명상시의 경우에는 무리한 힘이 들어가는 낭송법은 금물이다. 극적인 발성을 피한다고 해서 그 시가 무미건조해지는 것은 아니다. 한 편의 시의 맛을 내려면 그 시의 리듬과 그 시의 기분의 변이를 주의 깊게 뒷받침하는 것이 중요하다."

물론 한 편의 서정시나 명상시를 별다른 감정의 기복 없이도 감동적으로 전할 수 있다면 그 자체로 훌륭한 낭송법이다. 듣는 사람에게 편안한 안식을 주는 시낭송도 있어야 한다. 그리고 여기서도 모든 시를 드라마틱하게 읽자는 것이 아니요 드라마틱한 시만 읽자는 것도 아니다. 다만 낭송의 맛을 살리자면 감정의 기복이 있는 시를 선택하여 기복 있게 읽는 것이 효과적이라는 말이다.

⑷ 스토리나 드라마가 있는 시

시에는 서사시도 있고 극시도 있지만, 그런 장편시가 아닌 단시에도 그 속에 스토리가 있고 드라마가 있는 시들이 있다.

이야기가 있는 시는 평이감을 주고 드라마가 있는 시는 기복감을 준다. 그런 설화성의 시는 듣는 사람이 이해하기도 쉬울뿐더러 금방 감흥이 생긴다. 그리고 재미가 있다. 재미는 시와의 친화력을 강화시킨다.

시낭송은 단조롭지 않아야 한다. 단조로움을 깨려면 낭송 기법의 다양한 변화로 감정 표현에 하나의 드라마를 만들어 낼 줄 알아야 한다. 시낭송은 그 자체가 하나의 조그만 드라마다. 체호프의 정극(靜劇)에도 드라마는 있는 것이다.

(5) 자기 체질에 맞는 시

명배우라고 아무 역이나 잘하는 것이 아니듯이 아무리 명낭송가라도 아무 시나 잘 읽는 것은 아니다.

다른 사람이 감동적으로 읽는 시라고 해서 자기도 반드시 감동적으로 읽을 수 있는 것이 아니요, 많은 사람들이 애송하는 시라고 해서 다 자기가 읽기에도 알맞은 것은 아니다.

시를 낭송하는 사람에게는 각자 자기 음색이 있고 자기 취향이 있다. 시적 감정이나 감응력이 각자 다르다. 자기 체질에 맞지 않는 시는 남의 목소리로 읽는 것 같아서 절대로 남을 감복시킬 수 없다.

그러나 이 시의 체질이라고 하는 것은 많은 다양한 시를 읽어감에 따라 부분적으로는 상당히 바뀔 수 있다. 음색은 바꾸기 힘들망정 취향은 바뀐다. 자랄 때 너무 자기 몸에 꼭 끼이는 옷만 입으면 몸이 크지 않는다. 자기 체질에 맞는 시만 고집하다 보면 낭송의 폭에 한계가 생긴다. 무슨 시를 읽어도 꼭 같은 시로 들리게 된다. 많은 시들을 섭렵하여 자신의 체질을 바꾸어 가면서 낭송의 폭을 넓혀 가야 하는 것이다.

(6) 낭송시의 길이

너무 짧은 시는 시감이나 음률의 변화가 적어 시적 감흥을 일으킬 시간적 여유가 없고 낭송자가 자기 기량을 충분히 발휘할 기회가 적다. 그래서 경연대회같은 데서는 참가자들이 긴 시를 선호한다. 경연대회에서는 대개 낭송시간이 3분 이내로 제한되어 있으나 갈수록 낭송시가 길어지는 경향조차 있다.

그러나 너무 긴 시는 낭송 중에 혹시 구절을 잊어버리지 않을까 하는 조마로움 때문에 암기에 급급한 나머지 자신의 감정 표현을 여유롭게 할 수가 없다. 그리고 그것이 아무리 명시이더라도 너무 길면 듣는 사람에게 지루한 감을 주기 쉽고, 비슷한 감정의 기복이 되풀이되면 전체적으로 오히려 단조로와진다.

시낭송은 기억력의 경쟁이 아니므로 공연히 긴 시로 실수를 자초하거나 시에 실미를 내게 할 필요는 없다. 굳이 경연대회가 아니더라도 시낭송 중에 구절이 막히면 시흥이 깨져 버린다. 피아노나 바이올린의 콩쿠르에서 심사위원들은 처음 몇 소절만 듣고도 채점을 해 버린다. 시낭송도 처음 몇 행만 들어보면 금방 기량이 드러난다. 굳이 길지 않더라도 시감을 살릴 수 있는 시가 얼마든지 있다.

⑺ 경연대회 참가시의 경향

A. 어떤 시가 많이 낭송되나

표본 삼아 2018~2020년 3년 동안 재능시낭송대회(성인부)의 예선(온라인 예선 포함) 참가자 전원이 낭송한 시를 연도별로 집계해 어떤 시들이 선호되고 어느 시인의 시가 많이 낭송되었는지 알아보자.

※ 2018년(690명 참가, 시인 162명의 시 372편 낭송)
▶ **5명 이상이 선택한 시**
  한용운 〈님의 침묵〉 (13명)
  서정주 〈자화상〉 (12명)
  곽재구 〈사평역에서〉 (11명)
  윤동주 〈별 헤는 밤〉 (11명)

송수권 〈여승〉 (10명)

유안진 〈자화상〉 (10명)

유치환 〈행복〉 (10명)

곽재구 〈20년 후의 가을〉 (9명)

이근배 〈금강산은 길을 묻지 않는다〉 (9명)

백　석 〈고독〉 (8명)

서정주 〈석굴암 관세음의 노래〉 (8명)

복효근 〈어느 대나무의 고백〉 (7명)

신석정 〈역사〉 (7명)

마종기 〈우화의 강〉 (6명)

문병란 〈불혹의 연가〉 (6명)

신석정 〈영구차의 역사〉 (6명)

유치환 〈초상집〉 (6명)

윤동주 〈트루게네프의 언덕〉 (6명)

이가림 〈석류〉 (6명)

정일근 〈둥근 어머니의 두레밥상〉 (6명)

문인수 〈쉬〉 (5명)

박두진 〈청산도〉 〈갈보리의 노래〉 (각 5명)

백　석 〈흰 바람벽이 있어〉 (5명)

서정주 〈바다〉 (5명)

유치환 〈세월〉 (5명)

정일근 〈기다린 다는 것에 대하여〉
　　　　〈유배지에서 보내는 정약용의 편지〉 (각 5명)

정호승 〈수선화에게〉 (5명)

▶ **5편 이상이 선택된 시인**

박두진 (16편 · 30명)

이기철 (14편 · 18명)

신석정 (13편 · 35명)

서정주 (11편 · 35명)

정호승 (10편 · 19명)

도종환 (10편 · 17명)

이해인 (9편 · 11명)

문병란 (8편 · 17명)

윤동주 (8편 · 28명)

백　석 (8편 · 25명)

유치환 (7편 · 29명)

정일근 (7편 · 21명)

김남조 (7편 · 9명)

한용운 (6편 · 21명)

송수권 (6편 · 16명)

문정희 (6편 · 11명)

김용택 (6편 · 10명)

조지훈 (6편 · 9명)

곽재구 (5편 · 24명)

이근배 (5편 · 18명)

안도현 (5편 · 5명)

※ 2019년(619명 참가, 시인 143명의 시 356편 낭송)
▶ **5명 이상이 선택한 시**
곽재구 〈사평역에서〉 (12명)

백　석 〈흰 바람벽이 있어〉 (11명)

문병란 〈인연서설〉 (10명)

한용운 〈당신을 보았습니다〉 (9명)

이근배 〈금강산은 길을 묻지 않는다〉 (8명)

문병란 〈바다가 내게〉 (7명)

박경리 〈옛날의 그 집〉 (7명)

박두진 〈청산도〉 (7명)

심 훈 〈그날이 오면〉 (7명)

유안진 〈자화상〉 (7명)

박두진 〈고향〉 (6명)

신석정 〈역사〉 (6명)

유치환 〈행복〉 (6명)

윤동주 〈별 헤는 밤〉 (6명)

이상화 〈빼앗긴 들에도 봄은 오는가〉 (6명)

한용운 〈님의 침묵〉 (6명)

김현태 〈인연이라는 것에 대하여〉 (5명)

문태준 〈빈집의 약속〉 (5명)

서정주 〈자화상〉, 〈석굴암 관세음의 노래〉 (각 5명)

신석정 〈영구차의 역사〉 (5명)

▶ **5편 이상이 선택된 시인**

박두진 (16편 · 37명)

신석정 (16편 · 36명)

윤동주 (11편 · 22명)

문병란 (10편 · 27명)

도종환 (9편 · 12명)

한용운 (8편 · 21명)

유치환 (8편 · 16명)

이육사 (7편 · 14명)

문정희 (7편 · 10명)

송수권 (7편 · 8명)

곽재구 (6편 · 23명)

서정주 (6편 · 18명)

심　훈 (6편 · 16명)

이근배 (6편 · 15명)

나희덕 (6편 · 9명)

이기철 (6편 · 9명)

정호승 (6편 · 9명)

오세영 (6편 · 7명)

백　석 (5편 · 22명)

복효근 (5편 · 7명)

조지훈 (5편 · 7명)

구　상 (5편 · 6명)

※ 2020년(665명 참가, 시인 165명의 시 376편 낭송)

▶ 5명 이상이 선택한 시

곽재구 〈사평역에서〉 (12명)

유안진 〈자화상〉 (11명)

이근배 〈금강산은 길을 묻지 않는다〉 (11명)

박경리 〈옛날의 그 집〉 (8명)

문병란 〈인연서설〉 (7명)

백　석 〈흰 바람벽이 있어〉 (7명)

서정주 〈자화상〉 (7명)

윤동주 〈별 헤는 밤〉 (7명)

조지훈 〈석문〉 (7명)

곽재구 〈20년 후의 가을〉 (6명)

신석정 〈역사〉 (6명)

유자효 〈세한도〉 (6명)

이근배 〈겨울행〉 (6명)

마종기 〈우화의 강〉 (5명)

문병란 〈죽순 밭에서〉 (5명)

문태준 〈빈 집의 약속〉 (5명)

박두진 〈고향〉 (5명)

신석정 〈어머니 기억〉 (5명)

이기철 〈내가 바라는 세상〉 (5명)

허만하 〈길〉 (5명)

▶ **5편 이상이 선택된 시인**

문병란 (15편 · 31명)

신석정 (13편 · 35명)

이기철 (13편 · 23명)

박두진 (11편 · 24명)

유치환 (11편 · 19명)

정호승 (9편 · 12명)

백　석 (8편 · 20명)

정일근 (8편 · 18명)

한용운 (8편 · 17명)

윤동주 (8편 · 16명)

문정희 (8편 · 12명)

도종환 (7편 · 16명)

나희덕 (7편 · 11명)

서정주 (6편 · 16명)

조지훈 (6편 · 12명)

송수권 (6편 · 8명)

곽재구 (5편 · 23명)

안도현 (5편 · 8명)

고정희 (5편 · 5명)

이해인 (5편 · 5명)

B. 낭송시 톱10

※ 2018~2020년 3년 동안 재능시낭송대회(성인부)의 예선(온라인 예선 포함) 참가자 전원(1,974명)이 선택한 시로 낭송자들이 가장 선호하는 낭송시 톱10을 선정하면 다음과 같다.(현역 시인은 시기에 따라 추세가 달라지므로 제외)

① 한용운 〈님의 침묵〉 (25명 낭송)

② 윤동주 〈별 헤는 밤〉 (24명)

　　서정주 〈자화상〉 (24명)

　　백　석 〈흰 바람벽이 있어〉 (24명)

⑤ 유치환 〈행복〉 (20명)

　　문병란 〈인연서설〉 (20명)

⑦ 신석정 〈역사〉 (19명)

⑧ 박두진 〈청산도〉 (16명)

⑨ 박인환 〈목마와 숙녀〉 (11명)

⑩ 이육사 〈광야〉 (10명)

위 톱10을 그 10년 전 추세와 비교하기 위해 2008~2010년 3년 동안 재능시낭송대회(성인부)의 예선대회 참가자 전원(1,186명)이 선택한 시로 낭송자들이 가장 선호한 낭송시 톱10을 선정하면 다음과 같다. (현역 시인은 시기에 따라 추세가 달라지므로 제외)

① 한용운 〈님의 침묵〉 (29명 낭송)
② 유치환 〈행복〉 (27명)
③ 윤동주 〈별헤는 밤〉 (20명)
　 박두진 〈청산도〉 (20명)
⑤ 전봉건 〈뼈저린 꿈에서만〉 (17명)
⑥ 박인환 〈목마와 숙녀〉 (15명)
⑦ 서정주 〈자화상〉 (12명)
⑧ 신석정 〈그 먼 나라를 알으십니까〉 (11명)
⑨ 김소월 〈초혼〉 (10명)
　 김춘수 〈꽃〉 (10명)

※ 2008~2010년의 낭송시 톱10과 그 10년 후인 2018~2020년의 낭송시 톱10을 비교해 보면 다음 6편이 공통으로 낭송 명시의 고전으로 자리잡혀 있다.

〈님의 침묵〉 (한용운)
〈별 헤는 밤〉 (윤동주)
〈자화상〉 (서정주)
〈행복〉 (유치환)
〈목마와 숙녀〉 (박인환)
〈청산도〉 (박두진)

재능시낭송협회는 2017년 우리나라 시낭송 운동 50년을 맞으면서 시낭송자들이 가장 애송하는 낭송 명시를 선정해 기념 공연의 무대에 올렸고 이때 선정된 시가 바로 위의 6대 낭송 명시였다.

이 낭송 명시들은 이미 '시인만세'의 시낭송 콩쿠르 때부터 등장하여 1967년에 〈님의 침묵〉〈목마와 숙녀〉가 1명씩, 1986년에 〈별 헤는 밤〉

〈행복〉이 1명씩, 1987년에 〈님의 침묵〉〈목마와 숙녀〉 2명씩과 〈행복〉 1명이 본선 무대에 오르고 있었다.

1987년 세 번째 '시인만세'의 시낭송 콩쿠르 때를 보면, 당시 전국 5대 도시의 지방 '시인만세'와 서울 예선에 총 536명이 참가해 이들이 가장 많이 선택한 시는 윤동주의 〈별 헤는 밤〉(67명)이었고 그다음이 김소월의 〈초혼〉(53명)이었다. 시인별로는 김소월이 〈초혼〉 외에도 〈진달래꽃〉(11명), 〈못잊어〉(8명), 〈가는 길〉(3명)로 도합 84명에 선택되었고, 윤동주는 〈별 헤는 밤〉 외에 〈길〉 등을 합쳐 모두 75명이 선택했다. 당시의 현역 시인으로는 서정주의 〈국화 옆에서〉가 21명으로 가장 많았다.

2008~2010년 3년간의 낭송시 톱10에까지 올랐던 〈초혼〉은 그 후로 열이 식어 낭송 명시의 반열에서 멀어지는 것은 아까운 일이다. 이것은 낭송시가 자꾸 잔잔한 정시(靜詩)로 향하는 경향 때문일 것인데 이런 격정 있는 시도 많이 읽혀야 한다.

위의 6대 낭송 명시 대열에 새로 가세하고 있는 것이 백석 시인이다. 백석의 시는 1999년부터 〈남신의주 유동 박시봉방〉으로 본선 무대에 등장하기 시작하더니 2001년에 금상과 은상, 2012년에는 대상을 수상하며 붐을 일으켰고 근년에는 〈흰 바람벽이 있어〉가 많이 낭송된다. 최근인 2018~2020년의 3년간 예선 참가자들의 낭송시 집계에서는 현역인 곽재구의 〈사평역에서〉가 단연 두각을 나타내고 있는데 이 시도 1987년 세 번째 '시인만세' 때부터 본선 무대에 오른 것이기는 하나 최근 3년간 이 시로 예선에 참가한 35명 중 수상한 낭송자는 동상 1명 뿐이다.

C. 어떤 시가 수상을 많이 하나

재능시낭송대회는 전국 16개 시·도 예선대회의 최우수상 수상자들이 본선대회에 진출하고 본선대회에서는 참가자 전원이 장려상 이상을 수상한다. 따라서 이 대회가 시작된 1991년부터 2020년까지 30년 동안 이 대회의 본선대회 참가자들이 선택한 시를 집계해 보면 어떤 시들이 수상하기 좋은 낭송시이며 어느 시인의 시가 수상을 많이 하는지 그 경향을 알 수 있다. (부록 Ⅲ 참조)

가. 베스트 수상시

※1991~2020년까지 30년 동안 재능시낭송대회(성인부)의 본선대회에서 장려상 이상 입상자 5명 이상이 선택한 시 (입상자 총 805명)

① 윤동주 〈별 헤는 밤〉 (14명)
② 박두진 〈설악부〉 (13명)
③ 한용운 〈님의 침묵〉 (12명)
④ 백 석 〈남신의주 유동 박시봉방〉 (9명)
⑤ 곽재구 〈사평역에서〉 (8명)
　 박인환 〈목마와 숙녀〉 (8명)
　 박제천 〈비천〉 (8명)
　 서정주 〈바다〉 (8명)
　 신석초 〈처용은 말한다〉 (8명)
　 이기철 〈지상에서 부르고 싶은 노래〉 (8명)
　 이생진 〈그리운 바다 성산포〉 (8명)
　 전봉건 〈뼈저린 꿈에서만〉 (8명)
⑥ 서정주 〈석굴암 관세음의 노래〉 (7명)
　 정호승 〈정동진〉 (7명)
⑦ 문정희 〈새 아리랑〉 (6명)
　 박두진 〈청산도〉, 〈마법의 새〉, 〈바다의 영가〉 (각 6명)
　 백 석 〈흰 바람벽이 있어〉 (6명)
　 서정주 〈상리과원〉 (6명)
　 유치환 〈행복〉 (6명)

조지훈 〈염원〉 (6명)

한용운 〈당신을 보았습니다〉 (6명)

⑧ 김남조 〈태양의 각문〉 (5명)

문병란 〈불혹의 연가〉 (5명)

신석정 〈역사〉 (5명)

신석초 〈바라춤〉 (5명)

이근배 〈금강산은 길을 묻지 않는다〉, 〈노래여 노래여〉 (각 5명)

이상화 〈빼앗긴 들에도 봄은 오는가〉 (5명)

정한모 〈바람 속에서〉 (5명)

조지훈 〈석문〉 (5명)

나. 어느 시인의 시가 많이 수상하나

※1991~2020년까지 30년 동안 재능시낭송대회(성인부)의 본선대회에서 3편 이상의 시가 선택된 시인

① 박두진 (낭송시 24편 · 입상자 78명)

서정주 (낭송시 24편 · 입상자 53명)

② 신석정 (12편 · 27명)

이기철 (12편 · 19명)

③ 김남조 (11편 · 17명)

유치환 (11편 · 22명)

④ 한용운 (10편 · 32명)

⑤ 백　석 (9편 · 26명)

이근배 (9편 · 21명)

문병란 (9편 · 18명)

고　은 (9편 · 12명)

송수권 (9편 · 10명)

⑥ 조지훈 (8편 · 20명)

　정호승 (8편 · 19명)

⑦ 김용택 (7편 · 8명)

　이해인 (7편 · 8명)

⑧ 이상화 (6편 · 12명)

　정일근 (6편 · 10명)

　도종환 (6편 · 8명)

⑨ 신동엽 (5편 · 8명)

　신달자 (5편 · 7명)

　안도현 (5편 · 7명)

　고정희 (5편 · 5명)

⑩ 신석초 (4편 · 20명)

　김승희 (4편 · 8명)

　김영랑 (4편 · 7명)

　노천명 (4편 · 7명)

　정지용 (4편 · 7명)

　문태준 (4편 · 6명)

　김현승 (4편 · 5명)

　유자효 (4편 · 5명)

　이육사 (4편 · 5명)

　김기림 (4편 · 4명)

　나희덕 (4편 · 4명)

　신경림 (4편 · 4명)

⑪ 윤동주 (3편 · 17명)

　곽재구 (3편 · 11명)

　문정희 (3편 · 10명)

　이생진 (3편 · 10명)

김수영 (3편 · 4명)

허영자 (3편 · 4명)

황동규 (3편 · 4명)

김남주 (3편 · 3명)

서정윤 (3편 · 3명)

심 훈 (3편 · 3명)

황금찬 (3편 · 3명)

다. 수상시가 어떻게 달라져 가나

재능시낭송대회 본선대회의 30년간 수상시들을 보면, 많은 사람이 낭송한다고 해서 반드시 많은 상을 타는 것은 아니다. 낭송 명시 가운데 입상시는 〈별 헤는 밤〉 14명, 〈님의 침묵〉 12명, 〈목마와 숙녀〉 8명, 〈청산도〉와 〈행복〉이 각각 6명으로 역시 상위권인 반면 〈자화상〉(서정주)은 2명, 낭송시 톱10에도 올랐던 〈초혼〉(김소월)이나 〈꽃〉(김춘수)은 단 1명만 입상해 저조하다. 상위권의 시들이라도 30년간 총 입상자가 805명인 것을 감안하면 대단한 숫자라 하기 어렵고, 더구나 근년 들면서 점차 줄어가는 추세다. 가령 〈별 헤는 밤〉의 경우 1991년부터 1995년까지 매년 계속해서 대상 1명, 금상 2명, 은상 1명, 동상 4명, 장려상 3명을 내오다가 뚝 그치고는 2008년 이후부터 2020년까지 12년 동안 장려상을 3명이 수상했을 뿐이다.

지난 30년 동안 재능시낭송대회 본선대회 수상자들이 낭송한 시를 시인별로 구분하면 박두진 시인(78명)의 시가 압도적으로 많고 그 다음이 서정주(53명) 한용운(32명) 신석정(27명) 백석(26명)의 순이다. 최근 3년 동안 예선 참가자들의 낭송시 수도 박두진 시인의 시가 1위다. 이것은 박두진 시인의 시들이 비교적 평이한데다 어느 시인의 시보다도 리듬감이 충만하기 때문일 것이다.

최근 3년간 재능시낭송대회의 예선 참가자 전원의 낭송시 경향을 보면, 해마다 600명 이상이 출전하여 낭송시가 350편 이상의 시들로 확대되어 있어 놀랍다. 이렇게 다양한 시들이 낭송자들을 통해 소개되고 있는 것이다. 낭송 명시 등 널리 읽혀 온 시인들의 시는 차츰 대표시에서 다른 시들로 옮아가는 추세가 뚜렷하다. 박두진 시인과 서정주 시인은 낭송되는 시 제목의 폭이 둘 다 무려 24편으로 늘었다. 그러나 박두진의 〈청산도〉는 박두진 시의 리듬 연습시 같은 시여서 낭송자들이 반드시 읽고 넘어가야 할 시인데도 다른 시들로 달아나기만 하는 것은 아쉽다. 한때 낭송시 톱10에도 들어간 신석정 시인의 〈그 먼 나라를 알으십니까〉도 한동안까지 애송 메뉴이더니 이제는 〈역사〉나 〈영구차의 역사〉로 바뀌었다. 경연대회에 참가하는 시낭송자들이 선호하는 시가 차츰 명시 위주에서 벗어나 현역의 새로운 시인 쪽으로 더 폭을 넓혀 가고 있는 것은 이미 많은 낭송자들이 수상한 시는 식상해져서 여간 잘 읽지 않고는 수상이 어렵다는 인식에서 낭송을 기피하는 경향이 있기 때문이기도 하다.

(8) 명시의 선택

시낭송자들이 선호하는 낭송시 가운데 50년 전이나 30년 전이나 빠짐없이 전국의 각종 시낭송 경연대회에 등장하여 수상까지 하는 불멸의 시가 윤동주의 〈별 헤는 밤〉과 한용운의 〈님의 침묵〉이었다. 이 아성이 흔들리기 시작하고 있다.

시의 선택에서 시의에 맞지 않는 시, 너무 진부한 시는 물론 피하는 것이 좋다. 그러나 아무리 오래된 시라고 하더라도 그 시가 고전적 생명력이 있고 또 청중에게 언제든지 감동을 줄 수 있는 것이라면 경연대회에서 불리하다는 이유만으로 소외되는 것은 불행한 일이다. 시낭송 운동이 낭송을 통한 명시의 보급에 있는 것이라면 새로운 시를 자꾸 발굴하여 명시로 정착시켜 가는 노력도 해야 하겠지만, 이미 명시로 평가된 시들을 새로운 세대들에게 널리 알리는 일도 중요하다.

시낭송 경연대회 참가자들의 지금까지의 낭송시에서 보듯이 흔히 말하는 명시 중에는 훌륭한 낭송시가 많다. 대개의 명시들이 시 애호가들의 애송시로 되어 있기 때문에 명시의 낭송은 청중의 공감을 얻기가 쉽다. 누구나 노래는 자기가 아는 노래를 좋아하듯이 시낭송도 자기가 아는 시를 들으면 더 흥감이 난다.

설령 낭송의 적합성 여부와 상관 없더라도, 이미 명시로 알려진 시들은 완성도에서 높이 평가받은 시이기 때문에 시낭송을 원하는 사람들은 먼저 이런 시부터 자꾸자꾸 읽는 것이 좋다. 그래서 시에 대한 이해와 감수성을 명시로 충분히 기른 다음 자기 체질에 맞는 낭송시를 선택해 가는 것이다. 명시는 시낭송을 위한 좋은 기초 교본이다.

그러면 우리나라 시 중에 어떤 시가 명시인가.

시나 시인을 서열화한다는 것도 곤혹스러운 일이요, 또 기준에 따라 전혀 달라질 수 있는 것이요, 또 독자에 따라 얼마든지 다른 선호가 나올 수 있는 것이기는 하지만, 시낭송자를 위해 참고로 이미 몇 군데서 명시로 선정한 것을 소개한다.

A. 한국시인협회 선정 〈한국 대표시 10선〉

2007년 한국시인협회는 한국 현대시 100년을 맞으면서 평론가 10인에게 의뢰하여 '우리나라 현대시 100년의 대표시인 10명과 대표시 10편'을 선정했다. (현역 시인 제외)

① 진달래꽃 (김소월)
② 님의 침묵 (한용운)
③ 동천 (서정주)
④ 유리창 (정지용)
⑤ 남신의주 유동 박시봉방 (백 석)

⑥ 풀 (김수영)

⑦ 꽃을 위한 서시 (김춘수)

⑧ 오감도 (이 상)

⑨ 또 다른 고향 (윤동주)

⑩ 나그네 (박목월)

이 가운데 '우리나라 현대시 100년을 대표하는 한 편의 시'에는 김소월의 〈진달래꽃〉이 뽑혔다.

B. KBS 조사 〈한국인 애송시 20선〉

2008년 한국 현대시 100주년을 기념하여 KBS가 재능교육과 공동 주최로 '시인만세'를 개최하면서 시청자들을 대상으로 앙케트 조사를 하여 '한국인이 좋아하는 시 20편'을 선정했다.

① 진달래꽃 (김소월)

② 서시 (윤동주)

③ 꽃 (김춘수)

④ 별 헤는 밤 (윤동주)

⑤ 귀천 (천상병)

⑥ 님의 침묵 (한용운)

⑦ 낙화 (이형기)

⑧ 향수 (정지용)

⑨ 접시꽃 당신 (도종환)

⑩ 즐거운 편지 (황동규)

⑪ 국화 옆에서 (서정주)

⑫ 자화상 (윤동주)

⑬ 초혼 (김소월)

⑭ 광야 (이육사)

⑮ 청포도 (이육사)

⑯ 외눈박이 물고기의 사랑 (류시화)

⑰ 모란이 피기까지는 (김영랑)

⑱ 사평역에서 (곽재구)

⑲ 사슴 (노천명)

⑳ 목마와 숙녀 (박인환)

C. '시인세계' 조사 〈시인들의 애송시 10선〉

시 전문 계간지 '시인세계'가 2004년 가을호에 현역 시인들을 대상으로 '내가 좋아하는 애송시 3편'을 설문 조사한 결과 246명의 시인이 응답하여 누계 순으로 10위까지를 다음과 같이 집계했다.

① 꽃 (김춘수)

② 서시 (윤동주)

③ 남신의주 유동 박시봉방 (백석)

④ 자화상 (서정주)

　낙화 (이형기)

⑥ 님의 침묵 (한용운)

　동천 (서정주)

⑧ 진달래꽃 (김소월)

　풀 (김수영)

⑩ 향수 (정지용)

이 조사에서 시인들이 좋아하는 애송시를 시인별로 합산해 집계한 결과 가장 애송시가 많은 시인의 순위는 다음과 같다.

① 서정주

② 백　석

③ 김수영

④ 김소월

⑤ 윤동주

⑥ 김춘수

⑦ 정지용

⑧ 박목월

⑨ 신경림

⑩ 김종삼

(9) 시의 이해 - 이해 못하는 시는 낭송 못하나

가. 그 시를 이해하지 못하거든 그 시를 낭송하지 말라.

이것이 시낭송의 철칙처럼 되어 있다.

시낭송 경연대회의 심사 요강에도 낭송시에 대한 이해를 채점 기준의 하나로 삼고 있고, 심사위원들이 심사평을 할 때도 대개 이것을 강조한다.

낭송하는 시의 뜻을 잘 모르고 시를 잘 낭송할 수는 없을 것이다. 시를 충분히 이해한다고 해서 그것만으로 시를 효과적으로 낭송할 수 있는 것도 물론 아니지만, 시를 이해하지 못한 채 호소력 있게 낭송하기는 어려운 일일 것이다.

낭송에서 시에 대한 이해가 기본인 것은 낭송이 시의 함의와 감정을 정확하게 전달하기 위해서인데 시의 이해 없이는 정확한 감정 표현이 되지 않고 그런 표현 없이는 시가 전달되지 않기 때문이다. 이럴 때 시낭송은 무의미하고 공허한 읊조림일 수밖에 없다.

이것이 시낭송에서의 일반적인 견해다. 그래서 낭송시는 가급적이면 누구에게나 이해하기 쉬운 시가 권해진다.

나. 그렇다면 낭송자가 충분히 이해 못하는 시는 절대로 낭송할 수 없는가.

엄밀한 의미에서는 시 애호가라고 하더라도 누구나 이해할 수 있는 시는 많지 않다.

시는 흔히 신들의 일상어라 일컬어진다. 본래 난해한 것이다.

"시인은 자기 자신도 이해할 수 없는 위대하고 현명한 것을 발언한다"고 말한 것은 일찍이 플라톤이었다. 플라톤은 또 "많은 사람들이 시를 인용하여 저마다 다른 견해를 내세우지만 시인 자신의 대답을 들을 수 없는 이상 그것은 탁상공론에 불과하다"고 시 해석의 어려움을 토로했다.

그러나 설령 시인 자신에게 물어 봤자 예이츠가 말했듯이 "시인이 자작시를 해석한다면 그 시의 암시성에 그칠 뿐이다."

릴케도 〈젊은 시인에게 보내는 편지〉에서 "시는 피할 수 없는 난해함이 있는 것이어서 그것을 이해한다는 것은 참으로 어려운 일이다"라고 했다.

말라르메 같은 시인은 "시에는 언제나 수수께끼가 있어야 한다"면서 시의 매력은 그 의미를 추측하게 하는 데 있다고 주장했다.

맥리쉬라는 미국 시인도 〈시법〉이라는 시에서 "시는 의미해서는 안 된다. 단지 있기만 해야 한다"고 썼다.

시는 어떤 대상을 언어로 지시하는 것이 아니라 암시하고 환기시킴으로써 상상력을 자극하는 것이다.

우리나라 고려시대의 대시인 이색(李穡)의 시에도 "술에는 광(狂)이 있고, 시에는 마(魔)가 있다"는 구절이 나온다. 시에는 마성(魔性)이 있는 것이다.

이런 시를 가지고 낭송자에게 완전한 이해를 강요하는 것은 무리이고 도식적이다. 그리고 낭송자가 공연히 다 이해하는 체 하는 것도 기만이다. 시는 일종의 광기의 소산이므로 멀쩡한 정신에게는 이상한 것이다. 거기에 시의 생명이 있는 것이고 시의 매력이 있는 것이다. 그리고 시에는 신비가 있다. 신비는 이해되는 것은 아니지만 전파되는 것이다. 시낭송은 바로 이 시의 신비를 음감으로 표현하는 기술이다.

에드먼드 버크가 그의 미학 저서에서 한 말이 있다.

"마음이 느끼는 정서들을 마음에서 마음으로 전달 할 수 있는 가장 적절한 수단은 언어다. 그러나 이미지의 명료성이 정념에 영향을 미치는 데 절대적으로 필요한 것은 아니다. 이미지를 보여주지 않고도 정념을 불러일으키기에 적합한 소리에 의해 얼마든지 정념에 큰 영향을 미칠 수 있다. 기악 음악의 강력한 효과가 그 증거다. 시는 불명료성을 통해 다른 예술보다 정념들을 더욱 강하게 지배한다."

다. 시가 난해하다 하여 시의 이해를 완전히 포기하자는 말은 아니다. 시의 이해를 위해 시를 한 자 한 자 축어적으로 해석할 필요가 없다는 것이다.

"정명도(程明道)는 늘 시를 말할 때는 한 글자의 훈고도 하지 않았다"는 말이 〈근사록〉(近思錄)에 나온다. 글자를 해석하는 따위의 시 해설을 하지 않았다는 말이다.

일찍이 맹자(孟子)도 정확하게 설파했다. "시를 해설하는 사람은 글자로 말을 해치지 않고 말로 뜻을 해치지 않는다. 마음으로 시의 뜻을 맞아들인다."

시를 풀이할 때 글자 한 자 한 자에 매여 한 구의 뜻을 잘못 알아서는 안 되고, 또 한 구 한 구에 매여 작자의 본뜻을 잘못 알아서도 안 되니, 읽는 사람 마음으로 시의 대지(大旨)를 받아들이라는 말이다.

시낭송자는 시의 이해를 위해 그 시의 대의(大意)와 함의(含意)를 파악하는 것이 더 요긴하다. 수능시험을 위한 우리나라 고등학교의 시 교육처럼 시에 메스를 대어 시를 해부하고 분석하면 시가 증발해 버린다. 시낭송은 과학이 아니다.

라. 시낭송자로서는 자신이 충분히 이해하지 못한다고 해서 명시들을 함부로 버릴 수 없는 고민이 있다.

T. S. 엘리엇은 "진짜 시는 이해되기 이전에 전달될 수 있다"고 〈단테론〉에서 말했다. 낭송은 시를 이해시키는 것이 아니라 시를 전달하는 것이다. 어떻게 전달할 것인가. 뜻을 배제한 이미지만으로도 그 시를 전달하는 것이 시낭송이다.

가령 박인환 시인의 〈목마와 숙녀〉를 예로 들어 보자.

1967년 첫 번째 '시인만세' 때 이미 이 시가 시낭송 콩쿠르의 결선대회에 등장한 이래 20년 후인 세 번째 '시인만세' 때는 이 시로 2명이 결선에 올랐고, 40년 후인 2008년의 네 번째 '시인만세'에는 예선대회에서 6명이 이 시를 들고 나왔다. 그만큼 이 〈목마와 숙녀〉 또한 시대를 넘어선 낭송시가 되어 있다.

그러면 이 시가 과연 모든 낭송자들에게 쉽게 이해될 수 있는 시인가.

박인환은 소위 모더니즘 계열의 시인으로 〈목마와 숙녀〉는 여러 비평가들이 지적하고 있듯이 시구의 남용이 두드러진 시다. 말하자면 매력적인 시구의 나열뿐, 구절 하나하나를 떼어서는 해독하기가 어렵다. 그런데도 많은 사람들에게 애송되고 있는 것이다.

미술에서 인상파 그림의 기법을 점묘화법 또는 병치화법이라 부른다. 이들의 그림은 각각의 원색들을 섞지 않고 나란히 놓음으로써 가까이서 보면 그 색들이 따로따로지만 거리를 두면 그 색들이 혼합되면서 뚜렷한 색감의 형체를 이룬다. 시의 경우도 많은 시들이 시어 자체는 생경하더라도 시어끼리의 교감과 감응 작용에서 오는 분위기가 그 시의 이미지를 선명하게 나타내 준다.

〈목마와 숙녀〉도 그런 분위기시의 하나다. '목마를 타고 떠난 숙녀', '목마는 주인을 버리고', '가을 속으로 떠났다', '별이 떨어진다', '내 가슴에 가볍게 부숴진다', '문학이 죽고 인생이 죽고', '애증의 그림자를 버릴 때', '사랑의 사람은 보이지 않는다', '고립을 피하여 시들어 가고', '우리는 작별하여야 한다' 등등, 이런 시구들의 모자이크가 주는 이별감, 상실감, 고독감 같은 것이 이 시의 이미지를 집합적으로 부각시킨다. 거기에 도시적 우수와 시대적 비애가 그려진다.

그리고 이 시는 리듬감이 충만하다. 그래서 낭송자들은 시의 의미를 전달하기보다는 리듬 있는 가락으로 시의 분위기와 정조를 전달하기 위해 이 시를 즐겨 낭송하는 것이요, 이것이 바로 시낭송의 큰 역할이자 묘미다.

시낭송은 시의 뜻을 이해하기 전에 시의 분위기를 이해하는 것이 먼저라야 한다. 시구를 해석하기 전에 시의 전체상을 해석하는 것이 더 중요하다.

로마의 시인 호라티우스의 유명한 말이 있다.

"시는 그림과 같이 가까이서 보아야 할 것이 있고 한 걸음 물러나서 보아야 할 것이 있다."

시어를 축자적으로 따지지 말고 총체적으로 감상해야 할 시들이 있는 것이다.

마. 사실 시낭송은 시의 음률을 잘 살리기만 해도 그 시의 내용에 대한 이해와는 상관없이 훌륭한 낭송이 될 수도 있다.

음악에 어떤 주제를 표현하는 표제음악이 아닌 순수한 음만의 절대음악이 있듯이, 시낭송도 반드시 시의 무슨 의미를 전달하는 것이 아니더라도 그 음악성의 전달만으로 그 시의 세계를 표현할 수 있다.

서정주 시인의 〈당음〉(唐音) 이라는 시에는 시인이 어릴 때 서당에서 일고여덟 살 또래의 아이들과 함께 당시(唐詩)를 읽던 장면이 나온다.

"「아미산월반륜추하니 / 영입평강강수류를...」 요렇게 병아리 소리로 당음을 합창해 읊조리는 것은 / 고것은 전연 고 의미 쪽이 아니라 / 순전히 고 뜻모를 소리들의 매력 때문이었습니다."

음감으로만 읽은 이백(李白)의 〈아미산월가〉(蛾眉山月歌)가 뒷날 미당을 아미(여자의 눈썹)가 나오는 〈동천〉(冬天)의 대시인으로 키운 것이다.

시는 시어마다 어감이 있고 음감이 있다. 그리고 시행마다 리듬이 있다. 시낭송은 이 시어의 어감과 음감과 시행의 리듬을 살려 시 전체의 시감을 전달하는 능력이다. 시어의 어감은 그 낱말이 가진 체취 같은 것이요, 음감은 그 낱말의 음악성이다. 시어 하나하나에만 어감과 음감이 있는 것이 아니라 시구나 시행마다에도 어감과 음감의 연결성이 있는 것이고 이것이 리듬이 된다.

어감이나 음감은 그 시어나 시구의 정확한 의미를 표출하는 것이 아니라 그 정감을 대변하는 것이기 때문에 시낭송자로서는 시 전체의 뜻을 충분히 이해하지 못하더라도 어감과 음감과 리듬에 대한 민감한 감각과 이의 세심한 표현만으로도 그 시를 훌륭하게 낭송할 수가 있는 것이다.

IV

시를 어떻게 낭송할 것인가

Ⅳ
시를 어떻게
낭송할 것인가

1. 시낭송의 기본

- 수사학과 연극 이론

시낭송에 유일한 정도란 없다. 여러 가지 길이 있을 뿐이다.

시낭송은 다양할수록 좋다. 낭송자 수만큼의 독법이 있는 것이다.

시낭송이 경계할 일은 어떤 패턴을 고집하는 일이다. 이런 시는 이렇게 읽어야 한다고 어떤 유형을 강요하는 것은 위험하다.

그렇다고 해서 시를 각자 제멋대로 읽는 것이 여러 가지 독법 중의 하나인 것은 아니다. 기본적인 원칙이나 정석 같은 것은 있다.

시낭송의 기본에 맨 먼저 유용한 것이 수사학(레토릭)이다.

수사학이란 말이나 글 등 언어를 효과적으로 표현하는 기술을 말한다. 고대 그리스에서 발생한 수사학은 본시 법정에서의 변론술이었고 군중 집회에서의 웅변술이었다. 그러다가 인쇄술의 발달과 함께 언어 표현의 중심이 말하는 언어에서 글 쓰는 언어로 바뀌면서 문장 작법이 되었다.

시낭송이 언어를 통한 표현 방법이라면 수사학의 영역이다. 수사학의 모든 원칙이 곧 시낭송의 원칙이 된다. 수사학을 모르고는 시낭송을 잘 할 수 없다.

우리는 그리스의 아리스토텔레스나 로마의 키케로, 퀸틸리아누스가 남긴 수사학 교본에서 시낭송의 요체를 배울 수 있다.

또 시낭송은 연기요 시낭송가는 배우다.

연극 연기의 기본이 시낭송의 기본이기도 하다.

현대 연극의 연기 이론을 정립한 것은 20세기 초두 구소련 시대의 스타니슬랍스키다.

그는 대부분의 배우들이 억지스럽고 과장된 판에 박은 스탬프 연기를 하고 있을 때 사실주의적 연기로 새롭고 혁명적인 연기의 틀을 세웠다. 스탬프 연기란 우리나라의 신파극 같은 연극적인 연기를 말한다.

스타니슬랍스키 시스템이라 불리는 이 연기 이론의 요점은 "그 역을 연기 하지 말고 그 역을 살아라"라는 것이다. 어떤 역을 연기할 때 그 역의 인물을 흉내내려고 하지 말고 그 역의 인물 자체가 되라는 것이다. 슬픈 장면에서 슬픈 체 하지 말고 실제로 슬퍼하라는 말이다. 자신이 내면적으로 경험하지 않은 것을 외면적으로 그리려고 해서는 안 된다는 것이 내면 연기의 원칙이다.

이 스타니슬랍스키 시스템을 심화시켜 1930년대에 사실주의 연기의 훈련 방법을 확립한 것이 미국 리 스트라스버그의 메소드 연기(Method acting)다. 그는 액터스 스튜디오(Actors studio)를 통해 메소드 연기를 훈련시켰고 이 스튜디오는 지금까지 이어져 온다.

시낭송도 이 사실주의 연기가 바탕이 되어야 한다.

2. 세 가지 요건

이상의 수사학과 연극 연기의 이론을 종합하면 시낭송의 요건을 다음 세 가지로 요약할 수 있다.

1. 명료할 것
2. 자연스러울 것
3. 감동을 줄 것

시낭송에 유일한 정도는 없으니 여러 패턴의 낭송이 있겠으나 어떤 유형의 낭송이 옳고 어떤 유형의 낭송이 그르다고 말할 수는 없다. 다만 평가 기준은 있다. 그 낭송이 명료하냐, 자연스러우냐, 감동을 주느냐 하는 것이다.

명료하지 않고 자연스럽지 않은 시낭송이 절대로 감동적일 수 없다.

또 아무리 명료하고 자연스럽다고 하더라도 그것만으로는 충분히 감동적이지 못한다.

(1) 명료할 것

가. 명료함이란

수사가 퀸틸리아누스는 〈변론가의 교육〉에서 "웅변의 제1 요건은 명료함"이라고 말했다.

키케로는 〈변론술〉에서 "어떤 변론이 감동을 주는가. 명확하게 말하는 사람이다"라고 말했다.

시낭송의 제1조는 명료해야 한다는 것이다. 무엇보다도 시어 하나하나의 발음이 또렷또렷해야 한다. 눈으로 글자를 읽듯 시구가 귀에 속속들이 들어와야 한다.

시는 낱말과 낱말의 치밀한 조립이다. 시낭송은 한마디라도 안 들리는 말이 있어서는 시를 읽는다고 할 수 없다.

시를 낭송하는 사람들은 대부분 자기 발성이 누구에게나 똑똑히 들리는 줄 착각한다. 자기 귀에 잘 들린다고 해서 남의 귀에도 잘 들리는 것이 아니다.

시낭송자들이 낭송 연습을 시작하는 것을 보면 대개는 시에 감정부터 넣는다. 감정이 앞서다 보니 정작 시의 낱말들은 그 감정의 골짜기에 매몰되어 시는 들리지 않게 된다. 감정이 시어의 발음을 씹어서도 안 되고 정감이 시어의 발음을 삼켜버려도 안 된다. 감정이 앞장 서서 시어를 이끌어서는 안 되고 시어가 감정을 이끌어야 한다.

일반적으로 시인들이 자작시를 낭독하는 것을 들으면 감정의 기복은 별로 없는 대신 시어 하나하나를 대충대충 읽는 법이 없다. 낱말 하나하나가 시인에게는 온 밤을 새운 노심초사의 산물이므로 그냥 흘려버리기에는 너무나 아깝다. 그래서인지 시인들의 낭송은 낱말의 전달력이 뛰어나고, 그래서 감정의 색채를 요란하게 가미하지 않으면서도 담백한 감동을 주는 것이다.

이처럼 감정을 애써 넣지 않더라도 시를 또록또록 낭송하기만 하면 시어는 그 자체 속에 정감이 묻어 있기 때문에 어느 정도까지는 감정이 전달되어 오히려 괜히 정감을 살리느라 시가 잘 들리지 않는 것보다 훨씬 낫다.

또렷한 발음을 돕는 것은 큰 목청이 아니라 음색과 음질이다. 음색이 너무 탁하거나 음질이 너무 가늘면 정확한 어음을 전달하기가 어렵다.

또 또록또록하게 들리게 하자면 낱말의 첫 자음이 분명해야 하고, 낱말과 자구의 끝 음이나 끝 마디가 슬그머니 숨어 버리지 않아야 한다.

그런데 시를 또록또록 읽으라고 하면 또박또박 읽는 낭송자가 많다. 두 가지를 혼동하는 경우다. 또록또록과 또박또박은 전혀 다르다. 시어의 발음을 분명하게 하는 것이 또록또록이라면 시어를 토막토막 끊어서 읽는 것이 또박또박이다. 또박또박 읽는 것이 또록또록 읽는데 도움이 영 안되는 것은 아니지만, 또박또박 읽기만 하면 시어의 연결감이 없어져 리듬이 깨어지고 만다. 물론 호흡을 끊어가며 읽어야 할 시가 있기는 하겠지만 일반적으로 이것은 시를 읽고 있는 것이 아니다. 또박또박 끊지 않아도 얼마든지 또록또록 들리게 할 수 있는 것이다.

명심해야 할 것이 있다. 시를 또렷또렷하게 읽으라고 했지만 낱말 하나하나의 발음이 또렷또렷하다고 해서 그것만으로 시 전체가 또렷하게 전달되는 것은 아니다. 어조와 리듬이 함께 뒷받침해 주지 않으면 낱말은 들려도 시는 들리지 않게 된다.

낭송자 자신이 충분히 이해하지 못하는 시라도 음감으로만 낭송할 수도 있고 시낭송이 반드시 명료한 이미지만 전달하는 것이 아니라면 굳이 시어의 명료성이 강제되어야 하느냐 하는 의문은 무의미하다. 어떤 경우라도 일단 시구 자체는 정확하게 전달되어야 시인 것이다. 이해하기 어려운 시일수록 시어 하나하나를 정확하게 발성해야 시의 전체상이 그려질 수 있다.

나. 명료하려면

명료한 발성은 치열한 연습이 필요하다.

고래로 명웅변가라면 아테네의 데모스테네스를 첫손 꼽는다. 이 데모스테네스가 처음에는 목소리가 작고 발음이 불분명했다. 어느 날 연설에서 시민들의 야유를 받고 얼굴을 가린 채 집으로 돌아가는데 연극 배우 사티루스가 "데모스테네스, 소포클레스나 에우리피데스의 연극 중 긴 대사를 외워 봐. 내가 고쳐 줄테니" 하고 권유했다. 데모스테네스는 발성법을 그 배우에게서 배운 뒤 집에 지하실을 만들어 놓고 그 안에 들어가 램프를 켠 채 밤낮으로 연습을 거듭했다. 그래서 사람들은 그의 웅변을 두고 "램프 냄새가 난다"고 했다.

시 암송은 그 자체가 발성의 교정술이기도 하다.

데모스테네스는 한편으로 말을 얼버무리는 경향이 있고 호흡도 짧았다. 입 안에 자갈을 물고 산을 오르내리면서 큰 소리로 시를 암송하여 이 버릇을 고쳤다.

장 자크 루소가 쓴 〈발성론〉이 있다.

"분명하게 들리게 하려면 되도록 큰 소리를 내지 말고 너무 음조를 바꾸지도 말아야 한다. 그 대신 음률과 억양을 이용하는 것이 좋다."

리듬과 악센트의 강조에 유의할 필요가 있다.

앞에 나온 퀸틸리아누스는 웅변 등 구연자의 발성에 대해 다음과 같이 충고한다.

- 발음상의 결점을 고칠 것
- 자연스러운 목소리 아닌 만든 목소리로 겉치레를 하지 말 것
- 낱말의 마지막 음을 빠뜨리지 말 것
- 일정한 어조를 유지할 것
- 큰 소리를 낼 때에는 입이 아니라 배에 힘을 줄 것
- 말이 목 안에서 흘러나오거나 입 안에서 우물거리거나 하지 말 것

시어의 발음이 또렷하자면 분절발음(articulation)의 연습부터 하는 것이 좋다.

처음에는 음절 하나하나를 떼어서 과장해서 발음한다. 입을 크게 벌리고 턱을 충분히 움직여 고함치듯 소리를 크게 내면서 한 자 한 자 또박또박 읽는다. 한 낱말에 턱이 저절로 따라 움직여 정확한 발음이 자동적으로 될 때까지 연습을 한다.

이런 분절발음을 위해서는 시를 읽기 전에 발성의 예비 훈련부터 할 필요가 있다. 아랫배에서 나오는 목소리로 아(A) 에(E) 이(I) 오(O) 우(U)를 길게 소리지른다. 가장 입이 크게 벌어지는 아(A)에서 시작하여 차츰 입모양이 오므라드는 순서로 여러 차례 되풀이하여 목을 틔우고 평소에 잘 쓰지 않는 입 주위의 근육을 길들인다.

시를 실제로 낭송할 때도 일상적이지 않은 낱말, 흔히 쓰지 않는 형용사나 부사, 어려운 한자어, 문맥상 전혀 엉뚱한 단어 같은 것은 일부러 한 자 한 자 띄어 읽듯이 분명하게 발음하지 않으면 안 된다.

또 복모음이 들어 있는 낱말은 입을 크게 벌려 모음을 하나씩 쪼개 읽듯이 발음해야 정확하게 들리고 시적인 효과도 있다. 가령 '국화' 같으면 두 글자를 한 숨에 읽지 말고 '국호아'처럼 분리해 읽는 것이다. 음악에서 아르페지오(arpeggio)가 화음의 여러 음을 동시에 연주하지 않고 한 음씩 연속적으로 나열해 연주하듯 발음하는 것이다.

낭송자들은 시를 이런 식으로 읽으면 시의 리듬을 죽인다고 생각한다. 그러나 처음에는 한 자 한 자 천천히 발음하다가 이것이 숙달되면 그때부터는 리듬감을 살려 빨리 달아서 읽어도 낱말은 명료하게 전달된다. 그리고 얼른 들어서 이해되기 어려운 낱말들은 중간중간에 분절을 하면 이 띄어읽기는 하나의 악센트가 되어 오히려 시 전체의 리듬에 생동감을 준다.

(2) 자연스러울 것

가. 자연스러움이란

시낭송은 자연스러워야 한다. 자연스럽게 낭송해야 하고 자연스럽게 들려야 한다.

시낭송을 듣는 사람들이 가장 거부감을 갖는 것이 시낭송의 부자연스러움이다. 아직도 시낭송이라면 멀미부터 느끼는 사람이 많고 시낭송이 대중에게 어필하지 못하고 있는 것은 이 부자연스러움 때문이다. 가공된 음조가 어색하고 조작된 억양이 거슬리고 질질 늘어지는 어조가 징그러워 듣기가 거북하다. 일반적으로 시낭송자에게서 가장 듣기 싫고 메스꺼운 것 이 이상한 '조'를 빼면서 청승스럽게 읽는 것이다.

자연스러움은 모든 예술의 기본이다.

칸트의 미학은 말한다. "예술은 자연처럼 보일 때 아름답다."

시낭송도 예술이다.

수사학에서도 키케로는 "변론가나 시인에게 인위적인 억지같은 과잉

된 장식이 있으면 듣는 사람의 감정을 손상시킨다"고 말한다.

연극 또한 가장 강조되는 것이 자연스러움이다.

연극 연기에서의 자연스러움은 비단 사실주의 연극에서만 주장되어온 것이 아니다. 일찍이 셰익스피어가 지적했다. 셰익스피어의 〈햄릿〉(3막2장)에는 "연극에서 명심해야 할 것은 자연의 절도를 벗어나지 말아야 한다는 것이다"라는 대사가 나온다.

로맹 롤랑의 〈장 크리스토프〉에는 이런 대목이 있다.

"그녀(여가수)는 바그너파가 자랑삼고 있는 기술, 발음을 똑똑히 해서 자음을 멀리까지 들리도록 노래 부르고 모음을 입을 크게 벌려 노래 부르는 기술은 있지만 자연스럽게 부르는 기술은 배우고 있지 않았다."

시낭송도 명료한 발음만으로는 되지 않는 것이다.

자연스러움이란 무엇인가.

자연스러운 시낭송이란 한마디로 듣기에 편안한 낭송이다. 듣는 사람이 불편하지 않고 어색하지 않고 거부감이 없는 낭송이다.

일반적으로 시낭송이 부자연스러운 것은 감정을 조작하기 때문이다.

흔히 소리를 꾸미지 말라고 한다. 이 말은 결국 감정을 꾸미지 말라는 말이다.

사람의 발성은 대화를 할 때 가장 편안하게 들린다. 자연스럽기 때문이다. 시낭송도 원칙적으로 보통 말하듯이 하는 어조가 가장 자연스럽다. 시낭송이라고 해서 일부러 감정부터 잡으니까 부자연스러운 것이다. 시는 아무리 대화하듯이 읽어도 그것이 시라면 내재된 음율이나 응축된 시감 때문에 저절로 시처럼 들리게 마련이다.

물론 시 중에는 말하듯이만 읽을 수 없는 시들이 있다. 그러나 시낭송은 먼저 말하듯 발성하는 법부터 익혀야 한다.

그런데 시를 말하듯이 자연스럽게 읽으라고 하면 대개는 그저 담담하게만 읽는다. 시를 자연스럽게 읊는다는 것은 그냥 무표정하게 읊는 것이 아니다. 감정을 살리되 감정을 일부러 꾸미거나 억지로 짜내는 것이 아니라 저절로 우러나오는 감정을 자연스럽게 표출시키는 것이다. 감정이 자생적이라야지 조작적이어서는 안 된다.

말하듯 읽는 것이 소곤소곤 하기만 하는 것은 아니다. 일상의 대화라고 해서 노상 잔잔하고 평탄하지만은 않다. 사람들이 대화하는 것을 유심히 들으면 엄청난 어조의 기복이 있다. 고저·장단·강약 등 감정 표현의 요소가 다 동원된다. 탄식할 때도 있고 고성을 지를 때도 있다. 그런데도 그것이 자연스러운 것은 감정의 솔직한 발로이기 때문이다.

"진실하라. 자연스러워라. 진실한 것만이 자연스럽다"고 한다. 진정(眞情)이면 저절로 자연스러워진다.

나. 자연스러움과 기교

시낭송은 연기요 모든 연기는 기교다. 연기는 흉내이기 때문이다.

시낭송은 낭송자 자신의 감정을 표출하는 것이 아니라 시의 감정을 흉내내서 대변하는 것이다. 시의 감정에 가장 알맞는 감정을 자신 안에서 만들 수밖에 없다. 그러자면 그 감정을 재현하는 기교가 필요하다.

연기의 자연스러움이란 아무 기교가 가미되지 않은 자연 발생적인 연기를 말하는 것이 아니다. 기교로 자연 발생적인 것인 것처럼 보이게 하는 것이다.

예술(art)이란 말은 본래 기술이란 뜻이다. 기술이 곧 기교다.

미학에서도 기교가 자연스러움의 바탕이다.

헤겔은 〈미학 강의〉에서 이렇게 말한다.

"예술에서 표현되는 것은 자연스러워야 하지만 그 자연스러움은 예술가기 만든 자연스러움이다. 예술이 우리를 즐겁게 해 주는 것은 자연 그대로여서가 아니라 자연스럽게 만들어졌기 때문이다."

시낭송도 그것이 자연스러워야 한다고 해서 아무 기교를 부리지 말라는 말이 아니다. 아무 기교 없는 낭송은 자연스러운 것이 아니라 무덤덤한 것이다. 기교를 가지고 자연스러워야 한다. 자연스럽게 들리도록 기교를 부려야 하는 것이다. 그러자면 기교를 부리되 그 기교가 보이지 않아야 한다. 기교가 보이면 벌써 부자연스럽다. 기교를 감추자면 고도의 기교가 필요하다.

아리스토텔레스는 〈수사학〉에서 "변론에서는 기교처럼 보이지 않는 기교가 가장 큰 기교"라고 말하고, 퀸틸리아누스는 "기교를 숨기는 기술이 가장 큰 기술"이라고 말하는가 하면, 로마의 시인 오비디우스도 "기교를 기교로 숨겨라"라고 했다.

문장 작법에서도 "부착흔(斧鑿痕)을 없애라"고 한다. 도끼로 다듬듯이 문장을 다듬되 도끼의 흔적을 없애라는 말이다. 꾸미되 꾸민 자국 없이 꾸미라는 말이다.

감정의 조작이란 무병신음(無病呻吟)하는 것이다. 아무 병도 없는데 끙끙 앓는 것이다. 슬프지도 않은데 슬픈 체 해서는 안 된다. 눈물로 공연히 소스를 치지 말라. 슬퍼해야 할 때는 실제로 자신이 슬퍼야 한다. 그래야 꾸민 자국이 없다.

따라서 시낭송의 자연스러움은 사실 여간한 훈련을 쌓은 결과가 아니면 안 된다.

연극에서 연기를 처음 배울 때 가장 어려운 동작이 무대에서의 걸음걸이다. 무대에서 배우가 자연스럽게 걷는 것은 오랜 수련의 결과다. 말하자면 자연스럽게 걷는 연기를 하고 있는 것이지 아무 연기를 안 하고 그냥 길거리에서처럼 걷고만 있는 것이 아니다. 훈련되지 않은 사람은 무대에서 자연스럽게 걷기가 여간 힘들지 않다.

시낭송에서의 자연스러움도 아무 연기 없는 자연스러움이어서는 오히려 아무 실감이 없다. 자연스러운 발성을 연기한 자연스러움이라야 연극적인 효과가 있다. 아무리 연기한 목소리라도 그것이 조금도 어색하지 않을 때 그 시낭송은 가장 자연스러운 것이다.

자연스럽다는 것을 너무 도식적으로만 한정할 필요는 없다. 기교를 부리되 기교를 숨기라고 하지만 때로는 효과를 극대화하기 위해 고의적으로 기교를 노출시키는 경우가 있을 수 있다. 가령 템포를 일부러 천천히 늘어뜨린다든지 하는 경우다. 언뜻 부자연스럽다고 할는지 모르지만, 영화에서 슬로우 모션 장면이 부자연스럽기만 한 것은 아니다. 이런 경우라도 감정을 한껏 증폭시키면서 듣기에 전혀 거북하지 않다면 그것도 자연스러운 것이다.

다. 자연스러움과 절제

시낭송이 부자연스러운 것은 감정의 조작뿐 아니라 감정의 과장이나 과잉 때문이기도 하다. 이것을 억제하는 것이 절제다.

감정을 절제해야 한다. 감정을 절제할 줄 아는 것이 숙달된 배우의 기술이다. 감정의 표현이 너무 헤퍼서는 설득력이 약해진다. 자기는 겉으로 울지 않아야 남을 울릴 수 있고 자기는 웃지 않아야 남을 웃길 수 있다. 절제된 감정은 상대방의 상상력을 자극하여 상대방의 감정을 더 증폭시킨다. 응고된 감정이 상대방의 감정을 팽창시키는 것이다.

수사학에서 퀸틸리아누스도 "구연에서 항상 지켜야 할 것은 절제하는 것, 혹은 절제하는 듯이 보이게 하는 것이다"라고 말한다.

스타니슬랍스키는 〈배우 수업〉에서 말한다.

"연극에서 자기 억제는 절대적으로 필요하다. 많은 관객 앞이기 때문에 배우는 감정 표현에 불필요한 동작을 주려고 한다. 그 때문에 연기 과잉이 90%까지에 이른다. 이 90%를 버려야 한다."

동작뿐 아니라 대사에서도 마찬가지다.

스타니슬랍스키의 연극학교에서는 배우들에게 시낭송도 훈련시켰다. 그의 〈나의 예술 인생〉에는 말리극장의 유명한 여배우이던 페도토바가 이 학교에서 수업하던 시절 시낭송을 배우는 대목이 나온다.

"발성 수업 시간에는 시를 외우고 낭송하는 법을 가르치는데 이 시간은 교사에 따라 크게 달랐다. 비극에서 필수적인 것처럼 여겨지는 거짓 격정을 좋아하여 낭송을 노래 부르듯 하도록 가르치는 교사가 있는가 하면 이와는 달리 외면적으로는 평범하면서도 내면적인 격정을 중시하는 교사가 있었다. 후자의 방법이 비교할 수 없을 정도로 어려운 일이지만 비교할 수 없을 정도로 옳은 것이다."

감정을 절제하라는 말은 쓸데없는 군더더기 감정을 버리라는 뜻이다. 그런데 감정을 절제하라고 하면 감정을 처음부터 죽여 버리는 사람들이 있다. 감정을 절제해서 시를 읽는다면서 무감정으로 읽고 그저 맹물처럼 담담하게 읽는다. 아무 맛도 아무 멋도 없다. 무감정은 무감동이다. 격정이 없으면 절제할 것도 없다. 돈이 없으면 절약할 것도 없는 것이다. 감정을 충분히 가지고 절제해야 한다.

이에 대한 반동으로 시를 좀 격정적으로 읽으면 이것을 보고 웅변조라거나 영탄조라고 비난하는 사람들이 있다. 자연스럽지 않다는 말이다. 그러나 웅변조나 영탄조라고 해서 일률적으로 부자연스러운 것은 아니다. 영탄해야 할 시는 영탄하는 것이 자연스럽고 웅변적인 시는 웅변적인 낭송이 자연스럽다. 다만 감정 과잉으로 웅변이 고함이 되어서는 안 되고 영탄이 통곡이 되어서는 안 될 뿐이다. 그것이 자연스러운 감정의 유출이고 듣는 사람에게 감동을 주기만 한다면 그 낭송도 자연스러운 것이다.

퀸틸리아누스도 이에 동조한다.

"변론에서 너무 어조를 높인다든가 꾸민다거나 해서는 안 된다는 사람에게 나는 동의할 수 없다. 과히 중요하지 호소는 보통 말로 족하지만 중대한 일에는 애매하지 않는 한 장식된 말을 피해서는 안 된다."

(3) 감동을 줄 것

가. 자신이 먼저 감동하라

시낭송의 목적은 감동이다. 시낭송은 감동을 주기 위해 읽는 것이고 감동을 받기 위해 듣는 것이다.

백 가지 이론이 소용없다. 시낭송을 잘하느냐 못하느냐를 판단하는 기준은 아주 간단하다. 한마디로 말해 듣는 사람에게 감동을 얼마만큼 주느냐에 달렸다.

퀸틸리아누스의 수사학이 내세우는 웅변의 세 가지 요건은 청중을 가르칠 것, 즐겁게 할 것, 감동시킬 것이다. 시낭송도 결국은 시로 청중을 교화하여 즐겁게 하고 감동을 주는 것이라야 한다.

로마의 시인 루카누스는 "감동을 주는 표현이 가장 좋은 어법이다"라고 말했다.

"남에게 영향을 주는 재능 중 가장 큰 재능은 남을 감동시키는 것"이라는 뒤보스(프랑스 비평가)의 말도 있다.

시낭송의 세 가지 기본이 명료할 것, 자연스러울 것, 감동을 줄 것이라고 말했지만, 아무리 또렷하게 읽고 어색하지 않게 읽더라고 감동이 따르지 않으면 좋은 낭송이 되지 못한다. 명료함과 자연스러움만으로도 어느 만큼은 시감을 전달할 수 있고 또 그것 없이는 감동을 불러일으키기 어렵지만, 큰 감동을 주자면 그것만으로는 안 된다.

어떻게 하면 듣는 사람의 심금을 울릴 것인가. 그 방법은 여러 가지가 있겠지만 어떻게든지 남을 감동시켰다면 성공한 낭송이다. 반대로 아무리 미성이나 기교로 분장을 했더라도 아무런 감동도 주지 못했다면 그 낭송은 실패한 것이다.

시낭송으로 남을 감동시키려면 무엇보다 먼저 자신부터 그 시에 감동해야 한다. 스스로 아무 감동도 느끼지 못하는 낭송으로 남을 감동시킬 수는 없다. 자신 속에 감동의 몸부림 없이는 결코 남을 감동시킬 표현이 전달되지 않는다. 자기 몸에 찌르르 전류가 흘려야 남을 감전시킬 수 있다.

눈물 없는 울음을 울어서는 안 된다. 갓난아기들의 울음은 눈물이 없다. 기쁘다거나 슬프다거나 하는 감정이 아직 발달되어 있지 않기 때문이다. 아기들은 단순히 배가 고파서 우는 것이다. 아기 울음같이 감정이 없는 울음으로 시를 낭송해서는 안 된다.

로마의 시인 호라티우스도 〈시론〉에서 "남을 울리려면 자신이 먼저 슬퍼지지 않으면 안 된다."고 했다.

키케로의 수사학도 "듣는 사람의 마음을 유도하여 분노나 증오나 연민의 감정을 불러일으키려면 이런 감정이 변론가 자신의 마음에 가득 차 있다는 인상을 주지 않고는 실현될 수 없다"고 한다.

괴테의 〈파우스트〉(제1부 544행)에는 "그대의 가슴 속에서 나온 것이 아니면 사람들의 가슴을 결코 끌어당길 수 없다"는 구절이 나온다.

추상미술의 개척자인 칸딘스키는 예술가와 관객 사이에는 예술가의 감동 → 감각 → 예술작품 → 관객의 감각 → 감동의 전달 과정이 성립된다고 설명했다. 시낭송도 마찬가지다. 시낭송자의 감동 → 시낭송자의 감각 → 시낭송 → 관객의 감각 → 관객의 감동으로 연결되는 것이다.

남을 감동시키려면 감동에 대한 감각이 발달되어 있지 않으면 안 된다. 감동이란 어떤 것인지, 어떤 요인이 감동을 시키는 것인지, 이에 대한 직감적인 감각 없이는 남을 감동시킬 기교가 나오지 않는다. 이것이 바로 예술 감각이다. 예술가로서의 근본적인 자질 없이는 훌륭한 시낭송가가 되기 어렵다.

시낭은 감동뿐 아니라 즐거움도 주어야 한다.

"내용이 매력적인 것이 아니면 아닐수록 즐거움이라는 향료를 가미하지 않으면 안 된다. 상대방을 믿게 하는 데는 즐거움이 큰 도움이 된다."고 퀸틸리아누스는 말한다.

즐거움도 일종의 감동이다.

나. 감동을 주는 것은 리듬이다

시낭송이 감동을 주는 요인은 무엇인가.

시낭송은 소리가 전달하는 시의 내용과 소리의 음조로 이루어진다.

물론 일차적으로는 시의 내용이 감동을 불러일으킬 것이다. 그러나 그뿐이라면 시를 시집에서 목독으로 읽을 때와 다를 바 없다. 낭송의 효과가 목독과 다른 것은 그 음조 때문이다. 고저·장단·강약 등의 음조가 시의 내용을 채색한다. 시에서 이 음조를 강화시키는 것이 리듬이다. 리듬의 율동감이 시낭송의 음조를 출렁이게 한다.

괴테는 "리듬에는 마력이 있다"고 했다. 리듬에는 최면성이 있다고도 한다.

키케로는 "말의 리듬은 음조와 함께 사람을 흥분시키기도 하고 선동하기도 하고 진정시키기도 하고 쾌활하게 하기도 하고 슬프게 하기도 한다"고 말했다.

쇼펜하우어에 의하면 "사람은 시낭송을 들으면 리듬과 음률 때문에 무슨 판단을 하기 전에 맹목적으로 이에 공명하게 되고 따라서 시는 강한 설득력을 갖게 된다"고 한다.

시낭송에서 감동에 결정적으로 작용하는 것은 리듬이다. 시가 노래인 것은 리듬 때문이요, 노래가 감동을 주는 것은 리듬이 있기 때문이다.

수사학에서도 감동을 주기 위한 수단으로 리듬이 원용된다.

아리스토텔레스는 음성 연기의 3대 요건으로 소리의 크기 · 음조 · 리듬을 들었다.

키케로는 말한다.

"사람은 어떤 사람에게서 감동을 느끼는가. 명확하게 말하는 사람, 문채나 수식을 가지고 말하는 사람, 율동 있는 시를 만들어내는 사람이다."

키케로는 또 말한다.

"변론에도 시적 리듬이 있어야 한다. 그 배열이 시적 리듬으로 균제가 취해진 것이라야 한다."

변론이나 웅변에서는 감동을 주기 위한 수단으로 일부러 시의 형식을 차용한다.

변론에서 운율을 넣어 감동을 주기 시작한 한 것은 아테네의 변론가 이소크라테스였다.

역시 고대 그리스의 변론가이던 고르기아스도 변론의 수사에 시적 형식을 채용했다. 시적 리듬이 감동을 주기 때문이다.

거꾸로 이번에는 시낭송이 변론술에서 배워야 한다.

본래 시에는 운율이 있고 운율이 리듬을 형성하는 요소이기 때문에 시 자체 속에 감동의 성분이 들어 있다. 이 성분을 살려 감동을 표출시키는 것이 시낭송이다.

다. 자연스러움과 감동의 조화

시낭송의 유형을 대별하자면 두 가지로 나눌 수 있다. 시를 내면적으로 낭송하는 것과 외면적으로 낭송하는 것이다.

대체로 성우들의 낭송은 내면적이고 시낭송가들은 외면적이다. 성우들은 감정을 안으로 내재시켜 차분하게 읽고 시낭송가들은 감정을 밖으로 표출시켜 기복 있게 읽는다.

일반적으로 성우들의 시낭송을 들어 보면 발성이 아주 명료하다. 잘 안 들리는 낱말이 없다. 그리고 비교적 자연스럽다. 별로 거슬리지 않는다. 그런데도 어쩐지 감동이 덜하다. 찡하지가 않다. 명료함과 자연스러움 만으로는 감동적일 수 없다는 말이다.

이에 대한 반동으로 등장한 것이 시낭송가의 낭송이다.

그러나 시낭송가들은 대개 감동을 주는데 주력하느라 감정을 격발시킨다. 억지로 감동시키려고 하다보니 대부분 감정 과잉이 되어 부자연스러워진다. 부자연스러우면 절대로 감동을 주지 못한다. 거부감만 생긴다. 그저 명료하고 자연스럽기만 하느니만 못하다. 명료하고 자연스럽기만이라도 하면 적어도 거부감은 없는 것이다.

시낭송가들은 이 폐단을 극복해야 한다. 그러자면 먼저 성우들의 낭송법부터 익히는 것이 좋다. 성우들이 읽듯이 시를 읽는 연습부터 해야 한다. 흉내를 내 보라. 결코 쉽지 않을 것이다. 성우의 유형을 극복한다고 처음부터 그냥 뛰어넘을 것이 아니라 이 단계를 충분히 마스터하고 나서 넘어서야 한다. 감정의 내면화를 졸업한 후에 외면화해야 하는 것이다.

그러기 위해서는 시를 담백하게 읽는 훈련부터 해야 한다. 모든 시를 담백하게만 읽을 필요는 없지만 시를 담백하게 읽을 줄 알아야 한다. 시낭송은 담백하게 읽는 데서 출발해야 한다. 시낭송이 너무 기름져서는 안 된다. 그래야 자연스러워지고 감동이 생긴다.

시가 가사로 된 노래는 대부분 대중가요가 아니라 가곡이다. 시의 정조는 일반적으로 대중가요적이 아니다. 시낭송가들의 시낭송은 대중가요처럼 노래되는 경향이 있다. 노래로서는 대중가요가 감동이 없는 것은 아니지만 시낭송으로서는 부자연스럽다. 가곡처럼 낭송되어 클래식의 감동을 주어야 한다.

시낭송은 자연스러우려고 하면 덜 감동적인 것이 되기 쉽고, 감동적이려고 하면 덜 자연스러운 것이 되기 쉽다. 어떻게 하면 자연스러우면서도 감동적일 것인가, 이 조화가 시낭송의 요체다.

3. 시낭송의 기법

⑴ 시를 시처럼 읽지 말라

시를 시처럼 읽지 말라.
이것이 시낭송의 제1계명이다.
시낭송의 모든 병폐는 시를 시처럼 낭송하는 데서 비롯된다.
시낭송이 대중의 공감을 못 얻는 것은 시를 시처럼 낭송하기 때문이다.
연극을 연극처럼 연기하지 말라고 한다. 연극을 연극처럼 연기하면 연극이 안 된다. 연극이 연극처럼 보이지 않아야 진짜 연극이다.

마찬가지로 시낭송이 시낭송을 하고 있는 것처럼 들리게 되면 벌써 시낭송이 아니다. 일부러 "이것은 시요"하면서 낭송하면 되려 어색하고 시흥이 깨어져 버린다.

시를 낭송하면서 관객에게 "지금부터 나는 시를 읽기 시작하겠습니다. 에헴" 하는 태도로 시를 읽기 시작하는 사람들이 많다.

"참다운 웅변은 웅변을 경멸한다"는 말이 파스칼의 〈팡세〉에 나온다. 웅변처럼 들리지 않는 웅변이라야 진짜 웅변이라는 말이다.

"웅변처럼 들리지 않으려면 더 웅변적이라야 한다"고도 한다. 웅변이 웅변처럼 들리지 않으려면 고도의 웅변 기술이 필요하다.

시낭송이 시낭송처럼 들리지 않아야 진짜 시낭송이요, 시낭송이 시낭송처럼 들리지 않으려면 고도의 시낭송 기법이 필요하다.

흔히 시낭송자들은 시를 너무 의식적으로 시같이 읽으려고 한다. 시를 일부러 시같이 읽으려고 하다 보면 시의 양식에 구애되어 낭송도 양식적인 것이 된다. 시낭송을 너무 의식하고 시낭송 조로 읽으려고 하니 듣는 사람의 반감을 사게 된다.

시낭송이 일반적으로 부자연스러운 것은 근본적으로는 바로 이 때문이다.

시낭송이 무엇보다 경계해야 할 것은 낭송을 위한 낭송이다.

많은 낭송자들은 시를 시로 읽지 않고 낭송으로 읽는다. 낭송만 있지 정작 시는 없다.

낭송의 정장을 하고 낭송의 정좌를 해서 낭송의 격식에 따라 낭송의 목소리로 시를 낭송한다.

격식이 앞서고 시는 뒷전이다. 시적 감흥이 먼저 일어나서 이 감흥에 밀려 시가 절로 낭송되는 것이 아니라 낭송이 먼저고 감흥은 저만치 뒤에 처진다. 시를 형식적으로 읽고 있고 형식에 구애되어 읽고 있는 것이다. 그래서 듣는 사람에게는 낭송만 들리지 시가 들리지 않는다.

낭송자가 시를 의식하여 이것은 시니까 시는 이렇게 읽어야 하는 것이라고 마치 시범이라도 보일 듯이 읽으면 시는 달아나고 싶다. 아무 호소력도 설득력도 감동도 없다. 공연히 목소리만 공중에서 겨울 바람처럼 공전한다. 그러니 읽고 있는 것은 아무 시도 아닌 것이다.

(2) 리듬을 살려라

시가 형식상 산문과 구별되는 것은 잦은 행가름이요, 잦은 행가름은 리듬을 만들기 위해서다. 시들이 같은 낱말이나 같은 행을 되풀이하는 것도 리듬을 만들기 위해서다. 리듬이 시의 생명이기 때문이다. 시낭송의 주임무는 바로 시의 리듬을 살리는 일이다. 시낭송이 감동을 주는 결정적 요인도 리듬이라고 했다.

리듬이란 음이나 말이나 몸이 어떤 질서를 가지고 주기적으로 반복하는 율동을 말한다.

시에서 리듬이라면 흔히 운율로 번역되지만, 엄밀한 의미에서는 운율은 리듬 속에 포함되는 개념이다. 리듬은 운율 외에도 박자나 악센트 같은 것이 작용한다. 보통 리듬과 박자를 혼동하기 쉬우나 박자가 규칙적인 시간의 양적 단락이라면 리듬은 음끼리의 고저, 장단, 완급, 강약 등 음조에서 생기는 율동적인 흐름이다.

소리의 리듬에는 누구나 감동한다.

키케로가 말했다. "연설을 할 때 일반 청중이 리듬이나 음률을 일일이 감지하랴 싶겠지만, 사람들의 리듬이나 음률에 대한 직감은 아주 정확하다. 왜냐 하면 이런 리듬과 음률은 만인 공통의 감각이요 이 감각이 없는 사람은 아무도 없기 때문이다."

시낭송에서도 마찬가지다. 리듬감은 아무 시감이 없는 사람이라도 무의식적으로 금방 감지하는 것이고 그 리듬에 편승할 때 시낭송에 감동하는 것이다.

시낭송을 들어서 그 리듬을 캐치하는 것은 누구나의 능력이지만 시속에 든 리듬을 만들어내는 능력은 누구나 같을 수 없다.

시에서 리듬을 만드는 것은 기본적으로는 운(rhyme)과 시형의 음율이다.

우리나라 시에는 서양시라든가 한시(漢詩)에서 보는 두운(頭韻)이나 각운(脚韻)같은 운이 거의 없다. 그래서 시형이 리듬에 크게 작용한다.

시에는 정형시가 있고 자유시가 있다. 7·5조 같이 음수가 일정한 정형시의 외형율이라도 템포와 강약에 따라 리듬이 어느 정도 달라질 수도 있지만 특히 현대시의 대부분인 자유시의 내재율은 음률이 숨어 있기 때문에 각자가 그 리듬을 끌어내어 만들어가야 한다. 같은 시라도 읽는 사람에 따라 그 리듬의 형태가 다를 수 있다. 어느 시행에서 어떤 리듬을 만들어낼 것인가는 낭송자의 리듬 감각과 재능에 달려 있다.

시낭송에서 리듬을 두드러지게 하는 것은 주로 강약이다.

다시 키케로가 말한다.

"한결같은 보조의 연속에는 리듬이 없다. 리듬을 만드는 것은 일정한 간격을 가지고 규칙적으로 나타나는 강박자다. 리듬은 강박자의 간격으로 구분되기 때문에 추녀 끝에서 떨어지는 물방울에는 리듬이 있지만 격류의 냇물에는 리듬이 없다."

일정하게 반복되는 박자보다는 강약의 조화가 일구어내는 파동으로 리듬을 만들어내야 한다. 일반적으로 시낭송자들은 의외로 리듬 의식이 빈약하고, 특히 강약의 조절에 등한하다.

시낭송자는 시의 리듬 감각을 익혀야 한다. 시의 리듬 감각은 많은 시를 통해 기를 수밖에 없다. 구조나 양식이나 표현 방법이 다른 여러 형태의 시를 되풀이 되풀이 소리내어 읽음으로써 체득해야 한다. 그런 훈련을 통해 리듬 감각이 절로 몸에 익어야 하는 것이다.

리듬이라고 해서 낭송자가 같은 리듬만 반복하는 것은 위험하다. 같은 리듬이 너무 되풀이 되면 단조로와진다. 더러는 리듬을 일부러 깰 줄도 알아야 한다.

헤겔이 지적한다.

"선율의 리듬이나 박자의 리듬을 정확하게 고수하면 그 소리는 단조롭고 공허하고 창의성 없게 들린다. 그래서 고루한 운율이나 단일한 리듬의 야만성에서 자유로와질 필요가 있다."

때로는 시구의 뜻이나 띄어쓰기에 매달리다 보면 음률이 깨어지는 수가 있다. '길게'를 언제나 무조건 '기일게'라고 읽는 식으로 형용사나 부사, 의태어나 의성어를 동화 구연식으로만 읽으면 음률을 잃게 된다. 시낭송은 음률이 먼저다.

(3) 고저, 장단, 강약, 완급

음악에서는 한 음의 고저, 장단, 강약과 한 소절이나 곡 전체의 완급이 바로 음악을 이루는 요소다. 시낭송이 노래하는 것이라고 한다면 시낭송에도 낱말이나 시구의 장단과 고저와 강약, 시행이나 시련의 완급이 있어야 한다.

키케로는 말한다.

"변론에서는 음악처럼 고저, 강약 등 음조의 변화를 주어야 한다."

음악에서는 악보에 고저, 장단, 강약 등이 모두 한 음 한 음, 또는 소절마다, 또는 곡 전체에 명시가 되어 있다. 그러나 시에는 음부 같은 부호도 없고 안단테나 알레그로 같은 템포의 지시도 없다. 어느 시구를 높게 또는 낮게, 길게 또는 짧게, 강하게 또는 약하게 읽고, 어느 시행을 천천히 또는 빨리 읽어 시감에 악센트를 주고 시 전체에 기복과 변화를 줄 것인가는 전적으로 낭송자의 재량에 달려 있다. 운율은 시 자체 속에 내재되어 있는 것이기 때문에 찾아내기만 하면 된다지만 고저, 강약 같은 것은 낭송자가 시 내용에 따라 치밀한 감정의 논리로 조절해야 한다.

시낭송에서 일정한 고저는 자장가가 되기 쉽고, 일정한 템포는 행진곡이 되기 쉽다.

시낭송에는 바다의 파도 같은 무늬가 있어야 한다. 고저, 강약 등이 무늬를 만들고 이 무늬가 시의 색채를 만든다. 시낭송은 시에 색칠을 하는 것이다.

발성이나 발음으로 음을 만들어 내는 것을 조음(調音)이라고 한다. 시낭송에서는 조음이 세심할수록 소리의 색채는 다채롭다.

시낭송이 평탄하기만 하면 단조롭기 쉬우니 음조의 고저 등으로 감정의 기복을 주라고 하면 까닭없이 어조를 올렸다 내렸다 하면서 심심하다 싶으면 그것을 되풀이하는 시낭송자들을 자주 본다. 듣는 사람에게는 그 일정한 기복이 금방 지루해질뿐 아니라 감정의 논리가 맞지 않고 감정이 비약하기 때문에 아주 부자연스럽다.

소리의 강약만 하더라도 보통은 그냥 강하고 약한 것으로만 대별하지만, 이것을 세분하면 강약 외에 경연(硬軟)이 있고 강유(剛柔)가 있다. 강약은 힘을 넣거나 힘을 뺀 소리이고, 경연과 강유는 딱딱하거나 연하고 굳세거나 부드러운 소리지만, 경연은 외면적인 소리이고 강유는 내면적인 소리다. 시낭송의 조음에서는 이런 것이 다 세분되어야 한다.

발성의 고저나 강약에서 특히 유의할 것은 고음과 강음, 저음과 약음의 혼동이다. 대부분의 낭송자들이 강음을 내라면 고음을 내고 약음을 내라면 저음을 낸다. 낮은 소리도 강하게 낼 수 있어야 하고 높은 소리도 약하게 낼 수 있어야 한다. 고음이라고 고함만 질러서는 안 되고 저음에서 소리를 삼키거나 소리가 침몰해서도 안 된다. 대개의 경우 낭송자들의 나직한 소리는 가늘어져 잘 들리지 않는다.

그리고 감정의 변화를 주라면 대개 음조의 고저만으로 조절을 하는데, 너무 높은 소리도 너무 낮은 소리도 발음이 불분명해지기 쉽기 때문에 그보다는 강약이나 완급으로 감정을 조음하는 것이 훨씬 효과적이다.

음의 고저에서는 특히 여성들의 음정이 고음인데, 고음은 낱말을 알아듣기가 어려우므로 주의해야 하고, 고성이 아닌 사람이라도 고음에서는 템포를 늦추는 것이 좋다.

(4) 호흡 조절

"시는 호흡이다"라고 말한 사람이 있다. 시낭송의 음조는 호흡에 달렸다. 특히 정형률이 없는 현대의 자유시에서 내재율의 음률을 만드는 것은 호흡율이다.

시낭송의 발성을 정확하게 하고, 감정의 기복에 음영을 주고, 리듬을 절도 있게 살리고 하는 것도 호흡이다.

일반적으로는 고른 호흡이 편안한 발성을 도와주고 차분한 시감을 전하는 것이지만, 시 내용에 따라서는 일률적인 속도의 호흡만으로는 안된다. 숨을 끊어 쉬어야 할 때도 있고 숨을 몰아쉬어야 할 때도 있다. 유장하게 여러 행을 쉬지 않고 연달아 읽어 내려가고 싶을 때는 숨을 미리 깊이 들이쉬었다가 길게 토해야 한다.

어떤 감정이 지속적으로 이어지면서 고조되고 있을 때 중간에서 숨을 쉬어 버리면 그 감정이 갑자기 시들어버리고 만다. 행이 바뀐다고 해서 반드시 호흡을 새로 가다듬을 필요가 없다. 행과 행 사이를 띄어 읽고 싶은 경우라도 감정을 연속시키려면 호흡을 잠시 멈추었다가 그대로 이어가야지 숨을 고르고 있어서는 안 된다. 구두점과 행의 단락을 자의로 조절하는 것이 바로 이 호흡이다.

긴 호흡을 훈련해야 한다. 감정을 토막토막 끊지 않고 충분히 연결시키려면 호흡이 길어야 한다. 웅변가 데모스테네스는 폐활량이 과히 큰 사람이 아니었는데도 오랜 연습으로 연설을 할 때 긴 대목을 숨 쉬지 않고 단숨에 말할 수 있었다.

시라고 해서 시구나 행별로 끊어서 읽어야 한다는 고정관념에서 벗어나야 할 것이다. 다만 긴 호흡일 때 자칫하면 바삐 읽느라고 시어의 정확한 전달이 소홀해질 우려를 조심할 필요가 있다.

이렇게 시낭송에서 호흡은 감정을 만들어 내는 중요한 도구다. 시낭송의 감정 조절은 목소리만 하는 것이 아니라 항상 호흡이 공조하는 것이다.

(5) 템포와 톤

시낭송은 산책이 아니다.

시를 낭송하라면 대부분의 사람들이 아주 천천히 읽어야 하는 것인 줄로 알고 있다. 낭송에서 시와 산문을 구별하는 것은 천천히 읽느냐 빨리 읽느냐의 차이라고 생각한다.

그러나 시라고 해서 무턱대고 아무 시나 천천히 읽을 일은 아니다.

일반적으로 시를 천천히 읽는 이유는 첫째, 시어를 정확하게 전달하기 위해서요, 둘째, 시의 리듬감을 충분히 살리기 위해서다.

시낭송에 익숙하지 않은 사람은 그럴 수밖에 없다.

시를 전문적으로 낭송하는 사람이라도 낭송을 연습하기 시작할 때는 시어 하나하나를 분명하게 발음하고 시어와 시구와 시행의 사이를 확실하게 띄어 가면서 아주 천천히 읽는 것이 좋다. 그것이 어느 정도 숙달되면 그때부터는 속도를 내고 그래서 입과 턱의 움직임을 완전히 자동화시키고 나면 아무리 빠른 템포라도 시어나 리듬의 전달이 분명해지게 된다.

시를 늘어지게 낭송하기만 하면 대체적으로 시에 생기가 떨어지고 박력이 없고 느슨해진다. 그리고 너무 시낭송을 의식하는 것 같아 부자연스럽다. 부자연스러운 시낭송은 무엇보다도 먼저 이 늘어짐 때문이다. 물론 부분적으로는 낭송의 완급으로 시감을 조절해야 하지만, 전체적으로 시를 자연스럽게 읽자면 자연스러운 어조의 템포가 좋다. 보통 말하는 템포가 가장 자연스러운 템포다. 듣기에 가장 편안하다.

언어 감각은 시대에 따라 자꾸 달라진다. 언어 감각의 템포는 몸의 행동 감각의 템포를 따라간다. 걸음이 빨라지면 말도 빠르다. 오늘날은 속도의 시대다. 시만 유독 이 속도에 뒤처져 어슬렁거릴 이유가 없다.

템포뿐 아니라 발성의 톤도 잘 맞추어야 한다.

스타니슬랍스키는 〈나의 예술 인생〉에서 이렇게 말한다.

"연극에서 대사를 너무 큰 소리로 하지 말아야 한다. 언뜻 생각하기에는 대사를 크게 하거나 작게 하는 것은 쉬운 일인 것 같지만 무대에서 가장 어려운 것이 크지도 않고 작지도 않게 발성하는 것이다. 이때 비로소 연기는 간결하고 자연스러워진다."

(6) 몸의 힘을 빼라

시낭송을 시작할 때 가장 중요하고 가장 어려운 것이 몸의 힘을 빼는 것이다.

시를 자연스럽게 낭송하자면 몸의 긴장부터 완전히 풀어야 한다. 근육의 한 올도 긴장하고 있어서는 안 된다.

몸이 풀어져야 몸이 자유스러워지고 몸이 자유스러워야 몸이 낭송자의 감정에 따라 자유스럽게 움직인다. 몸의 긴장을 푸는 것은 감정의 긴장을 푸는 것이요 감정 표현을 자유스럽게 하는 것이다. 감정이 자유스러워야 시낭송이 자연스러워진다. 몸에 힘이 들어갈 때 부자연스럽다. 시낭송에 심줄이 드러나면 안 된다.

시낭송은 감정의 백지 상태에서 시작해야 하고 그러자면 몸부터 백지 상태가 되어야 한다. 특히 발성 기관이 이완되어 있어야 목소리가 편안하다.

자신이 아주 편안해야 한다. 그래야 남을 편안하게 할 수 있다.

그런데도 몸이 완전히 이완된 상태에서 아주 편안하고 아주 자연스럽게 시를 낭송하는 사람은 아주 드물다.

연극에서 리 스트라스버그의 메소드 연기는 몸을 백지로 만드는 데서 출발한다.

그는 "신체가 긴장하면 델리케이트한 내면의 연기를 할 수 없다"면서 "이완은 어떤 형식의 연기를 막론하고 기본이 되는 요소"라고 말했다.

말이 쉽지 몸에서 힘을 빼기란 여간한 수련을 거치지 않고는 어렵다.

연극 배우의 기초 연습은 몸의 이완 훈련부터다. 하품을 한다거나 딱딱한 의자에 앉아 몸을 푼다거나 온 몸을 잔뜩 긴장 시켰다가 갑자기 힘을 뺀다든가 하는 것이 훈련 방법이다.

동물은 긴장이 없기 때문에 자연스럽다. 고양이의 릴랙스가 이완을 가르친다. 리 스트라스버그의 액터스 스튜디오에 다녔던 '세일스맨의 죽음'의 명배우 리·J·콥은 동물원에 가서 코끼리한테서 걸음걸이를 배웠다.

연극을 할 때나 시를 낭송할 때나 연설을 할 때나 누구나 처음에는 긴장해서 떨린다.

명연설가이자 수사가이던 키케로는 "연설을 할 때 누구나 처음에는 떨린다"고 말했다.

그가 어느 날 대중 앞에서 연설을 하게 되어 초조하게 기다리고 있는데 노예가 와서 연설이 다음 날로 연기 되었다고 알려 주었다. 키케로는 기쁜 나머지 좋은 소식을 알려 주었다고 그 노예를 해방시켰다.

고대 그리스의 명연설가이던 페리클레스는 연설 전에 잘못이 없도록 반드시 기도를 올렸다.

(7) 첫 행을 잘 읽어라

첫 행에 성패가 달렸다.

시낭송은 시작이 중요하다. 맨 첫 행을 잘 읽어야 한다.

시를 누가 낭송할 때 첫 행을 들어 보면 대개 더 듣지 않아도 금방 그 낭송의 수준을 알 수 있다. 노래를 잘 부르는 사람의 노래는 첫 소절만 들어도 아아 하고 감탄사가 나온다. 시낭송도 첫 줄에서 감복시켜야 한다.

시낭송의 첫 행은 그 음조가 다음의 전 시행을 지배한다. 첫 행의 톤에 나머지가 따라가게 된다. 시감의 정조까지도 첫 행의 색채에 물든다. 첫 행뿐 아니라 첫 낱말 하나도 그 발성이 전체에 큰 영향을 준다.

시낭송이 자연스러우려면 첫 행부터 자연스러워야 한다. 시작이 편안해야 끝까지 편안하게 들린다.

처음부터 감정을 가지고 읽지 말라. 첫 줄부터 격정적인 시가 있기는 하지만 그런 시가 아니라면 처음부터 감정이 들어가면 부자연스럽다.

시낭송자는 시 내용을 미리 알기 때문에 이미 만들어진 감정이 있어

처음부터 이 감정에 지배되기 쉽다. 그러나 듣는 사람은 시 내용을 모르므로 시작부터 감정적이면 듣기에 부자연스럽다. 감정은 어떤 상황이 진척되면서 생기므로 점층되어야 하는 것인데 벽두부터 감정이 돌발하면 부자연스러운 것이다. 시를 처음 읽는 듯이 시작해야 한다.

시낭송자들의 낭송을 들으면 흔히 시의 제목이나 심지어 시인 이름을 읽는 데서부터 감정이 잔뜩 맺혀 있다. 이런 낭송은 더 들으나마나다. 시 전편의 낭송이 부자연스러울 것이 뻔하다.

한 편의 시를 읽기 시작할 때 맨 첫 줄의 발성에서 고저의 키를 잘 잡아야 한다.

일반적으로는 시작의 톤이 너무 높으면 부자연스럽기 쉽다. 대개는 대화의 톤이 알맞다.

그렇다고 해서 무슨 시든 무조건 나직이 시작하는 것도 문제다. 노래에 연가법(軟歌法)이 있고 경가법(硬歌法)이 있듯이 발성에는 연기성(軟起聲)이 있고 경기성(硬起聲)이 있다. 시낭송에서도 시에 따라서는 연가처럼 낮고 부드럽게 시작해야 할 시가 있고 군가처럼 높고 씩씩하게 시작해야 할 시가 있다.

어느 시든 맨 첫 마디는 발성이 가장 명료해야 한다. 듣는 사람은 낭송자의 맨 첫 마디에 신경을 집중시키느라 긴장하고 있기 때문에 오히려 그 낱말을 놓쳐버리기 쉽다. 연극에서도 배우의 첫 대사는 귀에 잘 안 들어오는 법이다.

시를 자연스럽게 낭송한다고 첫 낱말을 예사로 읽기 쉬우나 첫 낱말은 의도적으로 글자 한 자 한 자를 분절발성을 하여 확실하게 전달할 필요가 있다. 첫 마디를 놓쳐버리면 다음 어구들은 연결이 되지 않아 뜻을 잃어버리기 때문에 처음부터 그 시에 흥미를 잃게 된다.

첫 구절뿐 아니라 맨 끝 구절도 유념해야 한다.

노래는 무슨 노래든지 들어보면 끝날 때 끝이라는 것을 알 수 있다. 시낭송도 듣는 사람이 끝난다는 것을 짐작할 수 있게 낭송해야 한다. 종결감이 있어야 하는 것이다. 중도반단처럼 들리면 시흥은 중절이 되어 버린다.

(8) 몸으로 읽어라

시낭송은 입으로만 읽어서는 안 된다. 온몸으로 읽어야 한다.

시를 외워 암송을 하는 것은 그 시를 온몸에 녹이기 위한 것이고, 그렇다면 실제로 암송으로 읊을 때는 몸에 녹아 있는 시가 표출되어야 한다. 그 표출은 입으로만 되지 않고 몸이 따라야 하는 것이다.

몸으로 읽는 목소리와 입으로만 읽는 목소리는 전혀 다르다. 훌륭한 시낭송을 보면 낭송자가 몸을 움직이지 않고 가만히 서 있어도 전신에서 시액이 나무의 수액처럼 흘러나오는 듯한 몸부림이 느껴진다. 그럴 때 관객에게 그 감동은 귀 끝에만 전해지는 것이 아니라 온몸에 전해진다. 낭송자는 시흥의 전류에 온몸이 감전된 듯해야 하고, 어떤 격정에는 온몸에 전율이 흘러야 한다.

사람의 몸은 목의 성대만 악기가 아니라 온 몸이 악기다. 시를 몸으로 읽자면 입 주위의 발성 기관만 훈련해서는 안 되고 몸 전체가 길들여져 있어야 한다. 감정이 온 몸을 울리게 하고 그 몸의 울림에서 소리가 나와야 하는데 그러기 위해서는 몸에 긴장이 있어서는 안 된다.

내면의 감정이 가득 실려 있지 않고 빈 배같이 겉도는 목소리는 몸에서 우러나지 않기 때문이다.

입으로만 시를 읽는 사람 중에는 고운 목소리로만 시를 읽는 사람이 있다. 미성으로만 시를 읽으면 그 낭송은 조화처럼 생기가 없다. 달콤하기만 한 목소리로 읽는 시는 모든 시가 같은 시로 들리고, 때에 따라서는 오히려 다양한 낭송에 방해가 된다. 자기 목소리의 육성에 대한 의존도가 높아서 몸을 울리는 육성이 둔화될 뿐 아니라, 시낭송에는 다채로운 색깔이 있어야 하는데 곱기만 한 목소리는 단색적이어서 색채를 죽인다. 그리고 일반적으로 매끈하기만 하지 힘이 없다. 그리고 오래 듣고 있으면 역겹다. 시에 염증을 느끼게 한다.

또 시낭송을 들어 보면 자신 없는 목소리의 낭송이 더러 있다. 시를 목소리로만 읽기 때문이다. 몸으로 읽어야 자신감이 생긴다. 자신감 있는 낭송이라야 신뢰가 간다.

(9) 레치타티보(서창)

음악의 오페라나 오라토리오 등에는 레치타티보(recitativo)라는 것이 있다. 서창(敍唱)이라 부르기도 한다.

아름다운 멜로디의 아리아가 시작되기 전에 장면의 상황이나 극의 전개를 설명하기 위해 이야기하듯이 말하는 대사다. 감정적 표현의 영창(詠唱)을 이끌어 내기 위한 수단으로 쓰이지만 그 자체로 말의 리듬과 억양을 중시한다. 예컨데 모짜르트의 〈피가로의 결혼〉 3막 8장에서 백작 부인의 아리아 '즐거운 추억은 어디로'의 앞부분에 레치타티보가 나오고, 슈베르트의 많은 가곡에도 등장한다.

이브 몽탕이 부른 프랑스의 샹송 〈고엽〉(Les feuilles mortes)을 들어 보면 처음 몇 소절은 가사를 읽는 듯이 레치타티보로 시작했다가 차츰 곡을 붙여 나간다.

시낭송에서도 시에 따라서는 처음부터 시감의 감응을 강요시킬 것이 아니라 레치타티보 창법을 원용하여 나레이션 하듯이 편안히 서술해 나가다가 차츰 어느 새 시적 감흥의 경지로 끌어들이는 것이 훨씬 큰 공감을 얻기가 쉬울 수 있다.

시 중에는 서술 부분과 감정 표현 부분이 나누어진 시들이 많다. 처음에는 상황 설명을 하고 이어 시인의 심회를 영탄하는 시다. 특히 이런 시는 상황 설명 부분을 레치타티보로 낭송 하는 것이 훨씬 자연스럽고 효과적이다. 음악에서처럼 서창식 시낭송은 아리아라고 할 수 있는 감정 표현 부분들을 돋보이게 하는 것이다. 그리고 아무리 서술 부분이라 하더라도 음률감 같은 것은 살려야 한다.

⑩ 연음(連音), 여음(餘音), 함음(含音), 토음(吐音), 묵음(默音)

시낭송의 기교는 여러 가지 발성 형태의 조작이 북돋워 준다.

그중의 하나가 연음(連音, liaison)이다.

시낭송자들은 대개의 경우 시구와 시구 사이, 시행과 시행 사이를 똑똑 끊어 읽는다. 그러나 때에 따라서는 연음으로 연결해 읽을 줄도 알아야 한다. 연음은 앞 낱말의 마지막 음을 가늘게 뽑아 그 음을 입 안에 담은 채 뒤의 낱말과 연결하는 것이다. 특히 유성음인 'ㄴ'과 'ㄹ' 받침의 낱말에서 연음 효과는 두드러진다. 이렇게 읽을 때 끊어 읽는 것보다는 음률의 율동감이 훨씬 더 생긴다. 그런데도 이 연음을 구사하는 낭송자는 아주 드물다. 프랑스시의 낭송이 감미로운 것도 '리에종'(연음)이 있기 때문이다.

〈논어〉에 '교여역여'(皦如繹如)란 말이 나온다. 음악은 각 음이 분명하면서 음절이 끊이지 않고 이어져야 한다는 말이다.

또 한 가지는 여음(餘音)이다.

여음이란 한 행의 끝에서 마지막 낱말의 음을 단음(斷音)으로 딱 끊지 않고 길게 여운을 살리면서 자자졌다가 다음 행으로 넘어가는 것을 말한다. 연음과 다른 점은, 여음은 여운이 자자져서 소리가 끝났다가 새로 시작되는 것이고, 연음은 소리가 끊어지지 않고 그대로 이어지는 것이다.

종래의 시낭송자들은 시행이 한 문장으로서 끝날 때나 한 연이 끝날 때, 가령 '했다'를 '했다~'로 무조건 길게 뽑는 것이 버릇처럼 되어 있었다. 요즘은 이 악습이 많이 없어지기는 했지만, 여음은 이와는 달리 그냥 길게 뽑기만 하는 것이 아니라 가늘게 뽑는 듯하면서 여운을 살리는 것이다.

소동파(蘇東坡)의 〈전적벽부〉(前赤壁賦)에는 "여음이 요뇨(嫋嫋 · 가냘프고 길게 이어짐)하여 실가닥처럼 끊이지 않는다."는 구절이 있다. 이런 것이 여음이다.

물결은 토막토막 끊어져서는 파동이 되지 않는다. 리듬은 연결감이 만드는 것이다. 그렇다고 해서 모든 시구들을 연음으로 읽고 모든 행들을 여음으로 읽어 버리면 금방 식상해지고 오히려 음률은 칙칙해진다. 필요에 따라 적절히 이었다가 끊었다가 해야 한다.

이 밖에 함음(含音)과 토음(吐音)이 있다.

한 시행의 첫 낱말을 발성할 때 편안한 호흡으로 시작하는 것이 보통이지만, 시에 따라서는 토음을 하는 것이 효과적인 경우도 있다. 미리 숨을 들이쉬어 소리를 입 안에 잠시 머금고 있다가 숨을 뱉으면서 소리를 함께 발성하는 것이다.

어떤 시를 낭송하면서 첫 낱말부터 강한 색채를 주고 싶을 때 그냥 힘주어 발음하는 것보다는 소리를 토하면 폭발음의 인상을 준다. 그리고 행에서 행으로 옮겨 갈 때도 경우에 따라서는 한 행의 끝에서 숨을 쉬지 말고 멈추고 있다가 그대로 다음 행의 첫 마디에서 토하면 전혀 다른 어감이 만들어진다. 소리가 입 안에서 한 바퀴 굴러서 나오는 듯하다.

시낭송자는 소리를 뱉기만 할 줄 알아서는 안 되고 소리를 머금을 줄도 알아야 한다. 함음(含音)은 터지고 싶은 말을 참는 소리요, 참다가 나오는 말은 더 귀 기울여지게 한다.

시를 소리로 표현하는 시낭송자는 시의 표현에 알맞은 소리를 조음하는 기술자이기도 하다.

시낭송의 기교를 위해서는 묵음(默音)도 할 줄 알아야 한다.

음악에서는 음표만 음악인 것이 아니라 쉼표도 음악이다. 시낭송에서는 발성만 낭송인 것이 아니라 침묵도 낭송이다. 묵음은 낱말과 낱말 사이, 행과 행 사이, 연과 연 사이의 간격을 감정의 기복에 따라 무한정 늘여뜨려 길게 침묵하는 것이다. 휴지(pause)가 호흡을 조절할 때 발성을 일시 중단하는 것이라면 묵음은 호흡을 그대로 가지고 감정이 진행되고 있는 상태에서 한참 동안 함구하는 것이다. 사람은 감정이 북받치면 숨이 막히고 말이 막힌다. 시낭송이라고 언제나 달변이기만 할 수는 없다. 차마 말로 다 표현할 수 없는 소리의 몸부림일 때 입을 다물 수밖에 없다. 침묵하더라도 왜 소리가 멈추는지 듣는 사람이 납득할 수 있어야 한다. 감정의 논리에 어긋나지 않아야 하고 그럴 때 아무리 긴 묵음이라도 듣는 사람에게 어색하지 않고 얼마든지 자연스러운 것일 수 있다.

중국 당나라 시인 백거이(白居易)의 '비파행'이란 시에는 비파를 타다가 갑자기 소리가 뚝 멈추니 "이 때 소리 없는 것이 소리 있을 때보다 더 감동적이구나"라고 찬탄하는 대목이 나온다. 영국 시인 존 키츠의 '그리스 고병에 부치는 노래'에도 "들리는 소리는 달콤하다. 그러니 들리지 않는 소리는 더 달콤하다"라는 구절이 있다.

시낭송에서도 그런 감동적인 묵음이 가능한 것이다.

⑾ 낱말에 정감을 묻혀라

시어의 낱말은 시집 속에 있을 때는 뜻으로만 남아 있지만 이것을 소리로 내면 낱말마다 울림이 있고 그 울림에 따르는 색감과 향기가 있다. 시낭송은 이 울림의 교향악이다.

어떤 시든 낭송은 시어의 각 낱말이 울리는 음향을 반향하지 않으면 안 된다. 시구나 시행에 고저, 강약 등을 강조할 때도 각 낱말의 음향을 살려 가면서 하지 않으면 그 실효가 반감되고 전체적으로 리듬감도 이 음향이 크게 영향한다.

시에 따라서는 격정으로 읽어야 할 시가 있는가 하면 잔잔하게 읽어야 할 시도 있다. 특히 잔잔하게 읽을 때는 자칫하면 무미건조하기 쉽다. 이럴 때 낱말 하나하나에 정감이 묻어 있어야 한다. 낱말마다 정감을 꽃가루처럼 묻혀서 시어 하나하나의 표정을 잘 살리는 것이다. 그러면 전체적으로 감정의 무늬가 생기고, 그래서 낭송은 단조롭지 않으면서 생채가 난다.

목소리에 설탕을 묻혔다고 정감이 묻어나는 것이 아니다. 정감을 가지고 낱말을 발성하는 일은 상당한 시적 감각과 목소리의 훈련이 필요하다. 시낭송가의 큰 자질 중의 하나는 바로 시어에 꽃가루를 묻히듯 정감을 묻혀 배게 하는 일이다.

⑿ 개성 있게 낭송하라

시낭송 전문가들이 낭송하는 것을 들으면 대개 음조나 어조가 엇비슷하다. 천편일률적이라는 느낌을 줄 때가 많다. 이것이 지금까지 시낭송의 큰 병폐로 지적되어 오고 있는 점이다.

이것은 경연을 통한 시낭송 운동의 한 부정적 측면이기도 하다. 시낭송 경연대회에 참가하는 사람들은 낭송을 어디서 배우는가. 대부분 경연대회 자체에서 배운다. 경연대회에서 수상하는 사람들을 흉내 내면서 배운다. 상을 타기 위해 그 패턴을 따르게 되고 그러다 보니 배우는 사람도 낭송이 비슷해진다. 이것이 대를 잇는다. 그러다보니 시낭송이 모두 진부하게 들린다.

시낭송은 이런 식이어야 한다는 고정관념을 버려야 한다. 시낭송의 틀을 깨야 한다. 시낭송에는 어떤 격식이나 패턴이 있다는 생각부터 없애야 한다. 시는 얼마든지 전혀 다르게 읽을 수 있는 것이고 그럴수록 좋은 것이다.

시를 개성적으로 읽자면 무엇보다도 그 시에 대한 자신의 느낌이 개성적이지 않으면 안 된다. 같은 시라도 고저, 강약 등이 남과 같은 음부여서는 안 되고, 리듬이 남의 장단을 따라가고 있어서는 안 된다. 시를 자기 나름으로 분석하여 자기 나름의 감정을 실어야 한다. 자기만의 감성의 낭송이 아니고는 호소력을 기대할 수 없다. 자기 나름의 리듬을 만들자면 때로는 구두점이나 행바꿈을 대담하게 무시할 줄도 알아야 한다.

시낭송에는 수십 가지의 낭송법이 있다는 인식과 그 수십 가지의 낭송법 중 자기 것을 스스로 찾아낼 줄 아는 자질 없이는 개성있는 낭송의 능력이 생기지 않는다. 그럴 능력이 없으면 결국 남의 흉내밖에 못 내는 것이다. 자기만의 감정은 자기 몸으로 밖에는 표현하지 못한다. 남이 흉내낼 수 없다.

자기류로 읽으라. 그럴 자신이 없으니까 남의 유로 밖에 못 읽는 것이다.

⒀ 표정

표정도 언어다. 시낭송자의 표정은 시의 표정이다.

시낭송자들은 대개 무슨 시든 시를 엄숙하게 읽고 심각하게 읽는다. 그러다가 감정이 고조되면 표정이 일그러진다.

시는 엄숙하기만 하고 심각하기만 한 것이 아니다. 그런데도 시낭송의 무대에 세우면 표정들이 굳어져 있다. 시는 거룩한 것이라는 선입관 같은 것이 낭송자들에게 있다. 게다가 긴장감이 더해져서 표정마저 딱딱해진다. 그러다 보니 듣는 사람들도 대개 엄숙한 얼굴들이 된다. 그래서 시낭송회는 무겁고 침통하기만 한 마당이다.

표정부터 풀어야 한다. 표정이 일그러지면 낭송도 일그러지고 표정이 부자연스러우면 낭송도 부자연스럽다. 자연스러운 표정에서 자연스러운 낭송이 나온다.

얼굴은 발성을 돕고 몸은 감정 표현을 돕는다. 얼굴이 굳어지면 음성의 발성 기관들이 함께 경직되어 소리의 자유스러운 표현을 방해한다. 그리고 몸도 따라 굳어져 몸으로 읽어야 하는 감정 표현에 지장을 가져오기도 한다.

또 낭송자의 딱딱한 표정은 관객들을 굳어지게 만든다. 시낭송은 관객들을 편안하게 해야 한다. 그러자면 편안한 낭송이어야 하고, 또 그러자면 편안한 표정이어야 한다.

키케로에 의하면 연설 같은 구연에서 목소리 다음으로 중요한 것이 얼굴의 표정이요 특히 눈이다. 그는 말한다.

"표정은 마음의 거울이다. 구연에서는 특히 눈의 움직임이 중요하다. 신체 중에서도 눈이야말로 마음의 움직임의 기미를 그대로 나타내는 부분이요, 감은 눈으로 그 기미를 나타낼 수 있는 사람은 없다. 눈을 때로는 부드럽게, 때로는 심각하게, 어떤 때는 한 점을 응시하는 등 해서 표정이 뒤따라야 한다."

시는 엄숙 대신 기품 있게, 심각 대신 품격 있게 읽을 일이다.

⑭ 동작

몸으로 시를 읽으라고 했지만 그렇다고 해서 시낭송에 무슨 동작을 꼭 섞으란 말은 아니다.

시낭송을 하면서 가끔 손놀림을 하거나 왔다 갔다 걸으면서 읽는 사람들을 본다. 시 내용에 따라서 자연스럽게 손이나 몸으로 가벼운 동작을 하는 것은 시의 감흥에 공감을 불러일으키는 데 도움이 되는 경우가 있다. 그러나 이것은 어디까지나 시흥에 겨워 자연발생적으로 움직여지는 동작이어야지 조금이라도 꾸민 동작이어서는 안 된다. 감정이 몸을 움직여야지 몸이 감정을 움직여서는 억지스럽다. 격정적인 목소리로 시를 읽으면서 몸에서는 아무 격정이 나타나지 않으면 오히려 어색하다. 그러나 그것이 과장된 것이거나 부자연스럽거나 할 때는 혐오감을 준다.

뿐만 아니라 불필요한 동작은 시의 감정 표현에 방해가 된다. 발성을 하면 신체 기관이 따라 움직이면서 그 발성이 감정을 띠게 되는 것인데 신체 기관이 쓸데없이 움직여 버리면 발성의 감정은 공허한 것이 되고 만다.

걸으면서 시를 낭송하는 것도 마찬가지다. 한두 발짝 살짝 걸음을 옮기는 것은 시의 분위기 변화에 도움이 될 수도 있다. 그러나 낭송자가 계속 움직이면, 이 경우도 발성 기관이 충분히 정확한 발음과 감정 표현을 하지 못할 뿐 아니라 관객 입장에서 볼 때 낭송자의 운동이 주의를 산만하게 하여 시에 대한 집중력이 떨어진다.

연극에서도 배우가 자꾸 움직이면서 대사를 하면 대사의 발성이 잘 들리지 않기 때문에 중요한 대사에서는 배우가 움직이고 있다가도 대개 멈춘다.

무대에서 시를 낭송하는 경우 낭송자가 몸의 이동을 자유롭게 하느라고 흔히 핸드마이크나 무선 마이크를 사용하는데 이것은 피하는 것이 좋다. 시는 시구 하나하나가 아주 세심한 것이고 시 감정은 마디마디가 아주 섬세한 것이다. 이런 민감한 시를 정확하게 전달하자면 낭송자는 가능한 한 스탠드 마이크 앞에 정립하는 것이 바람직하다. 그렇다고 그 정립이 딱딱한 직립이어서는 안 된다. 되도록이면 완전한 발성을 자유롭게 할 수 있는 편안한 자세라야 한다.

괴테의 소설 〈친화력〉에는 루치아네가 담시를 낭송하는 장면이 나온다. "그녀는 낭송을 할 때 몸짓을 곁들이는 좋지 않은 버릇이 있었다. 그렇게 함으로써 그녀는 듣는 이로 하여금 원래 서사적이거나 서정적인 것을 어줍잖게 극적인 것과 연계시키게 되는데 그것은 연결을 시킨다기보다는 오히려 혼란스럽게 하는 것이었다."

시를 낭송할 때의 자세에 대해서는 퀸틸리아누스가 〈변론가의 교육〉에서 지적하는 구연자의 자세가 참고가 될 것이다.

- 몸짓이 소리와 일치하고 표정이 몸짓과 일치할 것
- 얼굴은 위를 쳐다보지도 말고 땅을 쳐다보지도 말고 정면으로 향할 것
- 입을 찢어지도록 크게 벌리지 말 것
- 입술이 일그러지지 말 것
- 고개를 한쪽으로 기울지 말 것
- 소리를 낼 때 눈썹을 치키지 말 것

⒂ 배경 음악

시낭송을 녹음한 테이프나 CD를 들으면 대개 배경 음악이 들어 있다. 방송에서 시를 낭송할 때도 반드시 음악을 반주시킨다. 그래서인지 시를 낭송하는 데는 음악이 필수적인 것처럼 인식되어 있다.

시낭송의 배경 음악은 그 시의 분위기를 북돋워 주고 그 시의 시정을 고양시키는 효과가 있는 것으로 흔히 생각한다. 낭송자의 음감을 배경 음악이 상승시켜 그 표현이 한층 강렬한 것이 되게도 한다고 믿는다.

그러나 그런 이점을 어느 정도 수긍한다 하더라도 엄밀히 말하자면 완전한 시낭송에는 음악이 부수되지 않는 편이 바람직하다. 시낭송은 그

자체로 순수해야 한다.

프랑스의 여류 작가 스탈부인의 소설 〈코린〉에는 이런 대목이 나온다.

"대부분의 이탈리아인들은 칸티레나라고 부르는 단조로운 곡에 맞추어 시를 낭송하는데 이것이 시흥을 망친다. 아무리 시가 다양해도 인상은 똑 같아진다. 시의 내밀한 요소인 억양에 아무런 변화를 주지 않기 때문이다. 그러나 코린이 음악 없이 박자에 변화를 주어 시를 암송하기 시작하자 마치 천상의 악기로 연주되는 곡조 같았다."

시낭송에 배경음악이 부적합한 것은 무엇보다도 음악이 중복된다는 데 있다. 시낭송은 시를 노래하는 것이므로 그자체가 음악이다. 이 음악에 또 음악을 보태는 것은 부질없는 덧칠이 된다. 음악이 음악을 훼방하는 것이다. 박자와 키를 맞추어 주는 노래의 반주와는 다르다.

실제로 시낭송에서 음악은 고조된 음량은 말할 것도 없고 아무리 미약한 볼륨이라도 시어의 정확한 전달에 지장을 준다. 소리가 소리를 죽여서만이 아니라 청중의 집중력이 분산되는 것이다.

게다가 배경음악은 그 시를 위해 따로 작곡된 것도 아니고 기성곡에서 차용해 오는 경우가 대부분인데, 이런 곡들이 그 시의 시감이나 시흥에 완벽하게 합치하기는 어렵다. 그래서 섣부른 배경 음악은 시의 정서를 오히려 왜곡시킬 우려조차 있다.

더구나 배경 음악이 하나의 화장술이어서는 안 된다. 서투른 낭송을 분칠하기 위해 음악을 이용하는 수가 많다. 이럴 때는 시를 낭송자가 낭송하는 것이 아니라 음악이 낭송하는 것이다. 시의 음악성을 낭송으로 살려야 하는데 음악이 대신 살리는 것이 된다.

배경 음악이 들어 있는 시낭송을 계속해서 듣다가 음악이 침묵한 육성만의 낭송을 들어 보라. 얼마나 명료하고 호소력이 있는가. 시낭송을 전문으로 하는 낭송가들은 배경 음악이 방해가 될 만큼 전문적이지 않으면 안 된다.

시인의 경우, 실제로 대부분의 시인들은 음악과 함께 자작시를 읽으려

고 하지 않는다. 음악이 자기 시의 시감을 변질시킨다는 것을 시인들은
잘 알고 있기 때문이다. 시를 살리는 것이 아니라 시를 깬다. 시인에게는
자기가 쓴 시의 시감에 딱 맞는 음악은 시 자체밖에 없다. 그 시흥을 음악
으로 살리고 싶은 사람이 있으면 따로 가곡으로 작곡해서 노래를 부르게
하면 그만이다.

시낭송가도 시인들의 이런 자세를 갖는 것이 옳다.

⒃ 연습

시낭송자들은 대개 연습만 열심히 하면 낭송이 향상되는 줄 안다. 그
러나 무조건 연습만 한다고 되는 것이 아니다. 무엇을 어떻게 연습하느
냐가 문제다. 무턱대고 연습만 하는 것은 오히려 해롭다.

시낭송 연습은 시를 외우기 시작할 때부터 조심할 필요가 있다.

많은 시낭송자들은 처음에 시를 한두 번 읽고는 별다른 고민 없이 대
뜸 자기의 낭송 방식을 정하고는 연습한다면서 되풀이하여 그 방식을 고
착시켜 버린다. 잘못 읽기 시작했으면 연습을 하면 할수록 그 잘못은 굳
어진다.

연극의 메소드 연기에서는 연습을 할 때 대사를 너무 빨리 외워 버리지
말라고 한다. 대사를 빨리 외우면 패턴이 빨리 굳어져 버리기 때문이다.

대부분의 시낭송자들은 연습을 시작하면서 자기류로 시 전문부터 외
운다. 그렇게 하면 그러는 사이 낭송 패턴이 정해져 그 뒤에 아무리 고
치려고 해도 그때는 잘 고쳐지지 않는다. 시를 보고 읽으면서 이렇게도
저렇게도 낭송을 실험해가는 동안 저절로 시가 암기되도록 해야 한다.
시가 다 외워졌을 때는 낭송 패턴이 확정되었을 때다. 굳이 미리 시를
외우려면 일단 무감정으로 시 전편을 주입만 시켜 놓고 연습을 하면서
차츰 감정을 다듬어가는 것이 바람직하다.

시낭송 연습에는 거울이 필요하다.

시낭송의 연습은 처음부터 한 가지 방법을 반복해야 하는 것이 아니

라 처음에는 여러 가지 방법을 실험해야 한다. 이때 혼자의 독습보다는 거울 삼아 대리 청중이 있는 것이 좋다. 시낭송은 시 전문가만을 상대로 하는 것이 아니므로 반드시 시 전문가가 아니더라도 청중의 입장이 될 수 있다.

또 하나의 거울은 녹음된 자기 목소리다.

사람들은 자기 귀를 남의 귀로 착각한다. 자기가 듣는 자기 목소리는 자기를 속인다. 자기에게 들리는 자기 목소리는 남이 듣는 자기 목소리와 다르다.

시낭송을 연습할 때는 반드시 자기 낭송을 녹음해 자꾸 들어 보아야 한다. 녹음을 들어 보면 발성은 물론이고 완급의 템포나 휴지의 박자 같은 것이 자기가 생각했던 것과는 아주 판이하다. 낭송하는 사람은 대부분 자기가 어구 하나하나를 분명하게 발음하고 있다고 착각하지만 실제로는 잘 안 들리는 어휘들이 많다. 이런 것을 녹음된 목소리가 지적해 준다.

녹음으로 듣는 자기 낭송은 이뿐만이 아니라 자기 낭송이 자기 자신을 얼마만큼 감동시키는가를 테스트하는 것이기도 하다. 자기를 감동시키지 못하는 낭송이 남을 감동시킬 수 없기 때문이다. 자기 귀로만 들으면 소리와 함께 자기 몸이 울리기 때문에 그 감동을 객관적으로 감지하기 어렵다.

그러나 녹음만으로 되풀이하는 연습에는 함정이 있다. 녹음기는 미미한 약음도 다 잡히므로 낭송자가 자기 음량을 과신할 우려가 있다. 볼륨뿐 아니라 명료한 발음을 테스트 하자면 누가 멀리서 육성 낭송을 들어주는 것이 좋다.

시 한 편을 낭송하려면 시를 씹고 또 씹고 하여 단물이 나올 때까지 씹어야 한다. 입 안에서 우물우물 하다가 그냥 삼키려고 해서는 안 된다. 덜 씹은 시는 소화가 잘 되지 않는다.

시낭송을 하는데 대체로 너무 고민이 없다. 시에 너무 쉽게 접근한다. 한 편의 시낭송은 한 편의 연극을 만들듯 정교한 자기 연출이 필요하다.

시낭송의 연습은 끊임없는 자기 훈련의 과정이다. 데모스테네스처럼 램프 냄새가 나도록 연습해야 한다. 연기자의 훈련은 끝이 없다. 일생을 걸어야 한다. 훈련을 다 끝내고 무대에 서겠다면 평생 무대에 설 수 없다.

⒄ 시 외우기

시낭송은 반드시 암송으로 해야 한다. 시를 왜 외워서 읊어야 하는지는 앞에서 말한 바 있다.

시를 암송하자면 우선 수십 번 수백 번 되풀이 되풀이 읽어야 한다. 이 낭독의 반복은 단순히 시구의 암기에 그치는 것이 아니다. 무엇보다도 그 시로 스스로를 감동시키는 과정이기도 하다. 그 시가 주는 감동을 자신 속에 자꾸 집적시키는 것이다. 그러다가 그 시가 충분히 암기될 때쯤 되면 자신의 감동을 남에게 전달해 남을 감동시킬 능력이 생긴다.

또 시 텍스트의 낭독의 반복은 그 시가 가진 리듬의 끊임없는 발굴이자 실험이기도 하다. 어느 리듬이 가장 적절한가를 읽을 때마다 조정해서 고착시키게 된다. 그리고 시구의 고저나 강약 등도 시를 여러 번 읽는 동안에 제자리를 발견하게 되고 그러는 사이에 시가 다 외워진다.

시낭송자는 시를 어떻게 암기할 것인가.

시낭송을 위한 시의 암기는 절대로 머리로만 하는 것이 아니다. 피아니스트가 악보를 손가락으로 기억하듯 오랫 동안 낭독을 되풀이하면 그 시를 입이 기억하고 턱이 기억한다. 낭송자가 일일이 시를 외우고 있지 않아도 턱놀림에 따라 입이 저절로 움직이게 된다.

시는 유심히 따지고 보면 잘 정돈된 언어의 질서다. 그렇기는 하지만 시의 암기는 시의 뜻으로 외우는 것이 아니라 시의 리듬으로 외우는 것이다. 시를 외울 때 처음에는 낱말 하나하나를 읽어 외워 가지만 되풀이 되풀이 읽음으로써 그 시의 음률이 저절로 외워지게 되고, 그래서 결국은 시구의 뜻보다는 그 음률로 시를 암송하게 된다. 리듬은 기억력이 좋다.

사람들은 시낭송자가 가끔 긴 시를 암송하면 산문과는 달리 어구와 어구의 연결이 비약적이어서 일견 조리가 없어 보이는 시를, 더구나 그렇게 긴 시를 어떻게 암기하는지 놀라워 한다. 그러나 놀라울 것 없다. 실제로는 시가 산문보다 외우기가 훨씬 쉽다. 산문은 뜻을 따라 논리로 외워야 하기 때문에 그 뜻의 대의는 따라갈 수 있어도 낱말 하나하나를 정확하게 기억하기가 어렵다. 시는 리듬이 조리다. 아무 연결성도 없어 보이는 시구와 시구를 리듬이 조리 있게 연결시켜 주는 것이다.

노래를 배울 때도 노랫말을 따로 외우기는 힘들지만 노래를 자꾸 부르고 있으면 노랫말은 저절로 외워지는데 그것은 리듬 때문이다.

아리스토텔레스는 〈수사학〉에서 "운문은 산문보다 외우기가 쉽다. 운문은 운율을 재는 수를 가지고 있고 수는 모든 것 중에서 가장 외우기 쉽기 때문이다." 라고 설명하고 있다. 니체도 〈즐거운 지식〉에서 "운율이 없는 말보다 시구를 더 잘 기억할 수 있다"고 말했다.

⒅ 시낭송가의 요건

우리나라에 시낭송을 전문으로 하는 시낭송가라는 타이틀이 생긴 것은 1987년 세 번째 '시인만세' 때부터다.

그후 재능문화 주최의 재능시낭송대회가 시작되면서 이 대회 성인부의 동상 이상 수상자에게는 한국시인협회가 인증하는 시낭송가 증서가 수여되어 온다. 우리나라 시단을 대표하는 단체인 한국시인협회가 보증하는 것이므로 시낭송가의 권위는 보장되어 있다.

해마다 이 대회의 각 지역 예선대회 성인부에 300~700명씩 참가하지만 이들 중 결선대회까지 진출하여 시낭송가가 되는 것은 불과 15명 정도에 지나지 않으므로 시낭송가의 문은 좁다.

재능문화 주최의 경연대회 외에도 많은 단체들이 별도로 시낭송 경연대회를 개최하면서 입상자들에게 자체적으로 시낭송가라는 칭호를 주기도 한다.

시낭송은 어느 나라에나 있지만 시낭송가라는 이름은 우리나라에만 있는 것이다.

시낭송가는 어떤 요건을 갖추어야 하는가.

시낭송가가 되자면 훈련만으로는 안 되고 먼저 타고난 소질이 있어야 한다.

수사학에서 퀸틸리아누스는 변론가의 요건으로 소질, 기술, 훈련 세 가지를 들었고, 키케로는 "변론 능력 중 가장 큰 것은 타고난 재능"이라고 말했다. 플라톤도 "어느 분야든 필요한 요건은 소질, 지식, 연습이다"라고 했다.

어느 정도 소질이 있고 나서 기술 연마요 그 다음이 연습이다.

옛날에는 주로 아름다운 목소리를 가진 사람들이 시를 읽었다. 그러나 고운 목소리만으로는 안 된다. 시는 일반적으로 정감을 표현하는 것이어서 느낌이 있는 목소리여야 한다. 그리고 시낭송은 청각을 위한 예술이므로 전달력이 있는 음성이라야 한다. 그러자면 발성이 명확한 목소리여야 하고, 성량이 충분한 목소리여야 하며, 표정이 풍부한 목소리여야 한다. 그러나 타고난 음성은 그대로는 미적 표현에 적합하기 어렵고 감정의 미묘한 변조를 나타낼 수 있도록 음조가 훈련되어야 한다.

목소리는 감정의 운반자다. 성감이나 성량이 아무리 좋아도 자신 속에 시감이 없으면 시의 감정이 목소리에 묻어 나오지 않는다. 시적 감수성이나 시에 대한 감응력이 먼저다. 시적 기질이 몸에 배어 있어야 하는 것이다. 그러자면 섬세하고 민감한 언어 감각을 길러야 한다.

경연대회용으로 시 한두 편만 달달 외워 시낭송가로 자부하는 사람들이 더러 있다. 시의 감응판이 민감하고 세련되자면 수많은 시인의 시를 저절로 외워질 때까지 되풀 되풀이 읽는 노력이 필요하다. 수많은 시가 몸에 녹아 있어야 한다. 어려서부터 익히면 더욱 효과적이다. 그래야만 무슨 시든 시 속에서 리듬을 발견해 낼 수 있고 그 시로 멜로디를 만들어 낼 수 있다.

시는 어느 정도까지는 아무나 낭송할 수 있는 것이다. 그리고 명료하게, 자연스럽게, 감동을 주게 읽기만 하면 시낭송 경연대회에서 수상까지는 할 수가 있을 것이다. 그러나 시낭송을 전문으로 하는 시낭송가가 되자면 그것만으로는 부족하다. 목소리만 다듬는 연기자에 그쳐서는 안 된다. 시낭송의 수준을 높이려면 충분한 교양을 쌓아 지적 수준도 높여야 한다. 추사(秋史)가 말하는 문자향(文字香) 서권기(書卷氣)가 시낭송에도 있어야 하는 것이다. 그래야 시에 대한 고도의 안목과 이해력이 생긴다. 그리고 시낭송가는 프로가 되어야 한다. 프로 기질이 있어야 하는 것이다. 시낭송에서 프로 기질은 다음 세 가지로 요인으로 요약될 수 있다.

1. 유연할 것.

여유를 가지고 즐기면서 시낭송을 해야 한다. 그리고 자신만만해야 한다.

2. 자유스러울 것.

틀에 매이지 말아야 한다. 어떤 격식에도 얽매여서는 안 된다. 문법을 터득하고 나면 문법을 무시할 줄도 알아야 한다. 자기류라야 한다. 그래야 일가가 이루어지는 것이다.

3. 끼가 있을 것.

끼 없는 예인(藝人)의 대가는 없다. 끼 있는 달인이 되어야 한다. 끼는 신명만으로는 안 되고 신이 들려야 한다.

4. 기타

(1) 시낭송자는 시인의 대변인이 아니다

시낭송자는 시 속에 있는 시인의 감정을 얼마만큼 대신 표출시킬 수 있는 것일까.

시인들이 자작시를 낭독하는 것을 들으면 일반적으로 시의 감정을 충분히 나타내지 못한다. 시인으로서는 문자로 표현한 시로 족한 것이지

새삼스럽게 그것을 소리로 다시 표현하는 것은 시인의 영역도 아니거니와 부질없는 일이다. 그래서 시낭송가가 따로 있다.

음악에서도 작곡가 중에는 노래의 음치가 많다.

그렇다면 시낭송자는 시인의 대역일 뿐인가.

이에 대해서는 시인 쪽의 대답이 있다.

1991년에 영화배우 윤정희 씨가 서정주 시인의 첫 시집 〈화사집〉의 시 전편을 낭송해 남편인 피아니스트 백건우 씨 연주의 배경음악으로 민음사에서 카세트 테이프로 발매한 일이 있다. 이 낭송을 녹음하는 자리에 동석했던 필자는 이 시집에 실린 시들에 대해 시인이 직접 해설하는 것을 경청할 행운을 얻었다. 이때 미당은 이런 말을 했다.

"시를 낭송하면서 그 시를 쓴 시인의 감정을 대변하려고 하지 말고 낭송하는 사람 자신이 느끼는 감정을 표현하십시오."

바로 이것이 시를 낭송하는 모든 사람들에게 명징한 지침이 될 수 있다. 시낭송자는 시의 재발견자이므로 굳이 시인의 감정에 집착할 필요는 없을 것이다.

그렇기는 하지만 음악에서 명연주자일수록 작곡자의 의도를 끄질기게 천착하듯이 시낭송자도 일단 시인의 의도부터 충분히 파악하려는 노력을 포기해서는 안 된다.

충북 옥천에서 해마다 열리는 지용제에서는 그해의 지용상이 시상되고 수상시가 시낭송가에 의해 낭송된다. 어느 해 어느 수상 시인은 자신의 수상시를 한 낭송가가 낭송하는 것을 들더니 "내 시가 이렇게 감동적인 것인 줄은 몰랐다"고 감탄했다. 시낭송자는 시인보다 더 시인적일 수 있는 것이다.

⑵ 원시에 얼마만큼 충실할 것인가

시낭송에서 낭송자는 그 시의 시어를 한마디도 바꾸지 못한다. 시는 한 자라도 고치면 그 시인의 시가 아니게 된다.

그러나 호흡은 낭송자의 것이다.

시인은 시에서 행바꿈을 하거나 구두점을 찍거나 연과 연 사이를 띄움으로써 시의 리듬을 어느 정도 지시하기는 한다. 원칙적으로는 행이 바뀔 때 호흡도 바뀌어야 하고, 구두점에서는 쉬어야 하고, 연이 달라지면 충분한 간격을 두어야 한다. 이런 것이 시 전체의 리듬을 지배한다.

그렇더라도 낭송자는 시인의 이 지시에 꼭 구애받을 필요는 없다. 시낭송의 리듬은 시에 내재된 음률을 기본으로 하되 결국은 낭송자 자신이 만들어 내는 것이다. 그 시에서 느끼는 자기 나름의 해석을 표현하자면 자기 나름의 리듬이 있게 마련이다. 이를 위해서는 행이 바뀐다고 굳이 띄어 읽을 필요가 없고, 구두점이 있다고 해서 쉬어 갈 이유가 없고, 연이 달라진다고 해서 일부러 흐름을 끊을 의무가 없다. 그것이 더 효과적이라면 얼마든지 붙여 읽을 수 있는 것이 시낭송자의 특권이다.

특히 맞춤법의 띄어쓰기에는 굳이 구애될 필요가 없다. 이것은 시의 음률을 깨기 쉽다.

T.S. 엘리어트는 자작시 낭독을 녹음 하면서 이렇게 말한 일이 있다.

"자작시의 녹음은 작곡가가 자신의 교향곡을 지휘해 녹음 하는 것과 마찬가지로 해석이 결정적인 것은 아니다. 시는 작자가 모르는 숨은 의미를 가질 수 있는 것이고 감정의 강도에 따라서도 여러 가지 방법으로 읽혀질 수 있다. 사실 좋은 시는 아무리 완전한 낭독으로도 다 표현되어질 수 없는 것이다. 인쇄된 시의 행배치나 구두점만으로는 작자의 호흡을 정확히 표시할 수 없기 때문에 작자의 자작시 낭독은 리듬 안내에 주된 효용이 있다. 그러나 독자들은 시를 낭송하면서 구태여 이 리듬을 따라갈 필요는 없고, 작자의 해석을 이해한 다음이라면 그때는 여기서 떠나도 상관이 없다."

그렇다고 해서 함부로 시인의 시를 행 바꿈하고 멋대로 구두점을 지우고 하다가는 자칫하면 오히려 멀쩡한 시를 죽여 버릴 수도 있다. 낭송자는 듣는 사람을 충분히 설득시킬 만한 의도적인 편곡이나 변주를 해야 한다.

이와는 별도로, 시가 너무 짧다거나 어떤 행을 강조하고 싶다거나 같은 연을 한번은 달리 읽어 본다거나 할 때, 특히 마지막 행이나 연을 후렴처럼 되풀이하고 싶을 때, 같은 행이나 같은 연을 반복해서 낭송하는 것은 낭송자의 재량일 것이다.

(3) 시낭송의 평가

어떤 시낭송이 가장 잘 낭송하는 것인가. 이것을 일률적으로 판정하기는 어렵다. 아무리 여러 가지 기준의 잣대로 견주어도 듣는 사람마다 다를 수 있다.

시낭송의 평가가 수용자에 따라 어떤 차이가 있는지를 알자면 시낭송 경연대회의 채점이 좋은 참고가 될 것이다.

재능시낭송대회 성인부의 경우, 심사기준은 시의 선택, 시의 이해, 시의 표현력(발성·감정·태도 등)을 종합해서 평가하는 것으로 되어 있다. 심사위원의 수는 지역 예선대회가 3명(일반적으로 서울 시인 1명·현지 시인 1명·시낭송가 1명), 본선대회가 5~7명(시인·배우·성우·연출가·시낭송가 등)이다. 심사는 채점제로 하여 원칙적으로 득점을 합산한 총점 순으로 시상을 하지만 최우수상은 심사위원들의 합의로 결정한다.

지역 예선에서는 평점이 최하 60점에서 최고 100점까지이고, 본선에서는 지역 예선에서의 최우수상 수상자만 참가하므로 최하 80점에서 최고 100점까지다. 100점은 대상 후보자에게 주도록 되어 있다.

• 어느 해의 재능시낭송대회 본선대회 심사표 (A,B,C…는 심사위원)

참가자	A	B	C	D	E	F	G	총점	시상
1	93	88	90	100	95	92	90	648	대상
2	95	90	100	95	80	88	95	643	금상
3	95	90	90	94	96	90	87	642	금상
4	95	90	95	90	95	86	88	639	은상
5	90	95	90	92	90	86	87	630	은상
6	90	90	80	95	90	93	88	626	은상
7	88	95	90	82	90	87	89	621	동상
8	90	90	90	85	85	90	89	619	동상
9	90	90	80	97	90	83	86	616	동상
10	88	90	80	88	85	88	90	609	동상
11	85	85	90	88	85	87	87	607	장려상
12	93	85	80	82	90	85	89	604	장려상
13	85	85	80	90	85	88	90	603	장려상
14	88	87	80	87	90	86	85	603	장려상
15	85	85	85	84	85	90	89	603	장려상
16	85	85	80	90	88	85	86	599	장려상
17	83	85	80	83	80	88	89	588	장려상

위 심사표를 분석해 보면,

(가) 7명의 심사위원 중 대상 후보(평점 100점)를 지목한 심사위원은 2명뿐이다. 5명은 대상을 수상할 만한 참가자가 하나도 없다고 판정한 것이다.

(나) 대상을 수상한 참가자 1번에게 자기 채점 중 최고점을 준 심사위원은 한명(D)뿐이다.

(다) 참가자 2번은 자기 채점 중 최고점을 준 심사위원이 3명이나 되지만 총점에서 1번에게 밀렸다.

(라) 참가자 2번의 경우, 한 심사위원은 대상 후보로 최고점(100점)을 주었고 한 심사위원은 최하점(80점)을 주었다. 이렇게 심사위원끼리의 낙차가 극과 극이다.

(마) C 심사위원의 평점은 최고점(100점)이 한 명 있는 대신에 최하점(80점)이 17명 중 8명이나 된다. 모두 지역 예선에서 최우수상을 수상한 참가자들인데 이런 평가도 나온다.

(바) G 심사위원의 평점은 95점 하나를 제외하고는 모두 평점의 범위가 85점과 90점 사이에서 왔다 갔다 하고 있다. 단 5점의 진폭은 심사를 거의 안 한 것이나 마찬가지다.

B 심사위원은 85점에서 95점 사이, F 심사위원도 83점에서 93점 사이의 10점 차이뿐이다.

이 심사표가 말해 주듯이 시낭송의 우열은 시에 친숙한 사람들이라도 듣는 사람에 따라 많은 차이가 난다.

이것은 시낭송이 일종의 기호품이어서 각자의 취향에 크게 좌우될 수 있고, 또 시낭송이 아직은 보편화되어 있지 않기 때문에 다수를 동시에 공감시키기가 어려울 뿐 아니라 평가 기준이 일반화되지 않아서일 것이다.

또한 비슷한 패턴의 시낭송이 만연되는 것을 지양하기 위해 차츰 개성적인 낭송에 많은 점수를 주는 경향으로 심사가 흐르고 있고, 이 과정에서 재래형과 개성형에 대한 평가가 혼재하여 평점의 격차가 심한 것으로도 풀이된다.

⑷ 시낭송의 여러 형태

가. 합송과 윤송

시낭송이라면 보통 혼자서 읽는 독송이지만 2인 이상이 함께 합송을 하거나 윤송을 할 수도 있다.

한 편의 시를 여럿이 함께 읽거나 돌아가면서 나누어 읽으면 시의 흐름에 변환을 주고 다양한 목소리가 시의 색채를 다채롭게 만든다. 한 사람의 목소리보다는 여러 사람의 색깔 다른 목소리들이 어울림으로써 교향적인 효과를 내기도 한다. 시낭송회 같은 행사에서 독송만으로는 지루한 감을 줄 때 이런 변화로 분위기를 바꿀 수도 있다.

그러나 합송이나 윤송은 시상의 긴장감을 파괴하거나 낭송이 유희적으로 흐르는 것을 피해야 한다.

여러 사람이 시를 함께 읽는 합송은 합창과 마찬가지로 독송보다는 음량에 볼륨감과 중량감이 있어 또 다른 시미(詩味)를 준다. 특히 화음이 잘된 합송은 시의 음악감을 한층 고양시킨다. 2부나 4부 합창처럼 입체감 있게 낭송을 할 때 합송은 돋보일 것이다. 다만 여러 사람의 합송은 감정을 통일하느라 독송 때와 같은 섬세한 감정 표현을 소화해 내지 못하고 단순화해질 염려가 있다. 평면적인 합송은 합송을 해야 할 이유를 반감시킨다.

여러 사람이 시 한 편을 번갈아 가며 읽는 윤송은 시가 아주 길어 나누어 읽고 싶을 때, 연마다 각각 다른 음색의 색조로 채색하고 싶을 때, 또 연마다 각각 다른 톤으로 변주 하고 싶을 때 시도해 볼 수 있다. 이때도 어떤 통일성이 시 전편의 시감을 합일시켜야지 여러 시를 여럿이서 제각각으로 연달아 읽는 것같이 지리멸렬해서는 안 된다. 윤송은 또 자칫하면 첫 낭송자나 앞 낭송자의 톤에 휘말려 자기 감정의 페이스를 잃어버림으로써 윤송의 가치를 실효시킬 우려도 있다.

나. 집시와 조시

한시(漢詩)에서는 집구(集句)라 하여 선인들의 시에서 구절들을 따 모아 새로운 한 편의 시를 만드는 것이 있다.

시낭송에서도 여러 시인들의 시 중 주제가 상통하거나 분위기가 상응하는 시행들을 몇 행씩 골라 여러 사람이 윤송함으로써 한 편의 시를 이루게 하는 집시(集詩) 낭송이 가능하다.

그러나 이것은 전체적으로 통일된 시적 효과가 있고 시인 한 사람의 시보다 여러 시인의 합성이 더 묘미가 있을 때라야지 함부로 시를 뜯어 발겨 시를 해체시킨다거나 장난이 되어 버린다거나 해서는 안 된다.

이와는 달리 한 시인의 여러 시 중 어떤 주제에 맞는 시편이나 시행들을 선택하여 한 편의 다른 긴 시를 만들어 내는 조시(組詩)도 윤송으로 시도될 수 있다.

조시로는 1987년 세 번째 '시인만세' 때 필자가 김소월의 여러 시행들을 이별의 주제로 조립하여 '시집·진달래꽃'이라는 제목 아래 배우 이호재와 김성녀가 공연한 전례가 있다.

이 조시의 경우는 집시 낭송과는 달리 같은 시인의 시들이므로 시행들끼리의 이질감이 덜하여 단일체성이 있기는 하나, 한 시인이라 하더라도 그런 시행들을 모으기란 쉽지 않다.

다. 시낭송 공연

시낭송이 즐거움을 위한 것이라면, 시낭송에 즐거움을 더하는 방법 중의 하나가 시낭송 공연이다. 시낭송 공연은 시의 엄숙주의에서 벗어나 다양한 시의 다채로운 무대로 단조로움을 깨면서 종합적인 재미를 가져온다.

시낭송가들이 집합적으로 여러 편의 명시들을 소개하거나 어느 한 시인의 시들을 집중적으로 조명하기 위해 시낭송을 공연화하는 경우가 있다. 여러 형태의 낭송으로 변화 있는 무대를 꾸미면서 시낭송에 생음악의 배경 음악을 반주시키기도 하고, 배경 영상을 곁들이기도 하고, 무용과 함께하기도 한다. 시에 곡을 붙이는 것을 본래 시가곡이라고 하지만, 시를 팝송이나 랩으로 읊는다든지 창으로 소리한다든지 할 수도 있다.

모든 예술의 공통분모는 시이므로 시는 모든 예술형태로 조리되어진다.

그러나 일반적으로 이런 시낭송 공연들을 보면, 연극적인 것에 오히려 주력한 나머지 시 자체를 해체시켜 버리는 경우가 많다. 출연자들이 무대에서 연극하는 재미에 도취되어 쓸데없는 동작들을 남발함으로써 정작 시는 들리지 않는다. 몸의 움직임이 많으면 발성이 정확하지 않다. 너무 무대가 요란하면 청중의 청각이 산만해진다. 어떤 시낭송 공연이라도 시를 먼저 완전하게 살리는 것이 주가 되어야지 시가 뒷전으로 밀리는 것이어서는 시낭송 공연이 무의미하다.

라. 시극과 서사시

우리나라에서는 시극의 공연이 아주 드물다. 외국의 시극을 번역해 공연하자니 번역된 시의 대사가 원시의 시적인 음률을 살리기 어렵기 때문에 운문극이 되지 못하고 산문극이 되어버릴 것이요, 창작극을 공연하자니 우리나라에는 창작 시극이 전무하다시피 하기 때문이다.

시극의 창작은 본디 극작가의 영역이 아니라 시인의 영역이다. 한국의 그 많은 시인 중에 시극의 작가가 한 사람도 없다는 것은 안타까운 일이다. 창작 시극의 출현을 대망한다.

시극을 공연한다면 누가 출연할 것인가. 외국에서는 연극배우들이 출연한다. 외국의 연극배우는 기본적으로 시의 낭독을 훈련받은 사람들이다. 그러나 오페라는 음악극이므로 연극배우 아닌 가수가 출연하듯이, 우리나라에서는 시극이 공연된다면 출연을 시낭송가들에게 맡겨야 할 것이다. 외국에서 배우가 전담하는 것은 시낭송가라는 전문직이 없기 때문이다.

시극의 배우는 우리나라에만 있는데 정작 시극이 우리나라에만 없다.

**재능시낭송협회의 서사시
'남해찬가' 낭송 공연**

시극 말고도 장편 서사시를 무대화할 수도 있을 것이다.

서사시도 이야기가 있는 것이므로 시낭송가들이 합송·윤송·독송을 번갈아가며 음악과 영상을 곁들여 오페라나 뮤지컬처럼 공연한 것도 흥미로울 수 있다. 다만 우리나라에서는 장편 서사시의 작품도 흔치 않아서 마땅한 대본을 찾기가 어렵다. 재능시낭송협회는 이충무공 일대기인 김용호 시인의 장편 서사시 '남해찬가' 중 승전보 부분을 발췌하여 낭송 공연으로 무대에 올렸고 통영의 한산대첩축제, 한산도의 섬마을콘서트 등에 초청되어 갈채를 받았다.

⑸ 김소월의 '진달래꽃'을 어떻게 낭송할 것인가

나 보기가 역겨워

가실 때에는

말없이 고이 보내 드리우리다

영변(寧邊)에 약산(藥山)

진달래꽃

아름 따다 가실 길에 뿌리우리다

가시는 걸음걸음

놓인 그 꽃을

사뿐히 즈려밟고 가시옵소서

나 보기가 역겨워

가실 때에는

죽어도 아니 눈물 흘리우리다

누가 김소월의 '진달래꽃'을 모르랴.

'진달래꽃'은 1922년 〈개벽〉지에 처음 발표되어 2022년으로 100세가 되었다.

한국 현대시 100년을 맞던 2007년 한국시인협회가 평론가 10인에게 의뢰하여 '우리나라 현대시를 대표하는 시 한 편'을 선정했을 때 당당히 이 시가 꼽혔다. 이듬해에 KBS가 시청자들을 대상으로 '한국인의 애송시'를 설문 조사했을 때도 이 시가 단연 1위였다. 김소월은 가히 우리나라의 국민시인이요 '진달래꽃'은 국민시라 할 수 있다.

'진달래꽃'은 이런 위상에도 불구하고 뜻밖에도 엄밀한 의미에서는 전 국민의 애독시일 뿐 애송시라 할 수 없다. 누구나 즐겨 보고 읽기는 하면서도 아무도 소리 내어 잘 읊지는 않는 시가 되어 있다.

우리나라에서는 해마다 전국적으로 100개에 가까운 시낭송 경연대회가 열리고 있고 수천명이 이에 참가하지만 이들 가운데 '진달래꽃'을 선택하는 낭송자는 거의 없다. 낭송자들에게 까닭을 물으면 대개 "시가 너무 짧아서"라고 대답한다. 짧은 시는 낭송의 기량을 충분히 뽐낼 찬스가 적다는 말이다. 그러나 가령 김춘수 시인의 '꽃' 같은 시는 '진달래꽃'보다 과히 길지도 않고 주정적인 내용도 아닌데 경연대회에 제법 등장하고 더러는 상도 탄다. 짧다는 것만이 낭송을 기피하는 이유가 되지 못한다. 시는 짧은 맛이 진미다. '진달래꽃'도 1986년 두번째 '시인만세'의 시낭송 콩쿠르 때 이 시로 한 명이 본선까지 진출한 적이 있고 이듬해 세 번째 '시인만세'에서는 예선에 11명이나 들고 나오더니 그 후로 종적을 감추었다. 이제는 경연대회가 아니더라도 성우나 시낭송가들이 이 시를 대중을 상대로 낭음하는 소리는 별로 들리지 않는다.

'진달래꽃'이 낭송에 잘 선호되지 않는 것은 시가 난해해서도 아니요 낭송하기에 부적합한 시여서도 아닐 것이다. 이 시에는 영변(寧邊)과 약산(藥山)의 지명 말고는 한자어가 한마디도 안 나온다. 그만큼 평이하고 흐름이 유려하다. 음률도 충만하고 정감으로도 한국적인 정한이 이만큼 축축한 시도 드물다. 그렇다면 왜일까.

김소월은 흔히 민요시인이라 불린다. 그의 시의 주조가 7 · 5조의 정형시라 하여 정형율은 곧 민요조라는 그릇된 인식에서 나온 통칭인데 사실 7 · 5조는 우리의 전통 가락이 아니다. 7 · 5조는 1907년 우리나라 최초의 창가라는 최남선의 '경부철도가'에 처음 등장하는 것으로 알려져 있고 이것은 일본의 철도가를 본뜬 것이었다. 이듬해인 1908년에 우리나라 현대시가 시작되면서 7 · 5조는 창가나 대중가요의 가사 및 시의 음조로 정착해 일세를 풍미했고 지금도 더러 살아 있다. 일본의 와카(和歌)나 하이쿠(徘句)에서 보듯이 7 · 5조는 일본 시가의 전통 율조다. 이

7 · 5조가 마침 음보율로는 3음보여서 '가시리' 등 고려속요에도 나타나는 우리 시가의 3음보와 같이 쉽게 투합했을 것이다.

'진달래꽃'도 4연 12행으로 된 7 · 5조의 시다.

시를 낭송하는 사람들은 보통 7 · 5조의 시라면 시형 그대로 7과 5의 음수로 마디마디 끊어서 규칙적으로 읽게 마련이다. 그러나 이렇게 자수의 음률을 충실히 살려 읽다 보면 자칫 창가가 되어 버린다. 특히 현대시의 자유율에 익숙해진 귀에는 금방 단조로워지기 쉽다. 어쩌면 '진달래꽃'이 잘 낭송되지 않는 데는 바로 이 7 · 5조가 걸림돌일는지 모른다.

하지만 "진달래꽃'을 이렇게 낭송하는 것은 김소월 시인 자신의 작시 의도에 어긋난다.

1925년에 처음 나온 시집 〈진달래꽃〉에는 총 127편의 시가 실려 있고 이 가운데 완전한 7 · 5조의 정형시는 20편에 불과하다. 김소월은 7 · 5조를 정형으로만 쓴 것이 아니라 7 · 5를 한 행에 연결시키지 않고 2, 3행으로 분행한다든지 7 · 4, 6 · 4 등 다른 음수행을 섞는다든지 하는 변형을 끊임없이 시도했다.

'진달래꽃'의 경우에도 이 시가 7 · 5조이기는 하지만 완전한 정형시는 아니다. 김소월은 각 연마다 시작의 7 · 5를 한 행으로 연결하지 않고 고의적으로 7/5의 2개 행으로 분행했다. 분행은 시각적으로 정형의 형식을 유연화하면서 음률상으로도 호흡의 단위와 휴지의 길이와 강약의 포인트가 달라지게 한다.

특히 제2연의 "영변에 약산 / 진달래꽃"은 음수상으로 5 · 4다. 7 · 5조에서 살짝 일탈한 이 부분적인 반기가 시 전체에 딱딱한 격식에서의 해방감을 준다. 이것이 민요시인으로만 치부해 온 김소월의 숨은 위대성이요 현대성이다. 그러면서도 이 시를 소리 내어 읽을 때 이 2행이 다른 7 · 5조의 행들과 섞여 음률에 어색한 이질감을 주지 않는 것은 음보상 "영변에 / 약산 / 진달래꽃"으로 7 · 5조(3/4/5)와 꼭 같은 3음보이기 때문이다. 3음보의 음율은 그대로 살리면서 음수율에 변화를 준 것이라 할 수 있다.

김소월이 7 · 5조의 형식을 변형한 것은 이 율조를 기조로 하면서도 단순 반복의 칙칙함을 깨는 장치를 마련한 것이고 이것이 김소월 시의 리듬 정신이다. 김소월은 음률에 아주 민감하고 천부적인 운율 감각을 가진 시인이었다.

현대시가 정형시에서 자유시로 발전했다고 해서 7 · 5조 지체가 구투이기만 할 것인가. 이에 대해서는 서정주 시인의 각성이 있다. 그는 '김소월시론'에서 "20대를 막 지나서 일률적인 민요체의 소월시를 무시해 버렸던 천박한 오해"를 반성하면서 "요체의 운율이 오히려 우리가 졸업해야 할 두상의 계단이요 우리들의 상공에 있는 것이다"라고 국궁했다. 7 · 5조는 자유시가 우러러야 할 상위의 율격이라는 말이다. 실제로 미당의 시에는 7 · 5조가 많이 나오고 널리 알려진 '동천'이나 '영산홍' 같은 시들은 전형적인 정형의 7 · 5조다.

'진달래꽃'만 하더라도 낭송에 7 · 5조가 걸림돌이라지만 사실 '진달래꽃'은 7 · 5조이기 때문에 명시다. 이 시의 정한을 다른 율격의 음조로는 이만큼 담아내기 어렵다. 특히 제3연은 7 · 5조가 아니고는 어떤 율조도 도저히 흉내낼 수 없는 절창의 음조여서 7 · 5조가 아니었으면 일부러 빌려 와서라도 7 · 5조로 노래하고 싶은 시행이기도 하다. 김소월은 '초혼' 같이 다양한 율조를 섞은 비정형의 명편도 얼마든지 쓸 줄 아는 시인이었다. 그런 시인이 '진달래꽃'을 굳이 7 · 5조로 선택한 것은 이 율조가 시의 정조에 딱 맞았기 때문일 것이다.

김소월의 스승이던 김억 시인은 자신도 즐겨 쓴 7 · 5조를 두고 "가장 서정형에 가까운 부드럽고 매끈한 율동을 가진 시형"이라고 예찬했다.

음률의 본질은 세월 따라 변색하는 것이 아니다.

그러니 '진달래꽃'의 낭송법은 김소월의 리듬 지침을 의식하더라도, 그리고 의식할수록, 난해해진다. 7·5조의 '진달래꽃'은 7·5조를 벗어나서도 안 되고 7·5조에 매여 있어서도 안된다. 이것이 어려운 것이다.

이 난제를 풀어 보기 위해 2019년 욕지도에 시낭송가 10여 명이 모여 '진달래꽃' 낭송 워크샵을 가진 일이 있다. 2박 3일간 합숙하면서 상하오 3시간씩 꼬박 12시간을 오로지 이 시 한 편의 낭송에만 매달렸다. 그래도 성과는 미진했다.

여기서 '진달래꽃'이 잘 읽어지지 않고 있는 것이 반드시 7·5조 탓이기만 할 것인가 하는 의문이 생긴다. 김소월의 시 중에도 7·5조 그대로 잘도 읽히는 시가 얼마든지 있다.

본래 말로 표현할 수 없는 것을 말로 표현하는 것이 시다. 시를 낭송하는 것은 시의 형언할 수 없는 감정을 노래로 통역하는 것이다. 명시일수록 외국어로 번역하기가 어렵듯이 명시일수록 낭송으로 통역하기도 어렵다. 누구나 자신은 쉽게 느끼면서도 누구에게도 쉽게 이 느낌을 전달할 수 없는 시가 바로 '진달래꽃'이다.

애인이 나를 버리고 떠나가는 길에 진달래꽃처럼 붉은 피눈물을 눈물 대신 꽃잎으로 뿌리며 그 아픔을 아프지 않게 제발 아프지 않게 사뿐히 즈려밟고 가기를 소원하는 사치스럽도록 화사한 슬픔의 이별. 이 착잡하고 미묘한 반어와 역설의 심서를 무슨 창법으로 남에게 전이시키겠는가. 참으로 난감하다. 그래서 명시다.

하지만, 시는 본시 노래다. 시를 낭송하는 것은 노래를 노래하는 것이다. 시의 진가는 낭송으로 노래될 때 발휘된다. 그런데도 노래가 잘되지 않는 시라면 그것이 명시이겠는가. '진달래꽃'이 명시라면 이 시가 잘 노래되지 않는 것이 어찌 시 탓이겠는가.

'진달래꽃'에 숨은 비의를 낭송이 읽어내지 못한다니 시낭송은 부끄럽다.

V

학생의 시낭송

V
학생의 시낭송

(1) 어린이 시낭송 경연대회

시는 어린이 때부터 익혀야 한다. 세 살 적 시가 여든까지 간다. 어릴 때 외운 시는 평생 잊혀지지 않는다. 어릴 때 몸에 밴 시는 퀸틸리아누스가 말했듯이 성격 형성에 크게 기여한다.

그래서 성인들의 시낭송 콩쿠르가 '시인만세' 행사의 일환으로 시작된 것이라면 우리나라에서 독립된 시낭송 경연대회가 맨 처음 열린 것은 1987년 소년한국일보 주최의 초등학생을 상대로 한 어린이 경연대회였다.

재능시낭송대회
초등부 본선대회

1991년에는 재능교육과 소년한국일보의 공동 주최로 '전국 어린이와 어머니 시낭송 대회'가 시작되어 어린이와 함께 어머니도 참가했고, 이 첫 대회의 어린이부에는 전국 22개 지역의 예선에 총 1,166명이 신청하여 대성황이었다.

　1997년 대회 명칭이 '전국 재능시낭송대회'로 바뀌어 성인부가 따로 생기면서 어린이부는 초등부로 이어져 오고 있다. 30회째를 맞는 2020년 현재로 초등부에 총 17,164명의 어린이가 참가하여 이 대회가 어린이들의 시 교육에 얼마나 공헌했는가를 짐작케 한다.

　2016년부터 명칭이 재능시낭송대회로 변경된 이 대회에서는 각 시·도 예선대회의 최우수상 수상자에게 시·도 교육감상이 주어지며, 예선의 최우수상 수상자들이 진출하는 본선대회의 대상 수상자에게는 한국문예진흥위원회 위원장상과 장학금이 수여되고 있다. 어린이들이 참가하는 시낭송 경연대회는 그후 전국적으로 여러 군데 생겼다.

(2) 어린이는 시를 똑똑하게 읽자

　초등학교 어린이들의 시낭송은 어른들이 가르치기에 달렸다.

　시낭송 경연대회에 참가하는 어린이들은 학교 교사의 지도를 받는 경우도 있지만 주로 부모나 시낭송 전문가들한테서 개별적으로 배운다.

　학교 교사의 가르침을 받은 어린이들이 한 학교에서 단체로 나와 낭송하는 것을 들으면 꼭 같은 유형일 뿐 아니라 대체로 수준이 훨씬 떨어진다. 지도교사들이 대부분 시낭송 교습을 전혀 받지 않은 사람들이기 때문이다.

　개별적으로 지도를 받은 어린이들은 일반적으로 너무 어른스럽게 시를 낭송한다. 가르치는 사람이 어린이가 읽듯 가르치지 않고 어른인 자기가 읽듯 가르치는 것이다. 그래서 부자연스러운 어조의 어린이가 많다.

　어린이들은 시를 어린이답게 읽어야 하고 어린이의 감정으로 읽어야 한다. 어린이에게 있지도 않은 감정을 만들어 내려고 해서는 안 된다.

어린이들은 시를 무조건 똑똑하게 읽어야 한다. '똑똑하게'란 말은 한 마디로 그 어린이가 참 똑똑하다는 느낌을 주도록 읽으라는 뜻이다. 목소리가 아주 또랑또랑해야 하고 낱말이 또록또록해야 한다.

애써 감정을 전달하려고 하지 말고 시어의 정확한 전달에 주력해야 한다. 그러면 굳이 시 냄새를 풍기려고 하지 않아도 시감이 저절로 따라 나온다.

동화 구연가한테서 배우는 어린이가 많아서인지 동화 구연식으로 시를 낭송하는 어린이들을 흔히 보는데 이것은 시적 감흥을 떨어뜨린다.

(3) 어린이의 시 선택 경향

A. 어떤 시가 많이 낭송되나

재능교육과 소년한국일보가 공동주최하는 재능시낭송대회 초등부의 16개 시·도 예선대회에는 한 해 평균 600여 명이 참가한다. 표본 삼아 2008년부터 2010년까지 3년 동안 이 예선대회에 참가한 전원의 낭송시로 어린이들이 선호하는 시를 보면 다음과 같다.

※ 2008~2010년 3년 동안 재능시낭송대회 초등부의 예선대회에서 10명 이상이 선택한 시 (참가자 총 1,794명)

① 이준관 〈풀잎〉 (38명 낭송)
② 김구연 〈꽃씨 한 개〉 (31)
③ 이종기 〈약속〉 (20)
　　노원호 〈바다를 닮은 일기장〉 (20)
④ 김원석 〈난 초록빛 5월이어요〉 (18)
　　이해인 〈별을 보며〉 (18)
⑤ 김녹촌 〈독도 잠자리〉 (17)

⑥ 방원조 〈아버지의 구두〉(16)

　박두순 〈백두산〉(16)

⑦ 김녹촌 〈산〉(15)

　이상현 〈생각하는 소년〉(15)

⑧ 신현득 〈첨성대〉(14)

　노원호 〈별이 되어 보자〉(14)

⑨ 김용택 〈콩, 너는 죽었다〉(13)

　하청호 〈무릎학교〉(13)

⑩ 김현승 〈나무〉(11)

　이승현 〈걸어다니는 바다〉(11)

⑪ 전원범 〈가슴엔 새 한 마리 살고 있다〉(10)

　권오삼 〈물도 꿈을 꾼다〉(10)

※ 2008~2010년 3년 동안 재능시낭송대회 초등부의 예선대회에서 10편 이상의 시가 선택된 시인

신현득 (30편)

〈강아지나무〉〈공룡목장〉〈꽃이 내게로 와서〉〈나무가 되려면〉〈달나라에서 사과나무 가꾸기〉〈돌하르방 만들기〉〈떡잎에게〉〈망태 할머니〉〈새싹〉〈시를 잡아라〉〈씨앗 하나〉〈아기손〉〈아들일까 딸일까〉〈아버지 젖꼭지〉〈아버지 주신것〉〈어린이달에 엄마가〉〈엄마라는 나무〉〈엄마와 나〉〈우리나라 첫 날〉〈운동장의 봄비〉〈작아야 클 수 있다〉〈지구는〉〈참새네 말 참새네 글〉〈첨성대〉〈천지라는 찻잔〉〈탱자나무〉〈통일이 되는 날의 교실〉〈호박덩굴 이야기〉〈휴전선 근처〉〈휴전선에 선 감나무〉

김녹촌 (27편)
〈과수원 마을〉〈꼿꼿하게〉〈꽃처럼〉〈농부〉〈독도 잠자리〉〈들국화〉〈떡깔 잎 하나〉〈떡잎〉〈못 파는 토끼〉〈민들레 꽃〉〈바다를 옆에 모시고〉〈바람개비〉〈봄비 갠 날 아침〉〈비행구름〉〈산〉〈산 위에서 내려다보면〉〈신라 사람들은〉〈연〉〈오지항아리〉〈제비 식구〉〈지금은 겨울새 되어〉〈탑마을 사람들〉〈태백산맥을 타고〉〈토끼 식구〉〈파란것이 마구〉〈파란마음〉〈휴전선 까치집〉

엄기원 (26편)
〈가을과 산〉〈꽃〉〈독도에게〉〈동무끼리〉〈동화 같은 이야기〉〈병아리〉〈비 오는 날〉〈산〉〈산이 있어 좋아라〉〈산이 좋은 것은〉〈생각〉〈10년 후 우리나라는〉〈아빠 얼굴〉〈아버지와 어머니〉〈어린이 공화국이 있다면〉〈어머니〉〈엄마의 마음 속엔〉〈엄마의 장바구니〉〈옛날〉〈참 잘했지〉〈친구 생각 나는 날〉〈하늘에 만약〉〈한 이불 속에서〉〈할머니 손〉〈호숫가에서〉〈휴지통〉

신형건 (22편)
〈가랑잎의 몸무게〉〈거인들이 사는 나라〉〈거울 속에 나〉〈귀지〉〈그림자〉〈길고양이의 눈동자〉〈넌 바보다〉〈들썩들썩〉〈망태 할머니〉〈무릎〉〈배꼽〉〈별을〉〈생각나지 않는 꿈〉〈손을 기다리는 건〉〈시간 여행〉〈시골집엔 자명종이 필요 없다〉〈의자〉〈잠꼬대〉〈초인종〉〈친구가 되려면〉〈침대 밑에 손을 넣었더니〉

이해인 (21편)
〈기쁨꽃〉〈꽃마음 별마음〉〈꽃 마음으로 오십시오〉〈꽃씨를 닮은 마침표처럼〉〈내 마음〉〈냉이꽃〉〈너에게 띄우는 글〉〈말을 위한 기도〉〈말의 빛〉〈별을 보며〉〈봄 까치꽃〉〈새해 아침에〉〈안개꽃〉〈엄마와

분꽃〉〈엄마의 꽃씨〉〈외딴 마을의 빈집이 되고 싶다〉〈우리 집〉〈이
제는 봄이구나〉〈저녁노을〉〈친구야, 너는〉〈풀꽃의 노래〉

이준관 (20편)
〈골목〉〈구부러진 길〉〈길을 가다〉〈남쪽 마을〉〈내가 채송화꽃처럼
조그마했을 때〉〈들길을 가다〉〈땀방울〉〈수다쟁이〉〈수업 마지막 끝
종이 울리면〉〈씀바귀꽃〉〈아버지〉〈여름 밤〉〈우리나라 소〉〈우리는
그냥 골목길을〉〈저것 봐, 오늘은 좋은 일이 많을 거야〉〈채송화〉〈
쿵쿵쿵쿵〉〈탱자나무〉〈풀잎〉〈풀잎들이 사는 마을〉

김종상 (20편)
〈고마운 돌〉〈구급차 경적〉〈길〉〈꽃〉〈꽃밭〉〈나무의 손〉〈돌담과 돌
탑〉〈목화밭〉〈미술시간〉〈빗방울〉〈심심해서〉〈서로가〉〈아지랑이〉〈
어머니의 꿈〉〈오솔길〉〈우리나라〉〈은방울꽃〉〈큰사랑〉〈할아버지〉〈
흉내놀이〉

노원호 (19편)
〈가을을 위하여〉〈꽃의 말〉〈나무의 기도〉〈내가 만나고 싶은 것은〉〈
눈치챈 바람〉〈들로 나가면〉〈땅개미〉〈바다를 담은 일기장〉〈바다에
피는 꽃〉〈바람과 풀꽃〉〈바람의 약속〉〈별을 쳐다보면〉〈별이 그리
운 날은〉〈별이 되어 보자〉〈엄마의 족집게〉〈잠깐만〉〈풀꽃 한 송이
〉〈풀벌레 소리〉〈해돋이〉

윤석중 (15편)
〈가뭄〉〈가을 밤〉〈꽃밭〉〈다리〉〈도깨비〉〈도깨비 열두 형제〉〈물새
〉〈바람이 살살〉〈사슴아 사슴아〉〈소〉〈아침 까치〉〈오색 풍선 띄우
자〉〈우리나라 꽃나라〉〈우산〉〈이슬〉

권오삼 (14편)
〈공과 밭〉〈그림자〉〈늦잠꾸러기 아빠〉〈못〉〈무슨 보름달처럼〉〈물도 꿈을 꾼다〉〈발〉〈빗방울〉〈선생님 안 계시는 교실〉〈어린 잡초 한 포기〉〈우리집 일꾼〉〈운동장〉〈이 세상 어느 꽃보다도 예쁜 소녀에게〉〈이야기책〉

하청호 (13편)
〈겨울 나무〉〈그늘〉〈돌다리〉〈무릎학교〉〈무지개〉〈물〉〈봄에〉〈생각〉〈소나무〉〈여름날 숲 속에서〉〈창고 속에는〉〈햇살 쪼이기〉〈홍시〉

문삼석 (13편)
〈개구쟁이〉〈까맣다〉〈꽃이 몰래〉〈다 알지요〉〈바람과 봄〉〈병아리〉〈새해 일기장엔〉〈씨앗들이 모여서〉〈여울〉〈오월에 나뭇잎이 흔들리는 건〉〈오월의 풀밭〉〈유리창〉〈정자나무〉

박목월 (12편)
〈과자 가게〉〈내가 만일〉〈물새 알 산새 알〉〈아이의 대답〉〈아침마다 눈을 뜨면〉〈아침 8시 반〉〈얼룩송아지〉〈엄마하고〉〈적막한 식욕〉〈차순갈〉〈토끼와 귀〉〈해바라기〉

김용택 (12편)
〈그 강에 가고 싶다〉〈그랬다지요〉〈꽃〉〈앞 강물〉〈우리 아빠 시골 갔다 오시면〉〈일하는 손〉〈조회 시간〉〈지구의 일〉〈친구 생각〉〈콩, 너는 죽었다〉〈할머니 집 가는 길〉〈혼자 사시는 이웃 할매〉

강소천 (11편)
〈가을바람〉〈노래하는 봄〉〈바다〉〈버들피리〉〈병아리 학교〈봄소식〉〈

비누방울〉〈비오는 날〉〈아기와 나비〉〈어머니께〉〈청소를 마치고〉

박두순 (11편)
〈두고 온 바다〉〈말하는 비와 산과 하늘〉〈메아리〉〈몸무게〉〈반딧불〉〈백두산〉〈새들을 위해〉〈성묘〉〈지우개의 하루〉〈친구에게〉〈하늘통신〉

이원수(10편)
〈개나리 꽃봉오리 피는 것은〉〈겨울 보리〉〈달〉〈봄 시내〉〈부르는 소리〉〈시냇물〉〈오월〉〈이삿길〉〈찔레꽃〉〈포플러 잎새〉

이상교 (10편)
〈고양이야, 고마워!〉〈달걀〉〈망초꽃〉〈반장 되던 날〉〈비 오는 날〉〈빈 집〉〈빗방울의 발〉〈살아난다, 살아난다〉〈토끼굴〉〈허수아비〉

B. 어떤 시가 수상을 많이 하나

이상에서 2008년부터 2010년까지 3년 동안 초등부 예선대회의 참가자 전원이 선택한 시를 보면 동시가 대세를 이루고 있다. 그러면 본선대회에서는 어떤 시들이 수상을 했을까.

※ 2006~2015년 10년 동안 재능시낭송대회 초등부 본선대회에서 장려상 이상 입상자 3명 이상이 선택한 시 (입상자 총 269명, 등장 시인 114명, 등장 시 180편)

① 박두진 〈어서 너는 오너라〉 (6명 입상)
　신언련 〈연〉(6)

② 석용원 〈목장의 노래〉 (5)

　조지훈 〈소리〉 (5)

③ 박두진 〈해〉 (4)

　박두진 〈해의 품으로〉 (4)

　유치환 〈바람을 기다리는 어린 잎새들〉 (4)

　김광섭 〈나의 사랑하는 나라〉 (4)

　김남조 〈독도를 위하여〉 (4)

　김동국 〈대동여지도〉 (4)

　이준관 〈풀잎〉 (4)

　이근배 〈금강산은 길을 묻지 않는다〉 (4)

　정호승 〈종이배〉 (4)

④ 이상화 〈빼앗긴 들에도 봄은 오는가〉 (3)

　윤석중 〈도깨비 열두 형제〉 (3)

　신석정 〈그 먼 나라를 알으십니까〉 (3)

　김종만 〈어린이가 자라는 것은〉 (3)

　권오삼 〈이 세상 어느 꽃보다도 예쁜 소녀에게〉 (3)

　김녹촌 〈휴전선 까치집〉 (3)

　박경용 〈허전한 아픈 자리에〉 (3)

　석용원 〈햇빛은 꿈이다〉 (3)

　이종기 〈약속〉 (3)

　전원범 〈가슴엔 새 한 마리 살고 있다〉 (3)

※ 2006~2015년 10년 동안 재능시낭송대회 초등부 본선대회에서 3편 이상의 시가 장려상 이상에 입상된 시인

① 박두진 (10편 · 24명 입상)

〈어서 너는 오너라〉(6명) 〈해〉(4) 〈해의 품으로〉(4) 〈청산도〉(2) 〈푸른

하늘 아래〉(2) 〈마법의 새〉(1) 〈바다의 영가〉(1) 〈돌의 노래〉(1) 〈숲〉(1)

② 서정주 (6편 · 6명)

〈국화 옆에서〉(1) 〈석굴암 관세음의 노래〉(1) 〈학〉(1) 〈바다〉(1) 〈외할머니의 뒤안 툇마루〉(1) 〈신선 재곤이〉(1)

③ 이준관 (5편 · 8명)

〈풀잎〉(4) 〈가을 떡갈나무 숲〉(1) 〈가을에 사람이 그리울 때면〉(1) 〈가을 고추밭에서〉(1) 〈내가 채송아꽃처럼 조그마했을 때〉(1)

④ 석용원 (4편 · 10명)

〈목장의 노래〉(5) 〈햇빛은 꿈이다〉(3) 〈어린이 공화국〉(1) 〈행복〉(1)

정호승 (4편 · 8명)

〈종이배〉(4) 〈백두산〉(2) 〈연어〉(1) 〈숭례문은 다시 희망의 문을 연다〉(1)

김녹촌 (4편 · 6명)

〈휴전선 까치집〉(3) 〈똑앞〉(1) 〈탑마을 사람들〉(1) 〈바다를 옆에 모시고〉(1)

신현득 (4편 · 6명)

〈첨성대〉(2) 〈휴전선 근처〉(2) 〈세계에서 제일 큰 학교〉(1) 〈천지라는 찻잔〉(1)

⑤ 유치환 (3편 · 6명)

〈바람을 기다리는 어린 잎새들〉(4) 〈울릉도〉(1) 〈행복〉(1)

김용택 (3편 · 4명)

〈콩, 너는 죽었다〉(2) 〈쪼르르 촘방〉(1) 〈지구의 일〉(1)

윤동주 (3편 · 3명)

〈별 헤는 밤〉(1) 〈자화상〉(1) 〈만돌이〉(1)

이해인 (3편 · 3명)

〈어머니께 드리는 노래〉(1) 〈별을 보며〉(1) 〈우리집〉(1)

도종환 (3편 · 3명)

〈흔들리며 피는 꽃〉(1) 〈담쟁이〉(1) 〈독도〉(1)

※2006~2020년 15년 동안 연도별 재능시낭송대회 초등부 본
선대회 대상 수상시

2006 이준관 〈풀잎〉(수상 학생 학년 · 2년)

2007 조지훈 〈소리〉(2년)

2008 유치환 〈바람을 기다리는 어린 잎새들〉(4년)

2009 서정주 〈바다〉(4년)

2010 양중해 〈한라별곡〉(3년)

2011 신언련 〈연〉(3년)

2012 박두진 〈청산도〉(5년)

2013 박두진 〈어서 너는 오너라〉(5년)

2014 정호승 〈백두산〉(5년)

2015 박두진 〈바다의 영가〉(6년)

2016 곽재구 〈사평역에서〉(6년)

2017 복효근 〈어느 대나무의 고백〉(6년)

2018 복효근 〈어느 대나무의 고백〉(5년)

2019 신언련 〈연〉(2년)

2020 허영자 〈만세로 가득찬 사나이〉(5년)

이상의 집계를 보면, 초등학생 어린이들의 수상 낭송시는 동시 보다
성인시가 압도적으로 많다. 3명 이상이 입상한 시의 시인 20명 중에 동
시 시인은 절반인 10명이지만, 3편 이상의 시가 입상된 시인은 12명
중에 동시 시인이 4명 뿐이다.

그리고 어린이들이 수상을 많이 하는 낭송시는 성인들과 마찬가지로
박두진 시인의 작품이 단연 많고 최근 15년 동안 15명의 대상 수상자 중
3명이 박두진 시인의 시를 읽었다. 그의 시는 10편이나 다양하게 수상되
고 있으며 그 중에서도 〈어서 너는 오너라〉가 가장 수상 빈도가 높다.

이것은 동시보다는 성인시가 수상하기 쉽기 때문이고, 이 인식이 확산되면서 어린이들의 시낭송이 차츰 동시 보다는 성인시 쪽으로 쏠리고 있기 때문이다.

(4) 어린이의 성인시 선택과 이해

성인시라고 하더라도 초등학교 어린이들도 얼마든지 소화할 수 있는 시가 있기는 하지만 참가 학생들이 저학년이 많은 것을 감안하면 이들에게 좀 무리인 시도 많다. 그런데도 많은 성인시들이 지역 예선대회에서 최우수상을 수상하여 본선대회에 진출한 뒤 입상을 한다.

그러면 어린이들은 이들이 충분히 이해하기 어려운 성인시를 낭송해도 괜찮은 것인가.

교과서에 실린 일반적인 동시들은 동시의 교육 효과를 위주로 한 것이기 때문에 모두가 낭송하기에 알맞은 것은 아니다. 그리고 일반적으로 동시들은 짧고 단순하여 성인시에 비해 음률감이 약하다. 그래서 낭송 효과를 십분 발휘하기가 어렵다. 이런 시들을 피하다 보니 성인시에 접근하게 되고 경연대회에서는 성인시들이 동시보다 유리해진다.

2007년 겨울방학 때 재능교육과 한국시인협회가 전국 초·중·고 국어교사들을 대상으로 '학교에서 시를 어떻게 가르칠 것인가'라는 주제의 강습회를 개최한 일이 있다. 이 자리에서 서울대 불문과의 이영목 교수는 '프랑스 초등학교에서의 시 교육'이라는 강의에서 프랑스의 초등학교 3학년 과정의 한 프랑스어 교과서에는 앙리 미쇼의 시가 실려 있다고 소개했다.

앙리 미쇼는 초현실주의 계열의 시인으로 성인도 이해하기 어려운 난해한 시의 시인으로 유명하다. 이런 시인의 시가 왜 프랑스에서는 어린이들의 교과서에 실리는가. 앙리 미쇼의 시를 실은 교과서의 편찬자는 "몇몇 텍스트들은 일부러 어려운 것을 고른 것이며, 모든 어린이들에게 접근 가능한 것은 아니지만 이들도 때로는 자신의 한계를 알아야 한다"

고 말하고 있다.

시를 몸에 익히기 위해서는 어릴 때부터 다양한 시를 소화하게 하는 것이 좋다. 이럴 때 반드시 모든 시를 다 이해할 필요는 없다. 시 내용이나 형식과 상관없이 시의 많은 패턴들을 골고루 섭취함으로써 결과적으로는 시에 대한 이해의 폭이 넓어지게 된다. 특히 시의 생명인 음율감을 어릴 때부터 몸속에 녹여야 하고 그 음율들은 시가 다양할수록 다채롭다. 동시 수준의 시만으로는 시의 리듬을 어릴 때부터 길들이기 어렵다.

프랑스 초등학교 교과서에 실린 앙리 미쇼의 〈나를 데려가 주오〉 (Emportez-moi)라는 시만 해도 시의 난해성과는 상관없이 각운의 운율이 아주 두드러진 작품이다.

(5) 중·고교생 시낭송 경연대회

재능교육과 소년한국일보의 공동주최로 1991년부터 매년 열리고 있는 재능시낭송대회에 중학생부가 생긴 것은 1999년이었고, 2년 후인 2001년부터는 고등학생에게도 문을 열어 중·고등부로 통합되었다.

2015년까지 17년 동안의 중·고등부 집계를 보면 전국 16개 시·도 예선대회에 총 3,100여 명이 참가했고 해마다 차츰 증가는 하고 있으나 초등학생부에 비하면 적다. 대학 입시 위주의 교육으로 중·고교에서 이렇게 시를 놓아 버리니 이것이 대학 입학 후에도 이어져 재능시낭송대회 성인부에 참가하는 대학생은 거의 없다.

시낭송 경연대회에 참가하는 중·고교 학생은 숫적으로도 저조할 뿐 아니라 전반적으로 낭송 수준도 떨어진다.

중학생이 되면 벌써 시 선택에서 대부분 성인시를 낭송하게 되고, 또 어느 정도 자기 감정을 가지게 된다. 다만 목소리가 아직 완전히 성숙하지 않은 단계이기 때문에 성인들의 흉내를 내려고 해서는 안 되고, 감정이 순수하고 정결해야지 야단스럽거나 너무 넘치는 것은 듣기 거북하다.

(6) 중 · 고교생의 시 선택 경향

재능시낭송대회
중 · 고등부 본선대회

A. 어떤 시가 많이 낭송되나

※2008~2010년 3년 동안 재능시낭송대회 중·고등부의 16개 시 · 도 예선대회에서 5명 이상이 선택한 시 (참가자 총 646명)

① 김춘수 〈꽃〉 (21명 낭송)

② 유치환 〈행복〉 (17)

③ 이상화 〈빼앗긴 들에도 봄은 오는가〉 (12)

④ 한용운 〈님의 침묵〉 (11)

　정호승 〈연어〉 (11)

⑤ 윤동주 〈길〉 (10)

⑥ 김현승 〈아버지의 마음〉 (9)

　이형기 〈낙화〉 (9)

⑦ 김소월 〈초혼〉 (8)

　신석정 〈그 먼 나라를 알으십니까〉 (8)

황동규 〈즐거운 편지〉 (8)

황지우 〈너를 기다리는 동안〉 (8)

⑧ 이육사 〈청포도〉 (7)

조지훈 〈승무〉 (7)

곽재구 〈사평역에서〉 (7)

정호승 〈수선화에게〉 (7)

⑨ 윤동주 〈별 헤는 밤〉 (6)

김종길 〈설날 아침에〉 (6)

⑩ 김영랑 〈내 마음 아실 이〉 (5)

신동엽 〈껍데기는 가라〉 (5)

전봉건 〈뼈저린 꿈에서만〉 (5)

B. 어떤 시가 수상을 많이 하나

※ 2006~2015년 10년 동안 재능시낭송대회 중 · 고등부 본선 대회에서 장려상 이상 입상자 3명 이상이 선택한 시 (입상자 총 138명, 등장 시인 57명, 등장 시 92편)

① 이상화 〈빼앗긴 들에도 봄은 오는가〉 (8명 낭송)

② 박두진 〈청산도〉 (5)

박제천 〈비천〉 (5)

③ 박두진 〈마법의 새〉 (4)

이근배 〈금강산은 길을 묻지 않는다〉 (4)

④ 윤동주 〈별 헤는 밤〉 (3)

박두진 〈어서 너는 오너라〉 (3)

박두진 〈강강수월래〉 (3)

전봉건 〈뼈저린 꿈에서만〉 (3)

김춘수 〈부다페스트에서의 소녀의 죽음〉 (3)

※ 2006~2015년 10년 동안 재능시낭송대회 중·고등부 본선대
회에서 3편 이상의 시가 장려상 이상에 입상된 시인

① 박두진 (11편 · 24명 입상)
〈청산도〉(5명) 〈마법의 새〉(4) 〈어서 너는 오너라〉(3명) 〈강강수
월래〉(3) 〈해〉(2) 〈설악부〉(2) 〈해의 품으로〉(1) 〈기〉(1) 〈햇볕살
따실 때에〉(1) 〈푸른 하늘 아래〉(1) 〈휩쓸려가는 것은 바람이다〉(1)
② 정호승 (7편 · 8명)
〈정동진〉(2) 〈임진강에서〉(1) 〈내가 사랑하는 사람〉(1) 〈슬픔이
기쁨에게〉(1) 〈꽃이 진다고 그대를 잊은 적 없다〉(1) 〈개에게 인
생을 이야기 하다〉(1) 〈첨성대〉(1)
③ 신석정 (4편 · 5명)
〈그 먼 나라를 알으십니까〉(2) 〈아직 촛불을 켤 때가 아닙니다〉(1)
〈축제〉(1) 〈꽃덤불〉(1)
④ 백 석 (3편 · 3명)
〈흰 바람벽이 있어〉(1) 〈신의주 유동 박시봉방〉(1) 〈북방에서〉(1)
⑤ 유치환 (3편 · 3명)
〈뜨거운 노래는 당에 묻는다〉(1) 〈초상집〉(1) 〈까마귀의 노래〉(1)
⑥ 송수권 (3편 · 3명)
〈한국의 강〉(1) 〈아침장〉(1) 〈두만강 돌멩이〉(1)

※ 2006~2020년 15년 동안 연도별 재능시낭송대회 중 · 고등부
본선대회 대상 수상시

2006 정지용 〈백록담〉 (수상 학생 학년 · 고1)
2007 이상화 〈빼앗긴 들에도 봄은 오는가〉 (중3)
2008 김동환 〈국경의 밤〉 (중3)

2009 박두진 〈어서 너는 오너라〉 (중1)

2010 신석정 〈축제〉 (중1)

2011 문병란 〈땅의 연가〉 (중3)

2012 박제천 〈비천〉 (고2)

2013 김춘수 〈부다페스트에서의 소녀의 죽음〉 (중1)

2014 박봉우 〈휴전선〉 (고2)

2015 윤동주 〈별 헤는 밤〉 (고2)

2016 윤동주 〈별 헤는 밤〉 (고2)

2017 윤동주 〈쉽게 씌여진 시〉 (중2)

2018 김광섭 〈성북동 비둘기〉 (중1)

2019 유치환 〈초상집〉 (고1)

2020 안도현 〈서울로 가는 전봉준〉 (중1)

VI

시낭송의 교육

Ⅵ 시낭송의 교육

(1) 성인부 – 시낭송을 어디서 배울 것인가

시낭송은 어디서 배울 것인가.

아직은 우리나라에 정규적인 시낭송 교육 과정이 없다. 몇 군데의 대학에서 평생교육원에 시낭송반을 두고 있고, 재능시낭송협회 등 몇몇 시낭송 단체가 시낭송 아카데미의 강좌를 열고 있다. 이밖에 문화센터 같은 데서 동화 구연 강좌시간에 단편적으로 가르치기도 한다. 재능문화에서는 매년 시낭송 여름학교를 개최하여 시낭송 애호가들을 불러 모은다.

시낭송 교육이 정규화하지 않고 있는 것은 시낭송이 아직은 전문적인 직업으로 확립되어 있지 않기 때문이다. 시낭송이 더 확산되고 시낭송의 수요가 크게 늘어나면 앞으로는 전문대학 같은 데서 전공 과정으로 신설할 수도 있을 것이다.

그러면 시낭송은 누가 가르칠 것인가.

현재 문화센터 등 각종 시낭송 교실에서는 주로 시낭송가들이 가르치고 있다.

시낭송가라고 해서 누구나 함부로 시낭송을 가르친다는 것은 위험한 일이다. 자칫하면 자기 패턴을 강요하기 쉽다. 시낭송가들은 대부분 경연대회를 통해 시낭송을 배운 사람들이기 때문에 가르치면서도 경연대회의 시낭송 패턴을 그대로 전수하게 된다. 이렇게 해서 경연대회의 시낭송 양식은 대대로 이어지면서 고착된다.

전문적으로 시낭송을 가르칠 지도자를 육성하기 위해서라도 체계적인 시낭송 교육 과정이 절실하다.

이런 요청에 따라 인천재능대학교 평생교육원에서는 시낭송 교육자 자격증 과정을 개설하여 3기생까지 배출했다.

일부 시낭송 단체에서는 체계적인 교육과정의 정립도 없이 사적으로 시낭송 지도자 자격증을 남발하고 있는데 이것은 경계해야 할 일이다.

(2) 학생부 – 시를 암송으로 가르쳐라

좀 오래된 이야기이기는 하지만, 서울대 국문학과에 교수로 재직 중이던 어느 시인이 국문학과 신입 지원생들의 면접시험 자리에서 전원에게 시 한 편을 외우게 했다. 그랬더니 50여 명의 지원생 중 시 한 편을 끝까지 외운 사람은 5명 정도에 불과했다. 다른 학과 지망생도 아닌 바로 국문학과 지망생인데도 그랬다. 이 충격적인 결과는 지금도 변함없는 우리나라 학교 시교육의 현주소다.

2007년 1월 우리나라 현대시 100주년을 맞으면서 재능교육과 한국시인협회가 전국 초·중·고 국어 및 문예 담당 교사들을 대상으로 '학교에서 시를 어떻게 가르칠 것인가'라는 주제의 시 교육 강습회를 열었다. 이 연수회는 전국에서 200여 명의 교사들이 참가했고 김남조, 허영자, 이근배, 오세영, 황동규, 정호승, 송수권, 김광규, 이수익, 김용택 등 시인들과 최동호 등 문학평론가들이 참여하여 시인들의 자작시 해설과 시 교육법 강의, 시 교육의 문제점 토론 등으로 진행되었다.

이 자리에서 시인들은 학생들에게 시를 암송으로 가르쳐야 한다고 입을 모았고, 시낭송가들의 시낭송 지도법 강의, 시낭송 실습 등의 프로그램으로 이어졌다.

2007년 '학교에서 시를 어떻게
가르칠 것인가'라는 주제로 열린
초 · 중 · 고 교사 강습회

그렇다면 초 · 중 · 고등학생들에게 누가 시낭송을 가르칠 것인가.

학교에서는 낭송을 가르치는 시 교육시간도 없거니와 과외로 배우고 싶어도 따로 가르칠 전문 교사가 없다. 그래서 시낭송 경연대회의 학생부에 출전하는 학생들은 대부분 시낭송가나 아니면 학부모들의 지도를 받는다. 성인들에 대한 시낭송 교육은 성인 자신을 위해서 뿐 아니라 자녀들에 대한 시 교육을 위해서도 필요하다. 재능문화 주최의 시낭송 경연대회가 처음에 어머니 시낭송 경연대회로 시작된 것은 자녀들에게 시낭송을 가르칠 어머니들을 양성하기 위해서였다.

재능문화는 학생들의 시낭송을 직접 지도할 교사들을 교육하기 위해 시낭송 지도 교사 강좌를 개설해 매년 개강하고 있다.

프랑스의 시 교육은 초등학교 과정부터 많은 시를 암송시키는 것으로 알려져 있다. 시를 그냥 읽히는 데 그치지 않고 굳이 암송하게 하는 것은 시를 이해시키기 이전에 시를 체득시키기 위한 것이다. 시를 분석하고 해부하면서 배우는 것이 아니라 시를 송두리째 몸에 배게 하는 것이다. 시를 씹지 않고 그냥 삼키게 하는 것이다. 시구의 뜻으로 시의 내용을 따지게 하는 것이 아니라 리듬으로 시의 본질을 익히게 하는 것이다. 어릴 때 외우는 시의 기억은 평생 간다.

철강왕 카네기는 소년의 교육에 시낭송이 매우 중요하다는 큰아버지

의 방침에 따라 어릴 때부터 중세의 영웅시를 열심히 외웠다. 학교에서
는 로버트 번즈의 시를 암송해 선생님으로부터 상금까지 받았고 이 상
금이 그가 처음으로 번 돈이었다. 카네기는 "시의 좋은 구절을 암송하는
것 만큼 기억력을 좋게 하는 방법은 없다"고 자서전에 쓰고 있다.

윈스턴 처칠도 13세 때 입학한 해로우 학교에서 학예회 때 1,200자
에 달하는 매콜리의 장시 '고대 로마의 노래'를 암송하여 교장상을 탄 일
이 있다.

• 시에 메스를 대지 말라

우리나라에서도 상영된 영화에 〈죽은 시인의 사회〉라는 것이 있다.
우리의 시 교육 풍토 개선에 시사하는 바 많은 영화였다.

미국의 한 대학 진학 예비학교에 키팅이라는 새 영어선생이 부임해
온다. 그는 이 학교 졸업생이다. 키팅 선생은 수업 첫 시간에 프리차드
박사가 쓴 〈시의 이해〉라는 책의 첫 장을 한 학생에게 읽게 한다.

"시를 완전히 이해하려면 운율, 음조, 비유를 해득하라. 그다음 두
가지를 물으라. 첫째, 대상의 예술적 표현도, 둘째, 대상의 중요도. 첫
째 것은 시의 완성도 측정이며, 둘째 것은 시의 중요도의 판단이다. 이
두 질문에 대한 해답이 나오면 시의 위대함이 쉽게 판별된다. 시의 위대
함은 완성도와 중요도에 달렸다. 이 책에 수록된 시를 읽는 동안 이 평
가방법을 연습하라. 시를 평가하는 능력이 커져서 시를 통해 얻는 기쁨
과 이해가 클 것이다."

키팅 선생은 "쓰레기!" 하고 소리친다. "나는 프리차드 박사의 견해를
쓰레기로 본다. 시는 이렇게 재는 것이 아니다. 그 페이지를 찢어버려라."

처음에는 머뭇거리던 학생들이 선생의 재촉에 책장을 찢기 시작한다.
키팅 선생은 이어 말한다.

"우수한 학생들한테 시를 측정하게 만들다니. 내 제자들은 생각하는
것을 새로 배우게 될 것이다. 여러분은 언어의 맛을 알게 될 것이다. 말

과 생각은 세상을 바꾼다. 의학, 법률, 기술 같은 것은 삶을 유지하는 데 필요하지만 시, 미, 낭만은 삶의 목적이다."

전통과 규율을 중시하는 교장은 신임 교사의 파격적 교수방법이 못마 땅하다. 키팅 선생이 "교육의 목적은 사색하는 것을 가르치는 것입니다" 라고 말하자 교장은 "대학 입시에만 전념하시오"라고 일갈한다. 결국 교 장은 이 교사를 학교에서 쫓아내고 만다.

대학 입시 위주인 우리나라 고교 교육의 문제성이 제기된 것은 어제 오늘의 일이 아니지만 그중에서도 특히 시의 교육방법은 경악스럽다. 학 교에서 학생들에게 시를 어떻게 가르치고 있는지 잘 모르고 있던 사람들 도 TV의 과외수업을 보고 알게 되었다.

TV 과외를 보면 시 한 편이 하얀 시트가 깔린 침상 위에 눕혀진다. 교 사는 의사처럼 메스를 든다. 분석을 한다면서 시는 해부되기 시작한다. 이것은 간이고 저것은 쓸개고 하는 식이다. 시는 갈래갈래 해체된다. 구 절구절들은 기관(器官)의 이름으로 기능화하여 하나씩 떨어져 나간다. 시 는 싸늘한 육신으로만 남고 시의 생명은 혼비백산하여 달아난다.

이것은 생물학 시간이지 국어 시간이 아니다. 시의 향기는 어디 가고 병실의 소독약 냄새만 가득 남는다. 시의 살해다. 시를 가르치려다가 시 자체를 죽인다. 죽은 시는 학생들에게 시에 대한 염증을 느끼게 한다. 시에 칼을 대서는 안 된다.

무지개의 아름다움을 7색의 광학적 분석에서 찾으면 그 아름다움은 파괴되고 만다. 음악의 멜로디의 아름다움은 그 음악의 수학적 배열로 논해지는 것이 아니다.

시의 교육은 음악을 가르치듯 가르쳐야 한다. 듣고 또 듣고 하는 것 이다. 논리를 갖다 대서는 안 된다. 정감으로 체득시키는 것이 시다. 시 의 체감화다. 시를 읽고 또 읽고 하면 저절로 외워지게 된다. 그래서 통 째로 주입시킨다. 우리 교육이 암기식, 주입식이라 하여 문제가 되고 있 지만, 정작 암기로 주입시켜야 할 것은 시다. TV 과외처럼 시를 칼질해 얻어지는 소위 정답이라는 것을 무턱대고 암기만 하지 말란 말이지 시 자체는 무조건 외워야 한다. 시야말로 암기의 과목이다.

문제는 대학 입시의 출제방법이다. 수능시험의 시 관련 출제는 그 시를 쓴 시인 자신도 절대로 정답을 맞추지 못할 것이다. 본시 시에 정답이란 있을 수가 없는 것이지만, 시에 대한 이해도를 어느 정도 측정해야 한다 하더라도 그보다는 몸속에 녹아 있는 시의 용해도 측정이 더 중요하다. 선다형 출제로도 시를 얼마나 외우고 있느냐를 얼마든지 알아낼 수 있다.

앞에서 예를 든 서울대 국문학과 지망생들의 경우처럼 오늘날 우리 국민들의 대부분이 고등학교를 나올 때까지 수십 편의 시를 학교에서 배우면서 단 한 편의 시도 외우지 못하는 시적 음치가 된 것은 시 교육의 맹점 때문이다. 또 그러면서도 그것이 하나도 부끄럽지 않은 것이 우리 사회의 병인(病因)이다. 정말 병원 침대에 뉘어야 할 것은 시 자체가 아니라 학교 교육의 잘못으로 시를 잃은 우리 사회, 바로 '죽은 시인의 사회'다.

(3) 시낭송 운동의 방향

가. 찾아가는 시낭송과 찾아오는 시낭송

전국 곳곳에서 시낭송의 낭랑한 목소리가 울려 퍼지고 있어 온 나라가 시의 메아리로 가득할 것 같지만 사실은 아직도 전체적으로 보면 그 메아리들은 대중적이지 못하고 제한적이다. 시낭송 운동의 공감대는 여전히 좁다.

시낭송 운동은 국민 모두가 적어도 시 몇 편씩은 외우는 암송자가 되자는 캠페인이다.

시낭송 단체들의 시낭송 보급 운동은 크게 두 가지로 나눌 수 있다. '찾아가는 낭송'과 '찾아오는 낭송'이다.

우선 '찾아가는 시낭송' 운동이 맨 먼저 찾아가야 할 곳이 학교다. 초·중·고 학생들부터 시에 접근시켜 학교 교육의 미비점을 채워 주어야 한다. 이들이 바로 내일의 시민들이다. 시민의 시 교육은 학생 때부터라야한다. 시낭송 단체들이 학교에 시공연 신청을 해 보면 반응이 아주 미온적이다. 교육자가 학생들에게 시를 심어 주지 않겠다는 것은 교육 자체를 포기한 것이나 마찬가지다.

다음으로 시낭송 운동이 찾아가야 할 곳은 직장이다. 학교에서 놓쳐버린 시를 직장에서라도 벌충시켜야 한다. 이것은 하나의 국민 교육이다. 그러나 어떤 직장도 아직은 시낭송이 직장인의 기본 소양이요 상상력과 창의력의 교과서라는 인식을 가진 경영자가 드물다.

각 지자체마다 경쟁적으로 문화행사도 많고 기념행사도 많은데, 이런자리에 가수만 초청될 것이 아니라 시낭송가도 초청 되어야 한다. 모든문화 예술은 시가 어머니다.

'찾아오는 낭송'은 정기적인 시낭송회 모임이다. 전국에 수많은 낭송회가 시인들을 초청해 놓고 기다리고 있지만 찾아오는 애호가는 늘 같은사람들이다. 이것은 낭송 모임이 매번 너무나 타성적이요 형식적이어서매력이 없는 데에도 책임의 일단이 있다. 시는 청량한 것이다. 시낭송회는 언제나 청량감으로 문 밖의 사람을 유혹해야 한다.

시낭송 경연대회도 단순한 수상자 선발에만 그치는 행사여서는 안 된다. 경연의 시낭송 자체가 하나의 시낭송 보급 운동이다. 노래자랑처럼일반 관객들이 많이 참관하는 시 마당이라야 한다.

시낭송의 방법도 새로워져야 할 것이다. 어떤 형식의 시낭송 대회에서든 어떤 성격의 시낭송 모임에서든 시낭송은 그 자체가 항상 신선하지않으면 안 된다. 다양한 양식과 다채로운 구성으로 생동감이 있어야 한다. 독창적인 프로그램도 개발되어야 할 것이다. 장시나 서사시 같은 것을 자꾸 발굴해 내는 것도 좋다. 시낭송이 구태의연하기만 하면 전파력을 잃는다.

시낭송가도 이제는 스타화할 때가 되었다. 시낭송가로서도 스타가 탄생할 수 있다. 가수의 독창회처럼 인기 시낭송가의 시 리사이틀이 관객을 모을 수 있을 것이다. 인기 시낭송가가 나와야 일반 시민들의 시낭송가들에 대한 인식도 달라지고 시낭송에 대한 열의도 고조되어 시낭송 운동은 한 단계 도약할 것이다. 재능시낭송협회의 몇몇 시낭송가들이 유료 입장의 시낭송 리사이틀을 시도한 것은 고무적이다.

나. 시낭송가의 자세

시는 잘못 낭송하면 참으로 시시한 것이고 참으로 닝닝한 것이다.

시를 살리기 위한 낭송이 시를 죽이는 낭송이어서는 안 된다.

시에 애착을 갖게 하기 위한 낭송이 시에 대한 혐오감을 불러일으켜서도 안 된다.

여러 단체들이 전국에서 각종 시낭송 경연대회를 열고 이 대회들을 통해 시낭송 전문가들이 쏟아져 나오는 것은 반가운 일이지만, 일부에서는 시낭송가 자격증이라는 것을 아무 객관적 검증 없이 사적으로 남발하여 시낭송가의 수준과 신뢰를 떨어뜨리고 있는 것은 시낭송 운동의 한 위기라 할 수 있다.

시낭송은 자칫하면 시의 권위를 추락시킬 뿐 아니라 시에 대한 흥미를 잃게 만들기도 한다. 시낭송가는 시를 감격시키는 낭송보다는 시에 염증을 느끼게 하는 낭송이 더 많다는 것을 알아야 한다.

개인적으로 혼자 시를 어떻게 읽어 즐기든 그것은 자신만의 즐거움이겠지만, 일단 청중 앞에서 시를 낭송할 때, 특히 시낭송가라는 칭호를 가지고 읽을 때, 어떤 낭송자도 그 낭송으로 시를 소원시킬 권리는 없다. 시낭송가는 끊임없는 자기개발로 낭송을 갈고 닦아 시를 소중히 빛내야 한다.

시라고 하면 일반인들은 시의 신비성 때문에 대개 경외심을 갖는다. 누가 시를 읽는다고 하면 시를 알든 모르든 일단 정숙해진다. 시낭송자들은 청중의 이런 저자세를 이용하여 시낭송이 무슨 특수한 장기이기나 한 것처럼 우쭐해지기 쉽다.

그러나 시낭송이라면 한편으로는 많은 사람들에게 상당한 거부감이 잠재하고 있다는 사실을 인식해야 한다. 시낭송자를 무슨 별종처럼 바라보는 시선들이 숨어 있다. 이것은 시낭송이 노래처럼 일상적인 것이 되지 못하고 어떤 틀에 매여 요상하게 격식화한 탓이 크다. 일반인들에게 보다 자연스럽고 감동적인 시낭송 방법으로 이들의 이러한 위화감을 없애는 것이 바로 시낭송가의 책임이요 시낭송 운동의 목적이다.

Ⅶ

시낭송 클리닉

Ⅶ 시낭송 클리닉

지금부터는 시낭송의 실기 시간이다.

시를 어떻게 낭송할 것인가 하는 것은 낭송된 시들을 실제로 들으면서 구체적으로 지적하고 평가하는 것이 이해에 지름길이 될 것이다.

여기에 실례로 사용된 시낭송의 음반 텍스트는 편의상 2006년에 재능교육이 제작·발매하고 한국시인협회가 추천한 시낭송가들의 〈한국낭송명시집〉이다.

재능시낭송협회 회원들이
낭송한 〈한국낭송명시집〉

이 CD를 선택한 것은 여기에 시애호가들의 애송시들이 거의 망라되어 있을 뿐 아니라 모두 시낭송 전문가들이 낭송한 것이기 때문이다.

재능시낭송협회 회원들의 낭송으로 작고 시인편 24편과 현역 시인편 24편이 수록된 것이나, 여기서는 중복 설명을 가급적 피하기 위해 작고 시인편 24편만을 대상으로 했다.

시낭송은 자유다. 어떤 사람이 어떤 시를 잘 읽느냐 못 읽느냐를 판정할 잣대는 여러 가지다.

여기서 각 시별로 낭송 클리닉을 시도하는 것은 이 시는 이렇게 읽어야 한다고 무슨 정답을 강요하는 것이 아니라 이 시는 이렇게 읽을 수도 있다는 한 가지 모형을 제시하자는 것이다. 한 시의 여러 가지 낭송 방법 중에 한 가지 방법을 제안 할 뿐이다.

그러면서도 이 클리닉은 누가 들어도 잘 부른다 싶은 가수의 노래가 있듯이 누가 들어도 잘 읽는다 싶은 시낭송을 위한 하나의 지침일 수는 있을 것이다.

이 CD에 수록된 시낭송은 낭송자들이 전국 시낭송 경연대회 본선에서 수상을 하고 시낭송가의 타이틀을 얻어 시낭송 활동을 활발히 하고 있는 시낭송 전문가들이기 때문에 기본적으로는 일정 수준 이상의 것임을 감안하고 들어야 한다. (낭송시의 전문은 부록 Ⅰ에 실렸음)

[부기: 이 CD는 이 '시낭송 교실'의 증보 2판이 나올 무렵에는 절판되었으나, 음반을 듣지 않더라도 여기에 수록된 시들의 낭송에 지침이 될 수 있을 것이므로 클리닉을 그대로 싣는다.]

(1) 진달래꽃 (김소월)

가. 김소월의 '진달래꽃'은 우리나라 전 국민이 가장 애송하는 국민시다. 이렇게 누구나 즐겨 읽는 시일수록 모든 사람을 감응시킬 만큼 낭송을 잘하기는 더 어렵다. 음악의 명연주자들도 애호가들이 다 아는 대중적인 명곡들은 오히려 연주하기를 꺼린다.

나. 낭송자는 전체적으로 시의 정조에 맞는 음색과 정감으로 시감을 잘 살렸다.

시의 내용이 그냥 이별이 아니라 이별의 극복이어서 죽어도 아니 눈물 흘리겠다고 했으나, 그렇다고 해서 눈물이 메말라 있어서는 안 되고 그러면서도 이 낭송자처럼 눈물을 감추는 아픔이 들려야 한다.

다. 여기서 이 시의 음률에 대해 함께 생각해 볼 필요가 있다.

김소월은 널리 알려진 대로 우리나라 현대시 초기의 대표적인 이른바 '민요시인'이다. 그의 시들은 주로 7·5조를 가락으로 하고 있고 이 〈진달래꽃〉도 7·5조가 기조다.

이 시의 낭송자는 대체로 7·5조의 율조를 따라 띄어 읽고는 있으나 이것을 완전히 의식하고 있는 것 같지 않다. 7·5조를 무시한 두드러진 예가 첫 연의 셋째 행이다. 낭송자는 이 행을 이렇게 읽고 있다.

(⌒표는 붙임, ∨표는 띄움, ∨∨표는 많이 띄움)

말⌒없이∨고이∨∨보내⌒드리우리다

7·5조를 살리자면 이것은 다음과 같이 읽어야 한다.

말⌒없이∨고이⌒보내∨∨드리우리다

일반적으로 이 시의 낭송자들은 '보내⌒드리우리다'가 한 낱말이요, '보내∨드리우리다'를 따로 띄어 읽어서는 '드리우리다'가 독립된 낱말이 되지 않는다고 생각한다. 실제로 1925년에 처음 나온 시집 〈진달래꽃〉에 이 시가 실릴 때는 '보내드리우리다'로 붙여져 있고 현재의 맞춤법으로 띄어쓰기를 하기 전까지는 모든 시집에서 붙여 쓰고 있었다. 의미상으로는 당연히 그렇게 읽어야 옳겠고 또 자유시로 읽자면 그렇게 읽을 수도 있겠지만, 7·5조를 의식하고 들으면 음률이 깨어지면서 산문적인 것이 되어버린다. 뜻을 살려 읽느라 음악을 죽여 버리면 이미 시가 아니게 된다. 이런 경우에는 '고이 보내' 다음을 띄우되 딱 끊지는 말고 '보내 ~'의 여음을 길게 뽑으면서 '드리우리다'와 연결시키면 7 · 5조의 음률도 살리고 뜻도 살릴 수 있을 것이다.

라. 이 시가 7 · 5조이기는 하지만 딱 한 군데 시인 자신이 이 율조를 일부러 부수어 버린 부분이 있다.

나 보기가 역겨워 (7)
가실 때에는 (5)
말 없이 고이 보내 드리우리다 (7·5)

영변에 약산 (5)
진달래꽃 (4)
아름 따다 가실 길에 뿌리우리다 (8·5=7·5)

'영변에 약산 / 진달래꽃'이 갑자기 7 · 5조에서 이탈함으로써 이 시의 전편이 엄격한 정형시 가락에서 탈피하는 효과를 낳게 되었다. 그러면서도 음보상으로는 '영변에 / 약산/ 진달래꽃'으로 3음보여서 '아름 따다 / 가실 길에 / 뿌리우리다'의 7 · 5조와 꼭 같은 3음보이기 때문에 함께 읽어서 음율상 어색하지 않다. 이 고의적 파율은 7 · 5조의 단순 반복이 지루하고 칙칙할 수 있어 형식을 유연화 하자는 것이므로 낭송자도 의식하고 있어야 한다.

마. 몇 군데서 정확한 어음이 들리지 않는다.

고이 보내 드리우리다

가실 길에 뿌리우리다

즈려밟고 가시옵소서

아니 눈물 흘리우리다

이런 행들의 말구마다에서 반복적으로 약음을 내느라 소리가 기어들어가 버리고 있다. 저음과 약음을 혼동하는 경우다. 아무리 나직이 읽어도 모든 발음이 또렷해야 한다.

바. 맨 첫 낱말의 발성에 더 유념해야 한다.

나⌒보기가∨역겨워∨가실⌒때에는

낭송자는 이렇게 '나⌒보기가'를 한 낱말로 연결해 읽는 것은 좋으나 너무 무심코 읽고 있다. 이 구절도 지금의 맞춤법으로 정리되기 전까지는 시집에서 '나보기가'로 표기되고 있었다. 그러나 웬만한 사람이면 다 아는 시이기 망정이지 그냥 '나보기가'로 얼른 읽어 버리면 이 시를 처음 듣는 사람이 얼마나 '나'란 말을 알아들을는지 의문이다. 모든 시낭송은 그 시를 처음 듣는 사람을 상대로 하고 있다는 생각으로 읽어야 한다. 보통 대화를 할 때는 첫마디가 애매해도 얼른 뒤따라오는 말 때문에 이해에 지장이 과히 없지만, 시에서는 첫마디가 불투명하면 뒷말들도 따라 불분명해진다.

그렇다고 해서 '나∨보기가'라고 '나' 다음을 완전히 띄워 버리면 일상의 어감에 맞지 않기 때문에 어구 전체를 일부러 천천히 읽으면서 '나'를 강조하여 발음 하는 것이 효과적일 것이다.

처음을 이렇게 읽었으면 맨 마지막 연에 다시 나오는 '나 보기가'는 이미 알아들었으므로 자연스럽게 그냥 붙여 읽어도 상관없다.

사. 이 시의 7·5조를 의식하라고 했지만 어디서나 정형의 음률을 너무 지키려고 하면 단조롭고 무미해진다. 시의 리듬을 충분히 익힌다음 그 리듬을 살리면서 일정한 행보 대신 템포를 빨리 하거나 완급의 변화를 주면 정형을 깨는 효과를 낼 수도 있을 것이다.

아. '진달래꽃'은 우리나라를 대표하는 시라고 할 수 있으므로 누구나 이 시 한 편 쯤은 다 외우고 있어야 할 것이고, 남과 전혀 다르게 자기 나름으로 낭송할 줄도 알아야 할 것이다.

* 참조: p.180 '김소월의 '진달래꽃'을 어떻게 낭송할 것인가'

(2) 그 먼 나라를 알으십니까 (신석정)

가. 참으로 소리 내어 읽고 싶은 시다. 평이한 시어와 율동적인 율격과 그 목가적 분위기로 누구나 읽기 좋아하는 시인데 낭송자는 그 먼 나라에 대한 동경의 정취에 감정의 물감을 담뿍 적셔 곱게 읊었다.

나. 이 시에는 '어머니'가 모두 다섯 차례 나온다.
'어머니' 하고 부르는 이 돈호법(頓呼法)은 의미상으로는 하나의 허사(虛辭)에 지나지 않지만 시감에는 큰 비중을 차지한다.
대체로 '어머니'라는 말에는 만감이 서려 있다. 만감이 서려 있으므로 '어머니'를 부르는 목소리는 오만가지가 있을 수 있다. 그 중에서 잘 골라야 한다. 같은 시에서 자주 나올 때는 언제나 같은 목소리로 부를 것인지, 매번 달리 부를 것인지도 고민할 일이다.
이 시는 처음부터 '어머니'를 부르면서 시작하는 탓도 있겠지만, 색조가 밝았으면 싶은데 낭송은 좀 애상조로 흐른 느낌이다.

다. 맨 마지막 연의,

노오란 은행잎이 한들한들 푸른 하늘에 날리는
가을이면 어머니! 그나라에서
양지밭 과수원에 꿀벌이 잉잉거릴 때

여기 나오는 '어머니!'는 행의 가운데에 있기 때문에 앞 말에 연결되는 것인지 뒷말에 연결되는 것인지 혼란스러울 수 있는데 앞에 연결시켜야 옳을 것이고, 그렇더라도 '가을이면'을 여음으로 길게 뽑아 사이를 띄우면서 어머니를 부르는 것이 더 정감적일 것이다. 낭송자는 이 정감을 잘 살리고 있으나 너무 사이를 띄우면 '어머니!'가 뒷말에 붙어 버릴 염려가 있다.

라. 이 시에는 또 '그 먼 나라를 알으십니까'가 후렴처럼 역시 다섯 군데나 된다.

이 중복법이 전체적으로 시의 리듬을 더욱 리드미컬하게 만든다.

시에서는 같은 시어나 같은 시구나 같은 시행을 되풀이하면 음률이 절로 생긴다. 그래서 시인들은 일부러 자주 이 중어법(重語法)을 쓰고 있다. 대개는 그 자리에서 연속해서 반복하는 것이지만 이 시에서처럼 간격을 두고 되풀이하는 경우도 있다.

붙여서 반복하는 것은 그 어구나 시행만의 음률에 작용하지만, 띄엄띄엄 반복하는 것은 시 전체의 리듬을 지배한다. 리듬의 파장이 긴 것이다.

그래서 이 시를 낭송하는 사람은 처음부터 '어머니'와 함께 같은 시어와 시행의 되풀이를 염두에 두고 자잘한 물결을 실은 큰 바다의 큰 너울처럼 시 전체의 큰 리듬을 탈 줄 알아야 한다.

마. 낭송자는 '산 비탈 넌지시 타고 내려오면'에서 '넌지시'를 '넌지~시'로 읽고 있는데, 얼른 생각에는 의태어의 부사라 그런 표현이 더 실감날 것 같지만 여기서는 너무 길게 빼는 독법이 시의 음률을 깨고 있다.

산문을 읽을 때는 의성어나 의태어를 실감나게 읽는 것이 효과적이지만, 시낭송에서는 음율을 먼저 살려야 하기 때문에 의태법이나 의성법의 형용사, 부사의 표현이 음률을 방해해서는 안 된다.

바. '서리까마귀 높이 날아 산국화 더욱 곱고'에서 낭송자가 한껏 목청을 돋우며 살짝 기분을 내는 기교는 효과적이다.

사. '삼림'은 '살님'으로 낭송자가 옳게 발음하고 있다. 시낭송자는 얼른 혀놀림이 잘 되지 않는 발음은 〈우리말 발음사전〉에 물어 가면서 읽는 버릇을 들여야 한다.

(3) 님의 침묵 (한용운)

가. 앞서 '경연대회 참가시의 경향'에서 보았듯이 50년 전이나 30년 전이나 요즘이나 시낭송 경연대회에 빠짐없이 등장하는 불멸의 낭송시 중 하나다.

그것은 이 시에 나오는 '님'이 누구인지, 무엇인지, 그 불명확성이 불러일으키는 연상 작용의 묘미와 충만한 음률감에 실린 시 경지의 오묘함 때문일 것이다.

나. 낭송자는 이 시를 아주 부드러운 목소리로 정직하게 읊고 있다. 우등생의 낭송이다. 절제는 좋으나 너무 절도 있게 읽다보니 감정의 융통성이 모자라고 시감이 연속성 없이 단속적이다.

다. 이 시에서는 '님'이 주제어이고 여러 차례 나오는데, 첫 마디에 나오는 '님은 갔습니다'부터 '님'에 감정적인 역점을 두어 생기를 넣는 것이 좋겠다. '님'에 아무런 의식이 들어 있지 않다.

라. 이 시는 자유시라고는 하지만 일반 자유시와는 달리 행들이 산문시처럼 길고 연이 전련(全聯)이어서 낭송의 호흡에 낭송자의 재량이 많다. 그만큼 띄우고 붙이고 하는 데 고심해야 한다. 이 낭송자는 몇 군데에서 이 호흡이 좀 어색하다.

마. 다음 행은 시집에 따라 다른 표기가 몇 가지 있다.

① 그러나 이별을 쓸데없는 눈물의 원천을 만들고 마는 것은 스스로 사랑을 깨치는 것인 줄 아는 까닭에

② 그러나 이별은 쓸데없는 눈물의 원천을 만들고 마는 것은…

③ 그러나 이별을 쓸데없는 눈물의 원천으로 만들고 마는 것은…

1926년에 나온 초판 시집 〈님의 침묵〉에는 (1)로 되어 있고 낭송자도 (1)로 읽고 있는데 뜻이 얼른 통하지 않고, 의미 전달이 확실한 것은 (3)이다. 원시를 꼭 그대로 살려 읽더라도 (3)의 뜻이라는 것을 알고는 읽어야 한다.

(4) 청산도 (박두진)

가. 우리나라 시인 중에서 가장 리듬감 있는 시를 쓴 사람이 박두진 시인이다. 그의 대부분의 시가 아주 리드미컬하다. 그래서 시낭송 경연 대회에서 낭송자들이 가장 많이 선택하는 것이 이 시인의 시들이요, 그 가운데서도 가장 즐겨 읽는 시의 하나가 〈청산도〉다.

시낭송자가 리듬 감각을 기르자면 바로 〈청산도〉 같은 시를 평소에 되풀이 읽어 훈련하는 것이 좋다. 반대로 시낭송자가 얼마나 리듬 감각이 있는지를 알려면 이런 시를 읽혀 보면 된다.

나. 이 낭송자는 발음이 분명하고 탄력성이 있어 시가 아주 생동감 있게 들린다. 문제는 율동감이다.

이 시는 춤추는 무곡처럼 노래되어야 한다. 물결 일렁이는 배를 탄 듯이 음률을 타야 하고 배를 띄운 강물처럼 리듬이 흘러야 한다. 시구와 시구의 음감을 연결하는 연음을 많이 이용하여 멜로디를 만들기에 아주 알맞은 시인데, 이 낭송은 많이 파동적이기는 하나 그래도 시구들이 자주 끊기고 있다. 토막 나는 것은 물결이 아니다.

이 시의 이런 음률을 완전히 파악하는 낭송자가 과히 많지 않은 것은 이상한 일이다.

다. 우리나라 시에는 각운(脚韻) 같은 것은 없지만 글자끼리의 자운(字韻) 같은 것은 있다. (∿표는 연음)

① 사슴도 안 오고 ∿ 바람도 안 불고,

② 눈 맑은, ∿ 가슴 맑은, ∿ 보고지운 ∿ 나의 사람.

③ 달 가고,∿ 밤 가고,∿ 눈물도 가고,

① 은 '오' 음이 운이요, ②는 'ㄴ' 음이 운이요, ③은 '고' 음이 운이다. 이 운음들은 꼭 같은 음조와 꼭 같은 속도로 읽으면서 의도적으로 그 음을 강조해서 읽어야 운감이 생긴다. 그리고 연음으로 연결해 읽으면 파동이 더 넘실거린다. 이때 같은 음운이라고 해서 맨 끝 음마저 길게 빼면 칙칙해지므로 딱 끊는 것이 좋다.

라. 이 시에는 '무성히 무성히', '골 넘어 골 넘어' 같은 단순 중복법도 있지만, 그보다는 중간에 딴 낱말이나 구절을 끼우면서 어떤 구절을 되풀이시키는 간격 중복법이 아주 많다.

① 산아. 우뚝 솟은 푸른 산아. 철철철 흐르듯 짙푸른 산아.

② 나는 가슴이 울어라… 내사 줄줄줄 가슴이 울어라.

③ 나 혼자 그리워라. 가슴으로 그리워라.

④ 티끌 부는 세상에도 벌레 같은 세상에도

⑤ 홀로 서서 눈물 어릴 볼이 고운 나의 사람…
   총총총 달려도 와줄 볼이 고운 나의 사람.

⑥ 눈에 어려 흘러가는 물결 같은 사람 속…
   아우성쳐 흘러가는 물결 같은 사람 속에,

⑦ 난 그리노라. 너만 그리노라. 혼자서 철도 없이 난 너만 그리노라.

이런 간격 중복법은 같은 시구를 때로는 변화 있게 달리 읽는 경우가 있더라도 반복감을 충분히 살려야 한다.

마. 또 이 시는 같은 글자 수끼리의 대율(對律)이 도처에 깔려 있다.

① 사슴도 안 오고∨바람도 안 불고 (6 · 6)

② 넘엇 골 골짜기서∨울어 오는 뻐꾸기 (7 · 7)

③ 아득히 가버린 것∨잊어버린 하늘과 (7 · 7)

④ 아른아른 오지 않는∨보고 싶은 하늘에 (8 · 7 = 7 · 7)

⑤ 어쩌면 만나도질∨볼이 고운 사람이 (7 · 7)

⑥ 나 혼자 그리워라∨가슴으로 그리워라 (7 · 8 = 7 · 7)

⑦ 티끌 부는 세상에도∨벌레 같은 세상에도 (8 · 8, 또는 4 · 4 · 4 · 4)

⑧ 눈 맑은 가슴 맑은∨보고지운 나의 사람 (7 · 8 = 7 · 7)

⑨ 홀로 서서 눈물 어릴∨볼이 고운 나의 사람 (8 · 8 또는 4 · 4 · 4 · 4)

⑩ 틔어 올 밝은 하늘∨빛난 아침 이르면 (7 · 7)

⑪ 총총총 달려도 와 줄∨볼이 고운 나의 사람 (8 · 8)

이런 대율은 서로 짝이 되어 있다는 것을 의식하고 음률상으로도 서로 대응시키며 읽어야 한다.

이렇게 이 시는 거의 전편이 중복법이거나 대율이어서 이것이 시 전체를 교향악으로 만들고 있는 것이다.

바. 특히 제4연의 첫머리는 3 · 3 · 3 · 3의 4음보 리듬의 율동으로 낭송이 춤추어야 한다. 그리고 'ㄴ'과 'ㄹ' 받침의 유성음의 연속을 살리는 연음으로 출렁거려야 한다.

푸른 산 ∿ 한나절 ∿ 구름은 ∿ 가고,
골 넘어 ∿ 골 넘어 ∿ 뻐꾸기는 ∿ 우는데,

사. 낭송의 완급 조절에서도, 예컨대,

향기로운 이슬 밭 푸른 언덕을, 총총총 달려도 와줄 볼이 고운 나의 사람.

볼이 고운 나의 사람이 총총히 달려오는 제3연의 이 끝 부분을 낭송자가 알레그로로 빠르게 그리고 음조를 고조시키며 읽은 것은 좋은데,

그랬으면 산마루 위로 구름이 유유히 흘러가고 뻐꾸기가 한가롭게 우는 제4연 첫머리의 정경은 대조가 되게 아다지오로 천천히 그리고 음조를 확 낮추어 읽었으면 낭송이 더 그림 같았을 것이다.

⑸ 바라춤 (신석초)

가. 장시 〈바라춤〉의 서사(序詞)에 이은 첫 부분인데, 낭송의 질감이 매우 좋다. 허물 많은 사바의 몸의 몸부림 소리가 낭송의 마디마디에 아리하게 묻어난다. 다만 바라춤을 추는 수도승의 번뇌를 너무나 인고해서인지 전체적으로 목소리가 너무 안으로 스며 있다.

나. 시낭송자는 제1연을 다음과 같이 읊고 있다.

언제나∨∨내∨더럽히지 않을∨
티 없는 꽃잎으로∨ 살어여러∨했건만, ∨
내 가슴의 그윽한 수풀 속에∨
솟아오르는 구슬픈 샘물을∨
어이 할까나.

맨 앞의 '언제나'를 뚝 띄어서 읊고 있는 것은 첫마디를 또렷하게 전달하기 위한 의도적인 것이어서 돋보인다. 첫 낱말은 일반적으로 이렇게 띄어 주면 두드러져서 효과적이다.

또 이 낭송자는 시어의 띄어쓰기에 비교적 구애받지 않고 때로는 줄달아 읊음으로써 시행의 행보가 연속적이다. 전편을 통해 더러는 행바꿈도 무시하면서 자유스럽게 호흡하기 때문에 낭송의 흐름이 유연하다.

다. 이 시는 고어나 고시조의 가락에서 오는 고풍미가 특징이다.

살어 여러 했건만

하마 이슷하여이다

덧없이 비초이고

저리 슬피 우는다

둥둥 떠내려가것다

이런 예스런 말들의 별미를 맛있게 살려야 시 전체의 색조가 고화(古畵) 같아진다. 이런 구절들에서는 다른 구절과 동격으로 그냥 지나쳐 버리지 말고 일부러 멋을 부리듯이 표나게 읽는 것이 좋다.

라. 한자어를 언제나 또렷이 읽자.

① <u>형역(形役)</u>의 끝없는 갈림길이여!

② 부서지는 <u>주옥(珠玉)</u>의 여울이여!

(1)의 '형역'은 어려운 말이므로 한 자 한 자 분절발음을 하는 것이 옳고, (2)의 '주옥'은 '여울'과 얼른 연관되지 않으므로 잘 들려야 한다.

(6) 향수 (정지용)

가. 월북시인으로 오인되어 오랫 동안 작품이 묶였던 정지용 시인이 1988년 해금되었을 때, 필자는 당시 일간스포츠 사장이었고 이 날짜 일간스포츠 신문 1면에 시 '향수'를 실어 해금을 경축했다. 시인이 해금되기 훨씬 전에 필자가 개인적으로 서예가 서희환 씨에게 청탁하여 받아 두었던 '향수'의 두 폭 족자 글씨를 그대로 신문에 게재했다. 이어 김수남 소년한국일보 사장 등과 함께 지용회를 발기하여 지용제를 처음 개최했고, 이를 위해 김희갑 작곡가에게 의뢰하여 노래 '향수'를 제작했으며,

시인의 고향인 옥천에 시인의 흉상과 서희환 서예가 글씨의 '향수'를 새긴 시비를 세웠다. 이것이 오늘까지 옥천에서 이어져 오는 지용제의 연원이요, 국민적 애창곡이 된 노래 '향수'의 기원이다. 이렇게 하여 정지용 시인의 '향수'는 국민적 애송시가 되었다.

나. 이 시를 5명의 낭송자가 연을 나누어 윤송을 하고 있는데, 윤송은 윤송의 묘미를 십분 살릴 수 있을 때라야지 그냥 재미삼아 번갈아 읽어서는 안 된다.

이 시에서는 연마다 여러 폭의 병풍처럼 그림이 독립되어 있고, 또 '그곳이 차마 꿈엔들 잊힐리야'라는 후렴을 다섯 번이나 혼자서 같은 목소리로 되풀이 읽기에는 부담스럽기 때문에 윤송에 알맞기는 하다. 그러나 윤송은 낭송자의 개인기가 실해야 하는데 여기서는 개인기들이 발휘되고 있지 않다. 제 1연 선창자의 어조부터 무미하고 다른 연들이 이 어조에 휘말리고 있다.

다. 이 시는 고향 마을의 정다운 정경을 그림 그리듯이 읽고 싶다. 그러나 이 낭송에서는 음감에 그림이 없다.

라. 전체적으로 템포가 너무 느리다. 한가한 농촌의 늘어진 시간을 소리로 그린다 하더라도 마냥 축 늘어져 버려서는 맥이 풀린다.

마. 그리고 낱말들을 너무 또박또박 끊어서 읽고 있다. 연별로는 맨 마지막 연의 낭송이 가장 돋보이는 까닭은 낱말의 여음들을 살리고 있기 때문이다.

바. 제4연에서,

전설 바다에 춤추는 밤물결 같은

검은 귀밑머리 날리는 어린 누이와⟍

아무렇지도 않고 예쁠 것도 없는

사철 발벗은 아내가⟍

따가운 햇살을 등에 지고 이삭 줍던 곳,

　낭송자는 이렇게 '누이와'와 '아내가'에서 어미의 꼬리를 낮추어 버림으로써 다음 행과의 연결감을 없애고 있다. '누이'와 '아내'는 맨 끝 행의 주어들이므로 '와'와 '가'의 음이 '누이' '아내'와 나란해야 주어감이 생긴다. 말꼬리를 낮추어 버리면 그 행이 거기서 끝나는 듯한 인상을 주기 쉽다.

　이 꼬리 내림은 다른 시에서도 낭송자들이 흔히 범하는 병폐인데 주의해야 한다.

(7) 설야 (김광균)

　가. 고요히 눈이 내리는 밤의 이미지를 낭송이 감성적으로 차분히 표현하여 소리 없이 내리는 눈 소리가 잘 들린다.

　나. 이 낭송에서는 먼저 배경 음악에 유의할 필요가 있다.

어느 머언 곳의 그리운 소식이기에

이 한밤 소리 없이 흩날리느뇨

　이 첫 행이 시작되기 전부터 무반주였던 배경 음악이 이 행을 읽고 있는 동안에 계속 침묵한다. 소리 없이 내리는 눈에 귀를 기울이게 하기 위해서다. 잡음이 있으면 눈 내리는 소리가 들리지 않는다. 또,

머언 곳에 여인의 옷 벗는 소리

여기서도 반주는 다시 꺼지고 조용해진다. 여인이 옷 벗는 소리를, 그것도 가까운 곳도 아니고 먼 곳에서 옷 벗는 소리(눈 내리는 소리)를 들으려는데 아무리 아름다운 음악인들 훼방할 수 있겠는가. 이 시는 이 한 구절 때문에도 크게 애송되어 오는 것이지만 무반주의 도움으로 영상을 예쁘게 그렸다.

이와 같이 배경 음악은 시의 보조 수단일 때 크게 유용하다. 침묵도 배경 음악이 있으므로 만들어 낼 수 있다.

다. 제2연의,

처마 끝에 호롱불∨여위어 가며
서글픈 옛 자췬 양∨흰 눈이 내려

이 2행은 완전한 7 · 5조의 대련(對聯)이다. 낭송자는 뜻을 살리느라 '서글픈 옛 자취인 양'으로 '옛'을 띄어 읽음으로써 음율을 깨고 있다. 7 · 5조를 살리려면 '옛⌒자췬⌒양'으로 붙여 읽어야 한다('자취인 양'은 낭송 텍스트의 오기(誤記)다). '흰 눈'을 '흰∨눈'으로 읽지 말고 '흰⌒눈'으로 읽어야 하는 것도 마찬가지다.

시낭송자는 어느 구석에 어떤 음률이 숨어 있는지, 한구석도 주의를 게을리 해서는 안 된다. 이 시의 시인은 '머언 곳'이라든가 '호올로'라든가 하는 것처럼 일부러 장음을 지시하여 음률에 무척 신경을 쓰고 있다.

라. 제3연의,

마음 허공에 등불을 켜고

시인은 생전에 '설야' 전편을 친필 붓글씨로 써서 필자에게 선물로 주었다. 거기에, 그리고 이 시가 처음 실린 시집 〈와사등〉의 원시에도 '켜고'는 '키고'로 쓰여 있다. '키고'는 '켜고'의 사투리이지만 어음상 '키고'가 훨씬 유연하여 이렇게 읽고 싶다.

마. 제5연의,

희미한 눈발
이는 어느 잃어진 추억의 조각이기에﹨
싸늘한 추회﹨ 이리 가쁘게 설레이느뇨

이 연을 안으로 솟구치는 추회의 격정을 가지고 읽은 것은 좋으나, '조각이기에'와 '추회'에서 어미가 처지니까 앞의 시에서 지적했듯이 중간에서 맥이 멈칫하는 느낌이다.

⑧ 논개 (변영로)

가. 민족적 의분과 애국적 정열이 뜨겁게 강물 위로 흐르는 시를 낭송은 열정적이고도 시원한 목청으로 읊고 있다. 그러면서도 가창력 있는 그 목청을 충분히 활용하지 못한 것 같아 아쉽다.

나. 어떤 시든 시작은 낭송이 나직하고 느릿해야 한다거나 어떤 시든 고저의 기복이 있어야 한다는 선입관에 무조건 사로잡혀 있어서는 안 된다.
'거룩한 분노는' 하고 시작되는 이 시는 반드시 이 첫마디가 아니더라도 시 전편이 거룩한 분노로 일관되어 있다. 그러니 음조가 높았다 낮았다 할 것이 아니라 처음부터 상당한 음정의 고도와 음감의 강도를 가지고 시작하여 그 고도와 강도를 끝까지 유지하면서 낭송하는 것이 옳다. 그 충정의 뜨거운 열도를 팽팽한 장력(張力)으로 끌고 가는 것이다.

후렴이 '그 물결 위에... 그 마음 흘러라'를 반복함으로써 지금 그 강물이 계속해서 흐르고 있다는 것을 느끼게 한다. 낭송의 정열도 이 흐름을 타고 있어야 한다.

그리고 속도감 있는 낭송이라야 의분도 민족애도 힘이 생긴다. 힘은 속도에 비례한다.

다. 시를 읽기 시작할 때는 그 시의 뜻뿐 아니라 음운적 구조부터 먼저 면밀히 분석해야 한다. 낭송자들이 대개 이 점을 등한시 하고 있다.

종교보다도
사랑보다도
강낭콩꽃보다도
양귀비꽃보다도

이 시는 첫 연에서부터 이렇게 중복법이 연속되면서 3개의 연마다 본문과 같은 길이의 후렴이 되풀이되어 반복의 효과를 극대화하고 있는 것이 특징이다. 낭송은 이 특징을 고의적으로 표출시킬 줄 알아야 한다.

라. 이 시에서는 푸른 강낭콩꽃과 붉은 양귀비꽃의 대비가 후렴으로 자꾸 강조된다. 강물로 비유되는 푸른 청사(靑史)와 민족애의 붉은 단심(丹心)이 나란히 병치되고 있다. 이 색깔의 대조가 선명해야 한다. 그러자면 '더 푸른'과 '더 붉은'을 강조하여 소리의 색감이 더 진한 것이 좋다.

아, 강낭콩꽃보다도 더 푸른
그 물결 위에
양귀비꽃보다도 더 붉은
그 마음 흘러라.

마. 붉은 양귀비꽃과 대비하기 위한 푸른 꽃이 어찌 강낭콩꽃뿐일까마는, '강낭콩꽃'이라는 'ㅇ'음의 세 겹침이 주는 강한 비음의 어감과 얼른 입에 돌지 않는 어눌한 발음을 시인이 일부러 고른 것이라고 보아야 하기 때문에 이 낱말을 일부러 한 자씩 또록또록 부각시킬 필요가 있다.

⑼ 가을의 기도 (김현승)

가. 가을이면 누구나 기도하고 싶은 심서를 자극해야 하는 것인데, 낭송은 그 상큼한 목소리에도 불구하고 아깝게도 별로 기도하는 자세가 아니다. 아마 낭송을 혼자 연습한 독습의 폐단이 아닌가 싶다.

나. 이 시가 기도하는 것은 '기도'와 '사랑'과 '고독'의 세 가지다.

가을에는
기도하게 하소서…

가을에는
사랑하게 하소서…

가을에는
호올로 있게 하소서…

이 6행만을 처음에는 따로 떼어내어 되풀이 연습함으로써 기도의 주제와 기도의 어법을 충분히 자신에게 납득시킨 뒤에 나머지 연들을 읽어야 기도의 염원이 분명히 들릴 것이다.

다. 제1연 마지막의,

겸허한 모국어로 나를 채우소서.

우리말에서 '모국어'란 말은 '어머니'란 말과 마찬가지로 모든이의 가슴을 울렁이게 하는 아름다운 낱말이다. 게다가 '겸허한 모국어'라고까지 말하는데 낭송은 아무 감정이 없다. 낭송자들은 대체로 낱말 하나하나에 감정을 주입시키는 기교가 미숙하다.

그리고 겸허한 모국어로 뭔가를 채워 달라고 읽는 것 같은데 무엇을 채워 달라는 말인지도 못 알아듣겠다. '나'를 채우라는 말이 생소할 수 있으므로 이 '나'를 확실히 발음해야 하는데도 낭송은 '나ː를'로 읽지 않고 엉뚱하게 '날을'로 읽고 있다.

라. 마지막 연의,

나의 영혼,
굽이치는 바다와
백합의 골짜기를 지나,
마른 나뭇가지 위에 다다른 까마귀같이.

낭송자는 '나의 영혼' 다음에 '굽이치는'을 바로 연결해 읽어 버리기 때문에 이 연 전체의 뜻이 모호해진다. '나의 영혼'은 뒤에 오는 행들의 주어이므로 분명히 띄어서 문맥을 살려 주어야 한다.

맨 마지막의 '까마귀같이'는 '같이'의 발성이 기어들어가 버려 전체의 뜻이 더욱 불분명해졌다. 일반적으로 시낭송이 시의 맨 끝에서 숨을 삼켜 버리는 경향이 있는데, 마지막 낱말 하나가 또렷하지 않으면 온 시의 매듭이 풀려 버린다.

⑽ 승무 (조지훈)

가. 이 시는 여승이 춤추는 승무의 모습을 회화적으로 그리고 음악적

으로 묘사하고 있는 것이므로 낭송도 그 춤의 율동을 따라 고전적으로 춤을 잘 추어야 한다. 이만한 음감으로 이만큼 낭송하기도 결코 쉽지 않은 일이지만 이 낭송은 춤이 좀 직선적이요 기계적이라는 생각이 든다.

나. 시가 모두 2행씩 짝지어져 있어 그 대련(對聯)의 스텝을 절도 있게 밟아야 하고, 시행이 길었다 짧았다 하는 것은 춤이 빨랐다 느렸다 하는 느낌이므로 낭송의 호흡을 민감하게 조절해야 한다. 긴 행일수록 오히려 단숨에 읽는 것이 효과적이다.

다. 첫 연의,

얇은 사 하이얀 고깔은
고이 접어서 나빌레라.

'나빌레라'는 '나비일레라(나비이구나)'의 뜻이기도 하지만, '얇은 사(紗)'부터 그야말로 박사(薄紗)같이 얇고 부드럽게, 그리고 나비처럼 가볍고 전아하게 읽을 시다. 낭송자는 이 첫 연보다는 마지막 연의 '얇은 사'에서 상당히 이에 근접하고 있다.

라. 이 시에서는 우리의 고전적인 시어와 정조가 자꾸 중첩된다. 이것을 부각시켜야 전통미가 산다.

나빌레라 – 서러워라 – 별빛이라 – 나빌레라
감추오고 – 모도우고

낭송자는 특히 둘째 번의 경우에서 '오'와 '우'를 거의 생략하다시피 읊고 있다.

마. 마지막 연의,

<u>이 밤사</u> 귀또리도 지새는 삼경인데

낭송자는 맞춤법의 띄어쓰기에 현혹되어 '이∨밤사'로 띄어 읽고 있다. 보통 말할 때 '이⌒밤은' 하고 붙이지 '이∨밤은' 하지 않는다.

　바. 이 낭송자도 행의 중간에서 낱말의 꼬리를 계속해서 들고 있지 않고 습관적으로 내리는 폐습이 있다.

<u>고이 접어서</u>＼ 나빌레라
오동잎 <u>잎새마다</u>＼ 달이 지는데
먼 하늘 한 개 <u>별빛에</u>＼ 모도우고

사. 제 5연의,

소매는 길어서 하늘은 <u>넓고</u>

이 '넓고'를 [넙꼬]가 아닌 [널꼬]로 정확하게 발음하고 있다.
참고로 '밟고'는 [밥꼬]가 맞고, '넓죽하다'는 [넙쭈카다]가 맞다.

(11) 꽃 (김춘수)

가. 이 시는 주정시(主情詩)라기보다 주지시(主知詩)라 할 수 있다. 주지시가 얼마만큼 낭송에 적합한가를 가늠할 시범적인 시라고 할 만하다. 시는 노래라고 했는데 이런 시도 노래라 할 수 있는가. 필자는 김춘수 시인이 어느 강연회에서 "시가 아직도 노래라고 생각하는 사람들이 있다"고 공언하는 것을 들은 적이 있다. 그런 시인의 시를 어떻게 노래 불러야 할 것인가.

나. 그럼에도 불구하고 이 시는 일반 시 애호가들에게 명시로 널리 애송되고 있을 뿐 아니라 많은 낭송자들이 즐겨 읽는 시의 하나다. 시낭송 경연대회에도 자주 등장한다. 성인부뿐 아니라 중·고등부에서도 이 시를 많이 선택하고 있고 더러는 수상도 한다.

시어의 일상성과 과히 어렵지 않게 근접할 수 있는 그 의미 때문에 서정성과는 상관없이도 이 시가 낭송시가 될 수 있는 것이다.

다. 이 시의 낭송자는 의미 전달에 치중한 나머지 전체적으로 일정하게 시구를 토막토막 자르고 있다. 평면적이다. 그런데 간혹 이 시를 이와는 달리 상당히 감정을 가지고 읽으면서도 공감하게 하는 사람들을 만난다. 그런 낭송자들은 대개 다음의 제3연에서 상당히 어조를 고조시킨다.

내가 그의 이름을 불러 준 것처럼
나의 이 빛깔과 향기에 알맞는
누가 나의 이름을 불러다오.
그에게로 가서 나도
그의 꽃이 되고 싶다.

라. 위의 제3연에서 한 가지 주의할 것은 '누가'다.

'나의 이 빛깔과 향기에 알맞는 사람 누군가가 나의 이름을 불러다오'인지, 아니면 '나의 이 빛깔과 향기에 알맞는 나의 이름을 누군가가 불러다오'인지 얼른 분간이 되지 않는다. 문맥상 두 번째가 옳겠지만 '누가'란 말이 행의 앞에 나와 도치되어 있기 때문에 헷갈린다. 그래서 정확한 뜻이 전달되게 '누가'를 유의해서 읽어야 한다.

마. 맨 마지막 연 맨 마지막 부분의 시어 하나에 혼선이 있다.

① 잊혀지지 않는 하나의 <u>의미</u>가 되고 싶다.

② 잊혀지지 않는 하나의 <u>눈짓</u>이 되고 싶다.

초기의 시집들에는 (1)로 나와 있었으나 나중에는 (2)로 바뀐 데가 많다. 김춘수 시인은 1987년 필자가 명예시인의 칭호를 받을 때 한국시인협회 회장의 자격으로 필자에게 직접 칭호패를 주었으며, 그 얼마 뒤 명예시인의 축하 선물로 시 '꽃'을 친필 붓글씨로 써서 필자에게 선물했다. 이 글씨는 그대로 시인의 고향인 경남 통영에 시비로 새겨져 있다. 이 친필에는 '의미' 대신 '눈짓'이다. 아마 '의미'란 말이 너무 직설적인 데다 첫 연에 나오는 '몸짓'과 대비시키려고 '눈짓'으로 고친 것 같다.

바. 또 이 친필 글씨에는 두어 군데 시의 행바꿈이 시집과 다른 것이 있다.

① 위의 제3연을 이렇게 고쳤다.

누가 나의 이름을 불러다오. <u>그에게로 가서</u>
<u>나도</u> 그의 꽃이 되고 싶다.

② 마지막 연을 다음과 같이 바꾸었다.

우리들은 모두
무엇이 되고 싶다.
↓
우리들은 모두 무엇이 되고 싶다.

①의 경우 원시의 3행을 2행으로, ②는 2행을 1행으로 줄인 것인데, 읽기에 훨씬 매끄럽고 ①에서는 '나도'가 강조되어 악센트가 주어지게 되므로 낭송에 크게 참고가 된다.

⑿ **뼈저린 꿈에서만 (전봉건)**

가. 경연대회에 거의 빠짐없이 나오고 상도 많이 타는 낭송용 명시인데, 이 낭송은 음감으로는 고향에 두고 온 어머니를 생각하는 사모의 정이 아주 절절하다. 그러나 그 절절한 생각이 먼저 앞서고 표현이 좀 뒤처지는 감이 있다. 낭송이 템포가 너무 처지고 음정의 부침이 심하기 때문이다.

재래식으로 너무 천천히 읽음으로써 감정의 이완감이 생겨 절실한 긴박감이 둔화되고, 소리가 주기적으로 높았다 낮았다 하면서 낮은 음에서 침몰해 버리는 낱말들이 많아 시의 전달력이 약해졌다.

3분이 훨씬 넘는 이런 긴 시는 여간한 변화와 속도를 주지 않고는 듣는 사람이 지루해지기 쉽다.

나. 이 시에는 연구(連句)가 자주 나온다.

① 개울 물에 어리는 풀포기 하나
　 개울 속에 빛나는 돌멩이 하나

② 우물가에 늘어선 미루나무는 여섯 그루
　 우물 속에 노니는 큰 붕어도 여섯 마리

③ 그러나 아무리 애써도 한 가지만은
　 그러나 아무리 몸부림쳐도 그것만은

④ 강이 산으로 변하길 두 번
　 산이 강으로 변하길 두 번

제1연과 제2연 사이에는 이런 중복법도 있다.

① 그렇습니다. 고향의 것이라면

무엇 하나도 빠뜨리지 않고
지금도 똑똑하게 틀리는 일 없이
얼마든지 그리겠습니다.

② 그렇습니다. 고향의 일이라면
   무엇 하나 빠뜨리지 않고
   지금도 생생하게 틀리는 일 없이
   얼마든지 말하겠습니다.

또 제4연에서는 이렇게 겹친다.

① 어머님
   꿈에 보는 어머님 주름살을
   말로 하려면 목이 먼저 메이고

② 어머님
   꿈에 보는 어머님 주름살을
   그림으로 그리려면 눈앞이 먼저 흐려집니다.

이런 연구나 중복법 등은 음률을 생성시키는 데 큰 작용을 하고 또 이것은 시인의 의도적인 기도이기는 하지만, 이런 긴 시의 경우 자꾸만 되풀이되는 듯한 구절들을 적절히 잘 변환시켜 가지 않으면 자칫 같은 음악의 반복처럼, 또 중언부언처럼, 듣는 사람을 식상하게 할 우려가 있다.

다. 첫 연의,

<u>개울</u> 물에 어리는 풀포기 하나

개울 속에 빛나는 돌멩이 하나

　여기서 낭송자는 이 '개울'을 [개:울]로 장음 발음을 하고 있는데, 이런 발음은 종래 낭송가들의 버릇이던 이상하게 꼬부라지는 어투다. 이것은 비단 한 낱말의 발음 잘못에 그치는 것이 아니라 낭송 전체의 뉘앙스에 역한 감정을 일으키는 것이므로 조심해야 한다.

　라. 띄우고 붙이기에서도,

①　그림으로 그리려면 눈앞이 먼저 흐려∨집니다.
②　뼈저린 꿈에서만 뫼시는 어머님∨이시여.

　이렇게 띄어 읽고 있는데, 음률상 일부러 띄어 읽고 싶은 곳이 아니라면 한 마디 말을 두 마디로 쪼개는 것은 듣기에 아주 어색하다. 이 중에 (1)의 경우는 어느 정도 연음의 뒷받침이 되고는 있다.

⒀ 목마와 숙녀 (박인환)

　가. 도시적 우울과 애상이 담긴 감각적 언어의 시를 감각적 성색으로 잘 표현한 낭송이다. 이 시 또한 오래도록 애송되는 낭송시인 것은 그 이미지와 분위기와 음률감 때문이겠는데, 낭송자는 야단스러운 감정 없이도 낱말 하나하나의 살아 있는 표정으로 시 전체를 감응력 있게 그리고 있다.

　나. 이 낭송의 특성은 시어의 색감이 아주 좋다. 시어의 어감 하나하나에 정감이 묻어 있다. 이 시어의 정감만 가지고도 시 전편을 공감시킬 수 있다. 또 발성이 점액질이다. 낱말들이 끈끈하여 낱말끼리 짝짝 달라붙는 느낌이다. 그래서 시 전체의 연결감과 리듬감이 두드러진다. 연극

에서 명배우는 걸음을 걸을 때 발바닥이 무대 바닥에 짝짝 달라붙는다. 명낭송가의 어법은 명배우의 보법 같아야 한다.

다. 완급의 호흡 조절이 절묘하다. 그래서 별다른 고저가 없으면서도 내면의 격정이 드라마틱하다.

문학이∨∨죽고∨∨인생이∨∨죽고

여기서 완만히 흐르다가,

술병이 바람에 쓰러지는 소리를 들으며
늙은 여류작가의 눈을∨바라다보아야 한다.

이런 데서는 급물살을 탄다. 또,

눈을 뜨고 한 잔의 술을∨∨마셔야 한다.
한탄할 그 무엇이 무서워서 우리는∨∨떠나는 것일까.

이런 긴 휴지가 행간에서 잠시 명상에 잠기게 한다.

라. 이 낭송을 들으며 느끼는 것은 듣는 사람이 참 편안하다는 것이다. 상당히 자연스럽다. 가을날 정원의 벤치에 앉은 듯한 안식감을 준다. 듣는 사람을 불안케 하거나 불유쾌하게 하거나 긴장시키거나 하는 낭송이 전혀 아니기가 쉽지 않은 것이다.
　시인은 불면의 밤의 독자를 잠재우기 위해 자신은 불면의 밤을 새우는 사람이다. 시는 그런 안정제이기도 한 것이요, 따라서 시낭송 또한 듣는 사람을 편안하게 해줄 줄 알아야 한다.

⑭ 행복 (유치환)

가. 한 시인으로서 낭송의 진폭이 가장 큰 시들을 쓴 시인이 청마다. 그에게는 힘찬 남성운의 시가 있는가 하면 아주 부드러운 여성운의 시도 많다.

이렇게 시의 음역이 넓은 시인은 흔치 않다. 그의 시집은 시낭송가를 지망하는 사람들에게 좋은 연습곡집이 될 수 있다.

나. 역시 인기 있는 낭송시 중의 하나인 이 시를 낭송자는 매우 다감한 감성을 가지고 애틋하게 읽고 있다. 시의 정조가 스미듯 젖어든다. 다만 애태우느라 전체적으로 너무 숨죽여 읊었다.

다. 맨 첫머리의,

– 사랑하는 것은
　사랑을 받느니보다 행복하나니라.

마지막 연에서 다시 되풀이되는 이 선언적 경구는 시 전체의 주제와도 같다. 이 시는 이 첫 구절에서부터 압도해야 한다.

그래서 시집에서는 다음 행에 바로 붙어 있지만 낭송에서는 별개의 연처럼 따로 떼어서 읽고 싶다. 낭송도 본문과는 어조가 다른 편이 낫다.

시인이 왜 굳이 대시(–)로 시작했을까. 이 대시의 숨은 뜻을 살리자면 음악의 못갖춘마디를 생각하면 된다. 못갖춘마디의 곡이 첫머리에서 일정한 박자를 쉬고 곡을 시작하듯이 이 시 구절도 처음에 호흡을 반 박자쯤 쉬고 들어가는 느낌으로 시작하는 것이 좋다.

그런 느낌을 주려면 무거운 물건을 들 때 살짝 반동을 주어 가볍게 들듯이 착 가라앉은 목소리로 살짝 들어올리면서 읊기 시작해야 할 것이다.

라. 그리고 나서 이어지는 제3행부터 제2연의 끝까지는 우체국 안의 상황 설명이므로 앞서 본문의 '레치타티보'(서창)항에서 언급했듯이 나레이션 식으로 읽는 것이 옳겠다. 이런 서술적 구절들을 감정적으로 시 읽듯이 읽기 시작하면 시 전체가 부자연스러워진다.

마. 제3연의,

세상의 고달픈 바람결에 시달리고 나부끼어
더욱 더 의지 삼고 피어 헝클어진 인정의 꽃밭에서
너와 나의 애틋한 연분도
한 망울 연연한 진홍빛 양귀비꽃인지도 모른다.

여기서는 시인의 북받치는 심회가 토로된 것이니 격정을 밀어 올리면서 앞 연과 대비시키는 것이 좋다.

그 뒤로 다음 연에서 제1연의 맨 첫 구절이 반복되는데, 이 2행은 아직도 격정의 여진이 남아 있는 상태이므로 아무 사전 감정 없이 시작하는 맨 첫 2행과는 다르게 표현되어야 한다.

바. 마지막 연 맨 마지막의,

오늘도 나는 너에게 편지를 쓰나니
— 그리운 이여 그러면 안녕
설령 이것이 이 세상 마지막 인사가 될지라도
사랑하였으므로 나는 행복하였네라.

여기서도 대시가 등장하는데, 이 행은 편지의 한 구절일 수도 있고 편지를 부치고 나서의 인사일 수도 있지만, 어떻게든 대시의 뉘앙스를 살려 내야 한다.

그리고 마지막 행의 '사랑하였으므로'는 한마디로 요약된 이 시의 포인트이므로 특히 힘주어 읽어야 하고, 이것을 강조하자면 그 뒤를 한참 동안 띄어 소리의 여백을 두는 것이 효과적이다.

사. 이 시에는 제2연과 제3연의 마지막 행에 각각 3음절의 3연속이 나온다.

① 슬프고 ⌣ 즐겁고 ⌣ 다정한 ⌣ 사연들을 보내나니.

② 한⌢망울 ⌣ 연연한 ⌣ 진홍빛 ⌣ 양귀비꽃인지도 모른다.

이 3 · 3 · 3의 묘미를 연음의 물결로 살려야 시가 더 출렁인다.

⒂ 자화상 (서정주)

가. 미당 시인의 첫 시집인 〈화사집〉의 맨 첫머리에 나오는 시이므로 미당의 제1시라 할 시다. 1991년 영화배우 윤정희 씨가 이 시집의 전편을 낭송해서 카세트 테이프로 취입할 때 시인은 이 시를 두고 "가족 상황 속에 놓인 내 자신을 소개하는 시이니까 특별한 주관적 감정을 배제하고 내레이터의 마음으로 읽으면 될 것이다"라고 조언했다.

나. 낭송은 전체적으로 고저와 완급의 변화가 경청할 만하다. 대신 어딘지 유창한 멋과 세련된 맛이 모자란다. 시낭송은 매끄러워야 율동감이 생긴다.

다. 이 시는 먼저 각 연의 구조에 주목해야 한다.
3개의 연 가운데 첫 연은 행들이 아주 길었다 짧았다 하면서 불규칙적인 데 비해 둘째 연과 셋째 연은 5행씩 짝을 맞추어 짧게 가지런히 행

바꿈하고 있다. 이럴 때 첫 연은 시인 자신의 주문이 아니더라도 서술적으로 읽는 것이 좋고, 제2, 제3연에서는 규칙적인 음률로 전환되는 것이 바람직하다.

서술적으로 읽자면 긴 행에서는 시구를 자주 끊지말고 긴 호흡으로 단숨에 읽어 내려가다가 짧은 행에서는 늘어지다가 해야 한다. 낭송자가 상당히 이 시도를 하고는 있으나 미진하다.

① 애비는∨종이었다.∨밤이 깊어도∨오지 않았다.∨
    파뿌리같이∨늙은 할머니와∨대추꽃이 한 주∨서 있을 뿐이었다.

첫 2행은 이렇게 천천히 띄어 읽다가 다음 행에서 속도를 붙인 것은 좋으나,

② 갑오년이라던가∨바다에 나가서는∨돌아오지 않는다 하는∨
    외할아버지의∨ 숱 많은 머리털과∨
    그 커다란 눈이∨나는∨ 닮았다 한다.

여기서는 이렇게 끊어 읽고 있는데, 더 연결감이 있어야 한다.

라. ①의 맨 첫머리에서 대개의 낭송자들은 '애비는⌒종이었다'로 예사로 붙여 읽는다. 낭송 첫마디의 '애비'란 말은 좀 엉뚱한 서두여서 무슨 말인지 듣는 사람이 놓치기 쉬우므로 이 낭송자처럼 '애비는' 다음에 약간의 여운을 두어 사이를 띄우되 '애비'를 더 천천히 발음하는 것이 좋다.

②의 '갑오년이라든가'는 방백처럼, 무거운 자루를 툭 던지듯이 던지며 읽을 일이다.

마. 제2연의 시작인,

스물세 해 동안 나를 키운 건 <u>팔 할</u>이 <u>바람</u>이다.

이 구절은 이 시의 키워드(key word) 같은 것이므로 낭송을 숙고해야 한다. 악센트를 '팔 할'에 둘 것인지 '바람'에 둘 것인지, 아니면 둘 다에 둘 것인지, 낭송자의 판단에 달렸다.

⒃ 길 (김기림)

가. 〈길〉은 김기림 시인의 수필집 〈바다와 육체〉에 산문의 하나로 실린 것이다. 그러나 시로서도 훌륭한 산문시임에 틀림없고, 널리 애송되고도 있다.

이 수필집에는 〈관북기행〉같이 연작시 형식의 것도 있고 〈기적〉같이 '산문시'라고 명기된 것도 들어 있다. 반대의 경우는 정지용 시인의 시집 〈백록담〉이다. 이 시집에는 수필에 가까운 글들이 끼여 있다.

〈길〉은 시와 산문의 경계를 넘나드는 시이므로 낭송도 그 경계선상에서 시도해 봄직하다.

나. 이 낭송은 낭랑한 음감이 아주 쾌미(快味)있다. 졸깃한 어법이 감흥을 돋운다. 그런데 템포가 좀 처진다.

이 시는 전편을 속도감을 가지고 내레이션 형식으로 읽어야 할 것이다.

나의 소년 시절은∨은빛 바다가 엿보이는∨그 긴 언덕길을∨어머니의 상여와 함께∨꼬부라져∨돌아갔다.

낭송자는 이 첫 줄부터 이렇게 습관적인 끊고 맺음으로 읽는데, 멀리 꼬부라져 돌아가는 길처럼 한 가닥으로 길게 호흡하며 읽는 것이 시각적이겠다. 그리고 어린 시절에 대한 아득한 시선으로 삼삼하게 읽지 않고 너무 힘주어 읽는다.

다. 마지막 연에서도,

할아버지도∨언제 난 지를 모른다는∨마을 밖∨그 늙은 버드나무 밑에서
∨나는∨지금도∨돌아오지 않는∨어머니, ∨돌아오지 않는∨계집애, ∨돌아
오지 않는∨이야기가 돌아올 것만 같아∨멍하니∨기다려 본다.

이렇게 읽고 있으나 '할아버지도 언제 난 지를 모른다는 마을 밖 그 늙
은 버드나무 밑에서'까지는 단숨에 읽고 다음에 오는 '돌아오지 않는'의
연창에서 속도를 확 낮추는 완급이 훨씬 설화적일 것이다.
　여기서 '돌아오지 않는'이 세 번에 '돌아올 것만 같아'까지로 네 번째
겹치는데, 이것은 돌-돌-돌-돌 하는 '돌'에 똑같은 강박(强拍)을 주면
서 가지런히 줄 세워야 음률 효과가 있다.
　그리고 돌아오지 않는 것 중에는 '돌아오지 않는 이야기'가 가장 시적
인 연상으로, 가장 시적인 것은 가장 비산문적이어서 '이야기'를 또렷하
게 전달하지 않으면 못 알아듣기 쉽다.

라. 제4연의,

그 강가에는 봄이, 여름이, 가을이, 겨울이 나의 나이와 함께 여러 번 댕
겨 갔다.

여기 나오는 춘하추동 사계절을 똑같은 속도로 읽는 것은 듣는 사람
이 다음에 어느 계절이 나온다는 것을 뻔히 짐작하고 있으므로 답답하
다. '가을이' 다음을 좀 빨리 읽어 속도 변화를 주는 것이 좋다.

마. 이 시에는,

① 그 긴 언덕 길을

② 그 길 위에서

③ 그 길을 넘어

④ 그 강가에는

⑤ 그 늙은 버드나무 밑에서

이렇게 '그'가 자주 나온다. 이것은 시행의 문맥을 분명히 하기 위한 것이기도 하지만, 그보다는 문장의 음운상 호흡을 조절하기 위한 것임을 알아야 하고 그 호흡법에 잘 호응해야 한다.

⒄ 풀 (김수영)

가. 이 시가 민초(民草)의 저항시인지 아닌지는 해석자의 자유지만, 2007년에 재능교육과 한국시인협회 주최로 전국 초·중·고 국어 교사를 대상으로 한 '학교에서 시를 어떻게 가르칠 것인가'라는 주제의 강습회를 개최했을 때 교과서에 나오는 이 시를 무조건 저항시라고 너무 도식적으로만 가르치지 말라고 문제 제기를 한 시인도 있었다.

나. 낭송은 품격이 있으나 그럼에도 불구하고 바람에 누웠다 일어났다 하는 풀의 군무가 기세 있게 그려져 있지 않다. 드러눕는 풀에 동정을 해서인지 좀 불쌍하게 읊고 있다.

풀이 눕는다.

비를 몰아오는 동풍에 <u>나부껴</u>
풀은 <u>눕고</u>
드디어 울었다.
날이 흐려서서 더 <u>울다가</u>
다시 <u>누웠다</u>.

낭송은 이 첫 연에서부터 마지막 연까지 행마다 머리는 강박(强拍)이고 꼬리는 약박(弱拍)이다. 특히 어미들이 너무 기어들어간다. '눕는다', '울었다'라는 말들이 겹쳐 나오기 때문에 어조도 같이 눕고 같이 울어 버린 것인지는 몰라도, 모든 행들이 한결같이 강박-약박으로 정형적인 것은 듣기에 실미 난다. 그리고 풀이 눕더라도, 풀이 울더라도, 바람에 쓸리는 것이니까 기상이 죽어서는 안 된다. '풀'이라는 낱말부터 어감이 뻣뻣해야 한다.

다. 별로 길지 않는 이 시를 정리해 볼 때 자꾸 반복되는 몇몇 어구를 빼고 나면 다른 어구는 몇 개 안 된다.

① 눕는다 – 눕고 – 누웠다 – 눕는다 – 눕는다 – 눕는다 –
　눕는다 – 누워도 – 눕는다

② 울었다 – 울다가 – 울고 – 울어도

③ 풀 – 풀 – 풀 – 풀 – 풀
④ 바람보다도 – 바람보다도 – 바람보다 – 바람보다 –
　바람보다 – 바람보다 – 바람보다

결국 이 네 가지 어구의 반복과 순환이기 때문에 낭송을 듣고 나면 이 말들만 귀에 남게 되어 있다. 이것이 시인의 고의다. 낭송은 이 고의를 충분히 의식해야 한다.

라. 맨 마지막 행의,

날이 흐리고 <u>풀뿌리</u>가 눕는다.

여기서 낭송자가 '풀∨뿌리'로 띄어 읽는 것은 어색하다.

⒅ 별 헤는 밤 (윤동주)

가. 이 시도 시대를 초월해 꾸준히 애송되는 낭송시 중의 하나다. 모든 멀리 있는 것에 대한 아스라한 그리움과 이국 정서 같은 것이 난해함이 없는 시어들과 유니크한 릴리시즘에 힘입어 아련한 동경심을 불러일으키기 때문일 것이다.

이 낭송자의 낭송은 음성이 아주 맑고 또렷하고 어세가 매우 단단하다. 빈틈이 없어 보인다. 오히려 그것이 약점이다. 또박또박하게만 읊고 있고 일정한 강도와 일정한 보조로만 읊고 있다.

나. 이 시는 다른 시들에서는 보기 드물게 연별로 행수의 변화가 많다. 2행짜리, 4행짜리, 5행짜리, 6행짜리, 산문체, 이렇게 다양하다. 행수에 따라 전혀 다른 호흡의 낭송이 가능한데, 바로 이 변형의 혼재가 시어들과 함께 이 시 특유의 릴리시즘을 만들고 있다는 것을 낭송자는 감지해야 한다.

다. 처음 몇 행의 낭송을 들어 보자.

계절이 지나가는 하늘에는∨
가을로∨가득∨차∨있습니다.

나는∨아무 걱정도 없이∨

가을 속의 별들을∨다∨헤일 듯합니다.

가슴 속에∨하나∨둘∨새겨지는 별을∨

이제 다∨못 헤는 것은∨

쉬이∨아침이 오는 까닭이요,∨

내일 밤이 남은 까닭이요,∨

아직∨나의 청춘이∨다하지 않은∨까닭입니다.

이렇게 흔히 읽듯이 읽고 있으나 제1연과 제2연, 아니면 제3연의 첫 2행만이라도 호흡을 자꾸 끊지 말고 연달아 읽었으면 시작의 분위기가 훨씬 자연스러워졌을 것이다.

라. 제4연에서 '별 하나에...' 하고 별을 연달아 여섯 번 헤아리는 것을 대개의 낭송자는 일정한 간격으로 읽는데 이 낭송자는 그런대로 간격의 차이를 두고 있다. 더 붙이고 벌리고 해도 된다. 다만 별을 너무 개수 세듯 헤아리고 있어서는 안 된다.

마. 제4연 맨 끝의,

별 하나에 어머니, 어머니.

다음 제5연이 다시 '어머님'으로 시작되고 있기 때문에 '어머니'가 세 번이나 연속된다. 그렇다면 이 '어머니'들을 어떻게 읽을 것인가. 이 낭송자는 제4연의 두 '어머니'를 똑같은 어조로 연달아 부르고 있는데 이런 때는 앞의 '어머니'에 악센트가 실리는 것이 듣기 좋다.

바. 제5연의 산문체 연은 속도감을 가지고 읽어야 할 곳이고, 마지막

연의 대단원은 낭송자가 조금 기분을 내려다 만 느낌이지만 심포니의 종 장처럼 더 고조시켰으면 싶은 곳이다.

사. 길이도 길고 연마다 행수의 변화가 많으므로 이런 시는 음색과 음 감이 다른 여러 사람이 나누어 윤송을 하면 이 시의 특성을 살리는 데 효 과가 있을 것이다.

⒆ 모란이 피기까지는 (김영랑)

가. 시 세계도 아름답고 율조도 아름다운 유미주의 시요, 그 시미(詩 美)에 알맞은 음색의 낭송이다. 그러면서도 낭송은 우선 시 텍스트의 띄 어쓰기 맞춤법에 너무 충실하다. 빈 칸마다 거의 칸칸이 띄운다. 맨 마 지막 몇 행을 한번 따라 읽어 보자.

모란이 지고 말면∨그 뿐∨내∨한∨해는∨다∨가고 말아∨
삼백∨예순 날∨하냥∨섭섭해∨우옵내다.∨
모란이 피기까지는∨
나는∨아직∨기다리고 있을테요,∨찬란한∨슬픔의∨봄을.

이렇게 읽자니까 말을 더듬거리는 느낌이요, 흐르는 시냇물이 돌밭을 지나가는 것 같다. 아름다운 모란꽃의 꽃송이를 꺾어다가 꽃잎을 일부러 한 잎씩 떼어 길바닥에 흩어 놓은 듯한 인상을 준다.

나. 꽃이 모란인 것은 시인의 집 장독대 곁에 모란꽃밭이 있었기 때문 이기는 하겠지만 '모란'이라는 말의 그 맑고 동그란 어감 때문이기도 할 것이다. 이 어감처럼 맑게 시 전편을 흐르는 순수한 서정이 흐려져서는 안 되고, '모란'의 발성도 입을 오므려 예쁜 소리를 만들어야 한다. 어조 또한 슬프기만 할 것이 아니라 그야말로 찬란해야 한다. 그러자면 '찬란

한 슬픔'이란 낱말을 발음할 때도 '슬픔'보다는 '찬란한'에 악센트를 주는 것이 좋다.

다. 12행의 전연으로 된 이 시 중 제5~10행의,

↑ 오월 어느 날 그 하루 무덥던 날
↑ 떨어져 누운 꽃잎마저 시들어 버리고는
↑ 천지에 모란은 자취도 없어지고
↑ <u>뻗쳐 오르던 내 보람 서운케 무너졌느니</u>
↓ 모란이 지고 말면 그뿐 내 한 해는 다 가고 말아
↓ 삼백 예순 날 하냥 섭섭해 우옵내다.

제5행에서부터 톤이 차츰차츰 점증되기 시작하다가 제8행에서 고조에 달한 뒤 다시 차츰 점감되는 감정의 점진법이 시의 정조를 물살 타게 할 것이다. 낭송자가 어느 만큼 시도를 하고는 있으나 좀 미약하다.

라. 제3행의,

모란이 **뚝뚝** 떨어져 버린 날

여기서 '뚝뚝'을 '뚜우욱 뚜우욱'으로 너무 길게 빼고 있고, 대개의 시낭송자들이 의태어를 습관적으로 이런 식으로 표현하는데, 이런 독법이 실감을 더하게 하는 것 같지만 너무 과장하면 오히려 동화 구연적인 것이 되어 시적인 흐름에 방해가 된다는 것을 알아야 한다.

마. 이 시는 '있을테요', '잠길테요', '우옵네다'처럼 남도의 방언 같은 옛스러운 말들이 분위기를 한층 단아하게 한다. 그렇다면 이 시의 원시

에는 제2행이,

> 모란이 피기까지는
> 나는 아즉 나의 봄을 기둘리고 있을테요,

로 되어 있는데, '아즉'은 현대어인 '아직'으로 고치더라도 '기둘리고'는 그대로 살려 읽는 것이 '있을테요'와 어깨동무가 되지 않을까 싶기도 하다.

⒇ 이름 없는 여인이 되어 (노천명)

가. 세상에서 숨고 싶은 여인의 고독을 낭송은 표준어처럼 읽고 있다. 그러다 보니 호소력이 약하다.

나. 여기서 생각나는 것이 낭송을 위한 낭송이다. 시를 너무 시로 의식하고 낭송하고 있는 경우다.

이 낭송자만은 아니지만, 이 낭송도 얼른 들으면 아무 허물이 없는 것 같으면서도 이 시의 결벽스런 이미지가 잘 전달되지 않은 것은 시를 솔직한 감정으로 읽지 않고 일반적인 시낭송의 격식에 따라 읽고 있기 때문이다.

다. 이 시에는 첫 연에서,

> 초가 지붕에 박넝쿨 올리고
> 삼밭엔 오이랑 호박을 놓고
> 마당엔 하늘을 욕심껏 들여 놓고
> 밤이면 실컷 별을 안고

이렇게 시행의 말미에 '고'가 자꾸 겹쳐 나온다. 이것은 서양시의 각운 같은 것이므로, 낭송은 이것을 의식하고 이 운을 듣는 사람이 얼른 감지할 수 있게 발성해야 할 것이다.

라. 시의 한 글자는 소중한 것이다. 시낭송자는 시의 글자 한 자라도 정확한 발음에 소홀할 수 없다.

① 나는 <u>이름</u> 없는 여인이 되고 싶소

② <u>놋양푼</u>의 수수엿을 녹여 먹으며

이 시의 낭송자는 ①에서 '이름'을 '이ː름'처럼 발음하고 있고, ②에서는 '놋양푼'이 혀가 잘 돌아가지 않는 말인데도 얼른 넘어가려고 한다. '놋양푼' 같은 말은 한자 한자 띄어 읽듯이 되풀이 연습하여 입에 충분히 익힐 필요가 있다.

'놋양푼의'의 '의'는 시낭송자들이 어느 시에서나 '에' 같은 음의 단모음으로 읽어 버리는 경우가 많은데, 노래에서는 가사의 '의'에 매겨진 음부가 하나뿐이므로 단모음인 '에' 발음을 권하고 있지만 시낭송에서는 구애받을 필요가 없으므로 '으'와 '이'를 이으면서 확실하게 복모음으로 발음해 주어야 한다.

⑵⒈ 나그네 (박목월)

가. 한국 서정시의 절정이라고까지 말해지는 이 시는 혼자 독음(獨吟)하기는 좋으나 남 앞이나 경연대회에 나가 읽기에는 길이가 너무 짧다. 그래서 여기서는 여러 낭송자가 합송을 하며 두 번 되풀이하고 있다.

낭송은 이 시의 선명한 시각적 이미지와 변형 7·5조의 민요적 해조(諧調)를 좀 형식적으로 읊고 있다. 합송의 성량에도 불구하고 낭송이 평탄하고 얇다.

나. 독송이건 합송이건 이 시는 간결하기 때문에 우선 시행이나 시구 이전에 시어 하나하나부터 영롱하게 다듬어야 한다. 통틀어 20개도 안 되는 낱말들의 모자이크이므로 이 시의 색조는 낱말들의 색감에 달렸다.

한마디 한마디가 한 편의 시인 것처럼 온 정감으로 색칠해야 한다. 그러자면 한마디 한마디를 모두가 각각 주제어인 것처럼 부각시키며 읽어야 한다.

다. 이 시는 크게 보면 음운상 전편이 유성음인 'ㄴ'과 'ㄹ'의 콤비네이션이다. (∾표는 연음, ― 표는 여음)

강나루 ∾ 건너서 ――
밀밭 길을 ――
구름에 ∾ 달 ∾ 가듯이 ――
가는 ∾ 나그네

길은 ∾ 외줄기 ――
남도 ∾ 삼백리

술⌒익는 ∾ 마을마다 ――
타는 ∾ 저녁 놀 ――
구름 ∾에 달 ∾ 가듯이 ――
가는 ∾ 나그네

이렇게 종성(받침)이 있는 낱말은 거의 'ㄴ'이나 'ㄹ'이다. 이것이 이 시의 주음조를 만든다. 'ㄴ'과 'ㄹ'은 가장 연음 효과가 탁월한 자음이다. 그래서 이 시는 모든 낱말 사이를 길게 연음으로 연결시키고 행의 끝에서는 여음으로 여운을 뽑으면서 읽어야 이 시의 뛰어난 리듬감을 표출시킬 수 있다.

그리고 '나그네'란 낱말만 해도 '가는 나그네'라고 할 때 겹치는 'ㄴ'들의 연창이 긴 울림의 여운을 남기게 해야 하는 것이다.

이 연음과 여음은 외줄기 길을 나그네가 팔을 저으면서 천천히 걸어가는 걸음걸이와 보조를 맞추는 것이다.

라. 짧은 시를 반복해 읽을 때 첫 번과 꼭 같은 어조와 보조라면 되풀이할 이유가 별로 없다.

이 합송에서 낭송의 템포가 느릿한 것은 나그네의 한가로운 걸음걸이를 연상시키는 것이어서 괜찮으나, 두 번째 반복 낭송에서는 변주를 시도해 볼만하다. 시 구절은 속도의 변화를 주어 좀 빨리 읽되, 이럴 때는 연과 연 사이를 훨씬 더 띄어서 휴지의 시간적 간격을 많이 두어야 전체적으로는 느린 템포감을 주게 된다.

마. 합송을 하자면 음색들의 화음이 일체감이 있어야 하고, 합송이라고 해서 전체 어감이 무감정하거나 음감의 표정이 무표정해서는 안 된다.

⑵ 광야 (이육사)

가. 시 한 편을 낭송하면서 이만큼 또렷한 발성의 기본을 갖추기도 힘들다. 그러나 광막한 땅의 광활한 대륙적 기풍을 굵게 읽어야 하는데 낭송은 호기와 기백이 없다.

나. 이런 시일수록 첫 행 첫 음의 키(key)를 잘 잡아야 한다. 그것이 시 전체의 톤을 끝까지 지배한다.

까마득한 날에
하늘이 처음 열리고
어디 닭 우는 소리 들렸으랴

'까마득한 날에'에서부터 힘이 뻗쳐 있어야 하고 무게가 실려 있어야 한다. 그래서 가슴을 크게 펴고 호활(豪活·호방하고 활달함)하고, 호활(浩闊·막힌 데 없이 넓음)한 호흡으로 시 전편이 이어져 가야 하는 것이다.

다. 무게 있게 읽는다고 템포가 느리기만 해서는 안 되고 목소리가 가라앉기만 해서도 안 된다. 힘을 실으려면 속도가 뒤따라야 하고 때로는 목청을 돋우어야 한다.

라. 제4연의,

내 여기 <u>가난한 노래의 씨</u>를 뿌려라

이 시에서 '가난한 노래의 씨'는 민족정신을 담은 것이라고 할 수 있겠는데, 이 대목에서는 비장해야 한다.
여기서도 '노래의'의 '의'를 '에'로 잘못 발음하고 있다.

마. 마지막 연의,
다시 천고의 뒤에
백마 타고 오는 초인이 있어
이 광야에서 목놓아 부르게 하리라

여기 와서는 '천고의 뒤에 백마 타고 오는 초인'이 주는 거상(巨像)의 이미지를 낭송은 거창하게 그려내야 한다. 낭송에서 '백마를 타고'는 텍스트의 잘못이다.

⑳ 빼앗긴 들에도 봄은 오는가 (이상화)

가. 1926년 한용운의 〈님의 침묵〉과 같은 해에 발표된 이 시도 낭송시로서는 늙지 않고 학생층으로부터 성인에 이르기까지 폭넓게 애송되어 온다. 저항정신의 직정적인 울분과 비교적 자유스러운 행매김이 낭송의 의욕을 유혹한다 할 수 있다.

이 낭송자는 망국한의 비애를 상당한 음질을 가지고 토로하고 있으나 전체적으로는 질서가 너무 정연해서 분노가 좀 모자란다.

나. 첫 구절,

지금은 남의 땅 — 빼앗긴 들에도 봄은 오는가?

이 구절은 뒷부분이 시의 제목이기도 해서 귀에 너무 닳았기 때문에 예사로 읽고 넘어가는 낭송자들이 많다. 그러나 이 시는 시의 정신이 이 한 줄에 함축되어 있기 때문에 처음부터 이 구절을 속으로 격정을 가지고 읽어야 한다. 통분과 비탄과 절규가 이 한 행 속에 다 들어 있어야 하는 것이다.

더러는 이 시를 제목부터 잔뜩 힘을 들여 읽는 낭송자들이 있으나 제목에서 미리 김을 빼 버리면 본문에서는 싱거워진다.

다. 시낭송에는 감정의 논리라는 것이 있다. 시적 감정이 일관된 맥락을 유지해야 하는 것이다.

이 시의 첫 구절 다음에 이어지는 연,

나는 온 몸에 햇살을 받고
푸른 하늘 푸른 들이 맞붙은 곳으로
가르마 같은 논길을 따라 꿈 속을 가듯 걸어만 간다.

이 연에서 이 낭송자는 갑자기 톤을 바꾸어 목소리가 가라앉고 있다. 이 연만 따로 떼어서는 조금도 격분할 내용이 아니라 하더라도 앞 행에서 격분했으면 그 분노를 어느 정도 머금은 채 감정을 진정시키기 시작해야지 갑자기 분노를 잊어버리고 있어서는 어색하다. 감정의 논리가 비약한 것이다.

이 시가 피압박의 아픔에 그치는 것이 아니라 이것을 극복하려는 저항 의지를 함께 표명하는 것이라면 울상만 지을 것이 아니라 낱말 하나하나에 굳은 의지의 음조가 묻어 있어야 한다.

라. 위의 둘째 연과 마지막 행 바로 앞의 연에서,

① <u>푸른</u> 하늘 <u>푸른</u> 들이 맞붙은 곳으로

② <u>푸른</u> 웃음, <u>푸른</u> 설움이 어우러진 사이로

이렇게 '푸른'이 연달아 나올 때는, 특히 (2)에서 웃음과 설움 같이 '푸른'과 얼른 연결이 안 되는 표현일 때는 '푸른'을 강조해서 발음하는 것이 옳다.

마. 맨 마지막 구절,

그러나 지금은 ― 들을 빼앗겨 봄조차 빼앗기겠네.

이 결구(結句)는 맨 첫 기구(起句)와 대조를 이루는 것이고, 독립적으로도 하나의 절창을 이루는 것이므로 어떻게 강렬히 노래할 것인가는 각자가 상당히 고심해야 할 대목이다.

⑷ 바람 속에서 (정한모)

가. 무엇보다도 시를 선택하는 낭송자의 안목을 상찬해 줄 만하다. 지금까지의 명시들에 비해 남들이 별로 읽지 않는 좋은 낭송시를 찾아냈다. 좀 길기는 하지만 낭송의 요건이 잘 갖추어진 시다. 색다른 시라야 색다른 낭송이 있을 수 있다.

나. 이 시는 1부와 2부로 되어 있고, 1부는 한 행이 한 마디 또는 두 마디 낱말밖에 안 되는 극히 짧은 행들인 반면, 2부는 이와 대조적으로 행마다 유장한 산문식으로 구두점도 없이 아주 길다. 시인이 일부러 대치시킨 것이다.

시는 일반적으로 행들의 길이가 짤막짤막하기 때문에 문장으로서의 문맥이 간명하다. 어느 것이 주어이고 어느 것이 주동사인지를 한번 들으면 금방 알아차린다. 그러나 시행의 길이가 이 시의 2부처럼 길게 늘어져 버리면 귀로 듣기만 해서는 문장 구조를 얼른 간파하기 어렵다. 낭송은 이럴 때 천천히 읽어야 맥락을 좇아갈 것 같지만 그렇지 않다. 오히려 빠른 템포로 읽지 않으면 앞쪽과 뒤쪽이 연결성을 잃어버린다. 띄엄띄엄 읽고 있으면 그 사이에 주어가 무엇인지조차 잊어버리게 된다.

이 시는 주어가 바람이다. 2부에서는 이 주어가 긴 시 중 맨 앞에서 '바람은' 하고 시작하는 데와 마지막 연에서 '바람이여' 하고 시작하는 데의 두 군데밖에 안 나온다. 따라서 낭송은 한 줄기 바람이 쓸고 가듯 일관된 풍속을 가지고 밀고 나가지 않으면 주어를 잃어버린다. 연마다 긴 시행의 중간에 구두점이 하나도 없는 것에 유의할 필요가 있다. 너무 끊지 말고 연달아 바람처럼 한 숨에 내달으라는 말이다. 이 낭송자의 낭송이 별로 결함이 없는 듯하면서도 무슨 시를 읊었는지 귀에 잘 남지 않는 것은 바람이 너무 쉬엄쉬엄 불고 있기 때문이다.

다. 시낭송도 재미가 있어야 한다. 낭송에 5분이 넘게 걸리는 이런 시는 여간해서는 끝까지 재미가 있을 수 없다. 시낭송자는 듣는 사람이 재미있어 할 것인가를 언제나 염두에 두면서 읽어야 하고, 청중의 흥미를 늦추지 않게 하는 낭송 기법을 꾸준히 모색해야 한다.

라. 시낭송자 중에는 한 시에서 음량이 고르지 못한 사람들이 많다. 음량의 다소는 음의 고저나 강약과는 다르다. 그리고 이 낭송자는 음성의 부침이 심하다. 불분명한 발음이 더러 있고 시구의 뒤끝이 자꾸 흐려진다.

산처럼 <u>오연히</u> 표효하면
푸른 하늘 뿐 <u>외연한</u> 산악일 뿐

여기 나오는 '오연(傲然)히', '외연(巍然)한' 같은 희소한 한자어의 부사나 형용사를 예사로 넘겨서는 안 된다. 설령 분명히 발음해도 정확한 뜻을 모를 말이더라도 시어는 어감만으로도 웬만한 뜻이 전달 되는 것이다.

마. 시낭송자는 시를 선택해서 낭송을 시작할 때 텍스트의 정확성을 반드시 확인할 필요가 있다. 아무 시집이나 시집 하나만 믿어서는 안 된다. 시집에 따라 일부 어구가 다른 것이 많고 특히 인터넷 시들이 부정확하다.

이 낭송자의 텍스트도 이 시가 한국 신시 60년 기념시집인 〈한국시선〉에 처음 발표될 때의 원시와는 몇 군데 다른 데가 있다.

[총 평]

24편의 시낭송을 들었다. 1967년에 나온 우리나라 최초의 시낭송 음반에서 당시의 인기 성우들이 낭송한 것과 비교해 보면 시낭송도 크게 달라졌다는 것을 실감케 하는 시낭송 전문가들의 낭송이다. 그 사이에 시낭송 전문가가 탄생하여 시낭송의 수준을 한 격단 높이려고 애써 온 노력의 일단을 확인할 수 있다.

그러면서도 이 CD를 듣고 시낭송이 보다 더 대중 곁으로 가까이 다가가기위해 전체적으로 지적하고 싶은 점이 몇 가지 있다.

1. 또록또록과 또박또박은 다르다

첫째, 전반적으로 시구를 너무 또박또박 끊어서 읽는 느낌이다. 시어의 발음을 분명히 하겠다는 의도라면, 본문의 '명료할 것'에서 지적했듯이 또박또박 읽는 것이 또록또록 읽는 것인 줄 착각 하고 있는 경우다.

또박또박 읽는 것은 또 낱말의 띄어쓰기나 행 바꿈에 너무 얽매인 탓도 있을 것이다. 어느 경우든 시를 도식적으로 토막토막 끊어 읽기만 하면 시 전체의 흐름을 단속적이게 한다.

시에 따라서는 여음을 살리기도 하고 어음과 어음을 연결한 연음을 활용할 줄도 알아야 하는데, 이런 독법이 드문 것은 아쉽다. 좀 더 유연하고 자유스러운 낭송이었으면 싶다.

2. 리듬 감각이 부족하다

둘째, 많은 낭송자들이 의외로 시의 리듬을 잘 못 살리고 있다. 시를 또박또박하게만 읽거나 호흡 조절을 잘못하는 것은 리듬 감각이 둔감하기 때문이다. 시에서 리듬은 언제나 저절로 드러나는 것이 아니요 누구나 전달할 수 있는 것도 아니다. 그것을 찾아내고 표현하는 데는 상당한 감각이 필요하고, 이 감각은 많은 시를 읽는 수련을 통해 길러지는 것인데 낭송자들이 그런 노력에 태만한 것 같다. 게다가 그런 낭송자의 대부분이 자기의 리듬 감각 결핍증을 의식하지 못하고 있는 듯 하다.

3. 아무 시나 대체로 애상조다

셋째, 시낭송이 대체로 애상조다. 낭송자들이 그런 취향의 시를 애호하는 탓도 있고 또 그런 시일수록 낭송의 감정 표현이 쉬운 까닭도 있을 것이다. 그러나 그 때문에 밝고 명랑한 시조차도 습관적으로 자꾸 침잠해 버리는 경향이 있다. 그리고 더러는 목소리가 너무 연약한 데다 소리를 밖으로 내뱉지 못하고 안으로 삼킴으로써 애조를 더 띠게 하기도 한다. 그러니 시낭송이라면 으레 애조가 기조라는 오해를 청중들에게 인식시킬 우려가 있다.

4. 개성적인 낭송이 드물다

넷째, 낭송자들의 낭송을 가까이서 들으면 각각 다른 것 같지만 좀 떨어져 들으면 모두 엇비슷하다. 그만큼 음조나 어조가 유사하다. 대부분 표준적인 낭송일뿐 아주 파격적이고 개성적인 낭송은 과히 많지 않은 것이다. 시의 선택에서부터 표현 기법에 이르기까지 낭송자마다 더 폭넓은 낭송을 개발해야 시낭송이 다양해질 것이다.

5. 자연스럽고 감동적이어야 한다

다섯째, 대체로 어느 수준 이상의 낭송을 하고는 있으나 감미롭기만 할뿐 깊은 감동을 주는 낭송이 많지 않다. 뭉클하는 것이 덜하다. 감동이 없으면 아무리 예쁘게 낭송해도 잘 낭송한 것이 아니다. 그것은 시를 너무 시답게 읽으려고만 하기 때문이다. 그래서 전반적으로 템포부터 처져 있다. 자연스럽지 않은 것이다. 자연스러워야 감동이 생긴다. 대체로 낭송자들이 자연스러운 낭송에 대한 감각이 모자란다.

부록 I

낭송 클리닉 시집

진달래꽃

김소월

나 보기가 역겨워
가실 때에는
말없이 고이 보내 드리우리다

영변(寧邊)에 약산(藥山)
진달래꽃
아름 따다 가실 길에 뿌리우리다

가시는 걸음걸음
놓인 그 꽃을
사뿐히 즈려밟고 가시옵소서

나 보기가 역겨워
가실 때에는
죽어도 아니 눈물 흘리우리다

그 먼 나라를 알으십니까

신석정

어머니,
당신은 그 먼 나라를 알으십니까?

깊은 삼림지대를 끼고 돌면
고요한 호수에 흰 물새 날고
좁은 들길에 들장미 열매 붉어
멀리 노루새끼 마음놓고 뛰어다니는
아무도 살지 않는 그 먼 나라를 알으십니까?

그 나라에 가실 때에는 부디 잊지 마셔요.
나와 같이 그 나라에 가서 비둘기를 키웁시다.

어머니,
당신은 그 먼 나라를 알으십니까?

산비탈 넌지시 타고 내려오면
양지밭에 흰 염소 한가히 풀 뜯고
길 솟는 옥수수밭에 해는 저물어 저물어
먼 바다 물소리 구슬피 들려오는
아무도 살지 않는 그 먼 나라를 알으십니까?

어머니, 부디 잊지 마셔요.

그때 우리는 어린 양을 몰고 돌아옵시다.

어머니,
당신은 그 먼 나라를 알으십니까?

오월 하늘에 비둘기 멀리 날고
오늘처럼 촐촐히 비가 내리면
꿩소리도 유난히 한가롭게 들리리다
서리까마귀 높이 날아 산국화 더욱 곱고
노오란 은행잎이 한들한들 푸른 하늘에 날리는
가을이면 어머니! 그 나라에서
양지밭 과수원에 꿀벌이 잉잉거릴 때
나와 함께 그 새빨간 능금을 또오똑 따지 않으렵니까?`

님의 침묵

한용운

님은 갔습니다. 아아 사랑하는 나의 님은 갔습니다.
푸른 산빛을 깨치고 단풍나무 숲을 향하여 난 작은 길을 걸어서
차마 떨치고 갔습니다.
황금의 꽃같이 굳고 빛나던 옛 맹세는 차디찬 티끌이 되어서
한숨의 미풍에 날아갔습니다.
날카로운 첫 키스의 추억은 나의 운명의 지침을 돌려 놓고
뒷걸음쳐서 사라졌습니다.
나는 향기로운 님의 말소리에 귀먹고 꽃다운 님의 얼굴에 눈멀었습니다.
사랑도 사람의 일이라 만날 때에 미리 떠날 것을 염려하고
경계하지 아니한 것은 아니지만 이별은 뜻밖의 일이 되고 놀란
가슴은 새로운 슬픔에 터집니다.
그러나 이별을 쓸데없는 눈물의 원천을 만들고 마는 것은,
스스로 사랑을 깨치는 것인 줄 아는 까닭에, 걷잡을 수 없는 슬픔
의 힘을 옮겨서 새 희망의 정수박이에 들이부었습니다.
우리는 만날 때에 떠날 것을 염려하는 것과 같이 떠날 때에 다시
만날 것을 믿습니다.
아아 님은 갔지마는 나는 님을 보내지 아니하였습니다.
제 곡조를 못이기는 사랑의 노래는 님의 침묵을 휩싸고 돕니다.

청산도

박두진

산아. 우뚝 솟은 푸른 산아. 철철철 흐르듯 짙푸른 산아. 숱한 나무들, 무성히 무성히 우거진 산마루에, 금빛 기름진 햇살은 내려오고, 둥둥 산을 넘어, 흰 구름 건넌 자리 씻기는 하늘. 사슴도 안 오고 바람도 안 불고, 너멋 골 골짜기서 울어오는 뻐꾸기······

산아. 푸른 산아. 네 가슴 향기로운 풀밭에 엎드리면, 나는 가슴이 울어라. 흐르는 골짜기 스며드는 물소리에, 내사 줄줄줄 가슴이 울어라. 아득히 가버린 것 잊어버린 하늘과, 아른 아른 오지 않는 보고 싶은 하늘에, 어쩌면 만나도질 볼이 고운 사람이, 난 혼자 그리워라. 가슴으로 그리워라.

티끌 부는 세상에도 벌레 같은 세상에도 눈 맑은, 가슴 맑은, 보고지운 나의 사람. 달밤이나 새벽녘, 홀로 서서 눈물 어릴 볼이 고운 나의 사람. 달 가고, 밤 가고, 눈물도 가고, 틔어 올 밝은 하늘 빛난 아침 이르면, 향기로운 이슬밭 푸른 언덕을, 총총총 달려도 와 줄 볼이 고운 나의 사람.

푸른 산 한나절 구름은 가고, 골 너머, 골너머, 뻐꾸기는 우는데, 눈에 어려 흘러가는 물결 같은 사람 속, 아우성쳐 흘러가는 물결 같은 사람 속에, 난 그리노라. 너만 그리노라. 혼자서 철도 없이 난 너만 그리노라.

바라춤

신석초

언제나 내 더럽히지 않을
티 없는 꽃잎으로 살아 여러 했건만,
내 가슴의 그윽한 수풀 속에
솟아오르는 구슬픈 샘물을
어이 할까나.

청산 깊은 절에 울어 끊인
종소리는 하마 이슷하여이다.
경경히 밝은 달은
빈 절을 덧없이 비초이고,
뒤안 이슥한 꽃가지에
잠 못 이루는 두견조차
저리 슬피 우는다.
아아, 어이하리. 내홀로
다만 내 홀로 지닐 즐거운
무상한 열반을
나는 꿈꾸었노라.
그러나 나도 모르는 어지러운 티끌이
내 맘의 맑은 거울을 흐레노라.

몸은 서러라.
허물 많은 사바의 몸이여!

현세의 어지러운 번뇌가
짐승처럼 내 몸을 물고,
오오, 형체, 이, 아리따움과
내 보석 수풀 속에
비밀한 뱀이 꿈어리는 형역의
끝없는 갈림길이여!
구름으로 잔잔히
흐르는 시냇물 소리,
지는 꽃잎도 띄어
둥둥 떠내려가겠다.
부서지는 주옥의 여울이여!
너울너울 흘러서
창해에 미치기 전에야,
끊일 줄이 있으리.
저절로 흘러가는 널조차
부러워라.

향수

정지용

넓은 벌 동쪽 끝으로
옛이야기 지줄대는 실개천이 휘돌아 나가고,
얼룩백이 황소가
해설피 금빛 게으른 울음을 우는 곳,

─ 그 곳이 차마 꿈엔들 잊힐리야.

질화로에 재가 식어지면
빈 밭에 밤 바람소리 말을 달리고,
엷은 졸음에 겨운 늙으신 아버지가
짚베개를 돋아 고이시는 곳,

─ 그 곳이 차마 꿈엔들 잊힐리야.

흙에서 자란 내 마음
파아란 하늘 빛이 그리워
함부로 쏜 화살을 찾으려
풀섶 이슬에 함추름 휘적시던 곳,

─ 그 곳이 차마 꿈엔들 잊힐리야.

전설바다에 춤추는 밤물결 같은

검은 귀밑머리 날리는 어린 누이와
아무렇지도 않고 예쁠 것도 없는
사철 발 벗은 아내가
따가운 햇살을 등에 지고 이삭 줍던 곳,

― 그 곳이 차마 꿈엔들 잊힐리야.

하늘에는 성근 별
알 수도 없는 모래성으로 발을 옮기고,
서리 까마귀 우지짖고 지나가는 초라한 지붕,
흐릿한 불빛에 돌아앉아 도란도란거리는 곳,

― 그 곳이 차마 꿈엔들 잊힐리야.

설야

김광균

어느 머언 곳의 그리운 소식이기에
이 한밤 소리없이 흩날리느뇨

처마 끝에 호롱불 야위어 가며
서글픈 옛 자췬 양 흰눈이 내려

하이얀 입김 절로 가슴이 메어
마음 허공에 등불을 켜고
내홀로 밤 깊어 뜰에 내리면

머언 곳에 여인의 옷 벗는 소리

희미한 눈발
이는 어느 잃어진 추억의 조각이기에
싸늘한 추회(追悔) 이리 가쁘게 설레이느뇨

한 줄기 빛도 향기도 없이
호올로 차단한 의상을 하고
흰눈은 내려 내려서 쌓여
내 슬픔 그 위에 고이 서리다

논개

변영로

거룩한 분노는
종교보다도 깊고
불붙는 정열은
사랑보다도 강하다.
  아, 강낭콩꽃보다도 더 푸른
  그 물결 위에
  양귀비꽃보다도 더 붉은
  그 마음 흘러라.

아리땁던 그 아미
높게 흔들리우며
그 석류 속 같은 입술
죽음을 입맞추었네!
  아, 강낭콩꽃보다도 더 푸른
  그 물결 위에
  양귀비꽃보다도 더 붉은
  그 마음 흘러라.

흐르는 강물은
길이길이 푸르리니
그대의 꽃다운 혼
어이 아니 붉으랴.

아, 강낭콩꽃보다도 더 푸른
그 물결 위에
양귀비꽃보다도 더 붉은
그 마음 흘러라.

가을의 기도

김현승

가을에는
기도하게 하소서…
낙엽들이 지는 때를 기다려 내게 주신
겸허한 모국어로 나를 채우소서.

가을에는
사랑하게 하소서…
오직 한 사람을 택하게 하소서.
가장 아름다운 열매를 위하여 이 비옥한
시간을 가꾸게 하소서.

가을에는
호올로 있게 하소서…
나의 영혼,
굽이치는 바다와
백합의 골짜기를 지나
마른 나뭇가지 위에 다다른 까마귀같이.

승무

조지훈

얇은 사(紗) 하이얀 고깔은
고이 접어서 나빌레라.

파르라니 깎은 머리
박사(薄紗) 고깔에 감추오고

두 볼에 흐르는 빛이
정작으로 고와서 서러워라.

빈 대(臺)에 황촉(黃燭)불이 말없이 녹는 밤에
오동잎 잎새마다 달이 지는데

소매는 길어서 하늘은 넓고
돌아설 듯 날아가며 사뿐히 접어 올린 외씨보선이여.

까만 눈동자 살포시 들어
먼 하늘 한 개 별빛에 모도우고

복사꽃 고운 뺨에 아롱질 듯 두 방울이야
세사에 시달려도 번뇌는 별빛이라.

휘어져 감기우고 다시 접어 뻗는 손이

깊은 마음 속 거룩한 합장(合掌)인 양하고

이 밤사 귀또리도 지새는 삼경(三更)인데
얇은 사(紗) 하이얀 고깔은 고이 접어서 나빌레라.

꽃

김춘수

내가 그의 이름을 불러 주기 전에는
그는 다만
하나의 몸짓에 지나지 않았다.

내가 그의 이름을 불러 주었을 때
그는 나에게로 와서
꽃이 되었다.

내가 그의 이름을 불러 준 것처럼
나의 이 빛깔과 향기에 알맞은
누가 나의 이름을 불러다오.
그에게로 가서 나도
그의 꽃이 되고 싶다.

우리들은 모두
무엇이 되고 싶다.
너는 나에게 나는 너에게
잊혀지지 않는 하나의 눈짓이 되고 싶다.

뼈저린 꿈에서만

전봉건

그리라 하면
그리겠습니다.
개울물에 어리는 풀포기 하나
개울 속에 빛나는 돌멩이 하나
그렇습니다 고향의 것이라면
무엇 하나도 빠뜨리지 않고
지금도 똑똑하게 틀리는 일 없이
얼마든지 그리겠습니다.

말을 하라면
말하겠습니다.
우물가에 늘어선 미루나무는 여섯 그루
우물 속에 노니는 큰 붕어도 여섯 마리
그렇습니다 고향의 일이라면
무엇 하나 빠뜨리지 않고
지금도 생생하게 틀리는 일 없이
얼마든지 말하겠습니다.

마당 끝 큰 홰나무 아래로
삶은 강냉이 한 바가지 드시고
나를 찾으시던 어머님의 모습
가만히 옮기시던

그 발걸음 하나하나
나는 지금도 말하고 그릴 수가 있습니다.

그러나 아무리 애써도 한 가지만은
그러나 아무리 몸부림쳐도 그것만은
내가 그리질 못하고 말도 못합니다.
강이 산으로 변하길 두 번
산이 강으로 변하길 두 번
그리고도 더 많이 흐른 세월이
가로 세로 파 놓은 어머님 이마의
어둡고 아픈 주름살.

어머님
꿈에 보는 어머님 주름살을
말로 하려면 목이 먼저 메이고
어머님
꿈에보는 어머님 주름살을
그림으로 그리려면 눈앞이 먼저 흐려집니다.
아아 이십 육 년
뼈저린 꿈에서만 뵈시는 어머님이시여.

목마와 숙녀

박인환

한잔의 술을 마시고
우리는 버지니아 울프의 생애와
목마를 타고 떠난 숙녀의 옷자락을 이야기한다
목마는 주인을 버리고 그저 방울 소리만 울리며
가을 속으로 떠났다 술병에서 별이 떨어진다
상심한 별은 내 가슴에 가벼웁게 부숴진다
그러한 잠시 내가 알던 소녀는
정원의 초목 옆에서 자라고
문학이 죽고 인생이 죽고
사랑의 진리마저 애증의 그림자를 버릴 때
목마를 탄 사랑의 사람은 보이지 않는다
세월은 가고 오는 것
한때는 고립을 피하여 시들어가고
이제 우리는 작별하여야 한다
술병이 바람에 쓰러지는 소리를 들으며
늙은 여류작가의 눈을 바라다 보아야 한다
······등대에······
불이 보이지 않아도
그저 간직한 페시미즘의 미래를 위하여
우리는 처량한 목마 소리를 기억하여야 한다
모든 것이 떠나든 죽든
그저 가슴에 남은 희미한 의식을 붙잡고

우리는 버지니아 울프의 서러운 이야기를 들어야 한다
두 개의 바위 틈을 지나 청춘을 찾은 뱀과 같이
눈을 뜨고 한 잔의 술을 마셔야 한다
인생은 외롭지도 않고
그저 잡지의 표지처럼 통속하거늘
한탄할 그 무엇이 무서워서 우리는 떠나는 것일까
목마는 하늘에 있고
방울 소리는 귓전에 철렁거리는데
가을 바람 소리는
내 쓰러진 술병 속에서 목메어 우는데

행복

유치환

– 사랑하는 것은
사랑을 받느니보다 행복하나니라.
오늘도 나는
에메랄드빛 하늘이 환히 내다뵈는
우체국 창문 앞에 와서 너에게 편지를 쓴다.

행길을 향한 문으로 숱한 사람들이
제각기 한 가지씩 생각에 족한 얼굴로 와선
총총히 우표를 사고 전보지를 받고
먼 고향으로 또는 그리운 사람께로
슬프고 즐겁고 다정한 사연들을 보내나니.

세상의 고달픈 바람결에 시달리고 나부끼어
더욱 더 의지 삼고 피어 헝클어진 인정의 꽃밭에서
너와 나의 애틋한 연분도
한 망울 연연한 진홍빛 양귀비꽃인지도 모른다.

– 사랑하는 것은
사랑을 받느니보다 행복하나니라.
오늘도 나는 너에게 편지를 쓰나니
– 그리운 이여 그러면 안녕!
설령 이것이 이 세상 마지막 인사가 될지라도
사랑하였으므로 나는 진정 행복하였네라.

자화상

서정주

애비는 종이었다. 밤이 깊어도 오지 않았다.
파뿌리 같이 늙은 할머니와 대추꽃이 한 주 서 있을 뿐이었다.
어매는 달을 두고 풋살구가 꼭 하나만 먹고 싶다 하였으나…
흙으로 바람벽한 호롱불 밑에
손톱이 까만 에미의 아들.
갑오년이라던가 바다에 나가서는 돌아오지 않는다 하는 외할
아버지의 숱 많은 머리털과
그 커다란 눈이 나는 닮았다 한다.

스물 세 해 동안 나를 키운 건 팔 할이 바람이다.
세상은 가도 가도 부끄럽기만 하더라.
어떤 이는 내 눈에서 죄인을 읽고 가고
어떤 이는 내 입에서 천치를 읽고 가나
나는 아무것도 뉘우치진 않을란다.

찬란히 틔어오는 어느 아침에도
이마 위에 얹힌 시의 이슬에는
몇 방울의 피가 언제나 섞여 있어
볕이거나 그늘이거나 혓바닥 늘어뜨린
병든 수캐마냥 헐떡거리며 나는 왔다.

길

김기림

나의 소년시절은 은빛 바다가 엿보이는 그 긴 언덕길을 어머니의 상여와 함께 꼬부라져 돌아갔다.

내 첫사랑도 그 길 위에서 조약돌처럼 집었다가 조약돌처럼 잃어버렸다.

그래서 나는 푸른 하늘 빛에 호저 때없이 그 길을 넘어 강가로 내려갔다가도 노을에 함북 자주빛으로 젖어서 돌아오곤 했다.

그 강가에는 봄이, 여름이, 가을이, 겨울이 나의 나이와 함께 여러 번 댕겨갔다. 까마귀도 날아가고 두루미도 떠나간 다음에는 누런 모래둔과 그리고 어두운 내 마음이 남아서 몸서리쳤다. 그런 날은 항용 감기를 만나서 돌아와 앓았다.

할아버지도 언제 난 지를 모른다는 마을 밖 그 늙은 버드나무 밑에서 나는 지금도 돌아오지 않는 어머니, 돌아오지 않는 계집애, 돌아오지 않는 이야기가 돌아올 것만 같아 멍하니 기다려 본다. 그러면 어느새 어둠이 기어와서 내 뺨의 얼룩을 씻어준다.

풀

김수영

풀이 눕는다.
비를 몰아오는 동풍에 나부껴
풀은 눕고
드디어 울었다.
날이 흐려서 더 울다가
다시 누웠다.

풀이 눕는다.
바람보다도 더 빨리 눕는다.
바람보다도 더 빨리 울고
바람보다 먼저 일어난다.

날이 흐리고 풀이 눕는다.
발목까지
발밑까지 눕는다.
바람보다 늦게 누워도
바람보다 먼저 일어나고
바람보다 늦게 울어도
바람보다 먼저 웃는다.
날이 흐리고 풀뿌리가 눕는다.

별 헤는 밤

윤동주

계절이 지나가는 하늘에는
가을로 가득 차 있습니다.

나는 아무 걱정도 없이
가을 속의 별들을 다 헤일 듯합니다.

가슴 속에 하나 둘 새겨지는 별을
이제 다 못 헤는 것은
쉬이 아침이 오는 까닭이요,
내일 밤이 남은 까닭이요,
아직 나의 청춘이 다하지 않은 까닭입니다.

별 하나에 추억과
별 하나에 사랑과
별 하나에 쓸쓸함과
별 하나에 동경과
별 하나에 시와
별 하나에 어머니, 어머니.

어머님, 나는 별 하나에 아름다운 말 한마디씩 불러봅니다.
소학교 때 책상을 같이 했던 아이들의 이름과, 패, 경, 옥 이
런 이국 소녀들의 이름과, 벌써 애기 어머니 된 계집애들의

이름과, 가난한 이웃 사람들의 이름과, 비둘기, 강아지, 토
끼, 노새, 노루, 프랑시스 잠, 라이너 마리아 릴케, 이런 시인
의 이름을 불러봅니다.

이네들은 너무나 멀리 있습니다.
별이 아슬히 멀듯이.

어머님,
그리고 당신은 멀리 북간도에 계십니다.

나는 무엇인지 그리워
이 많은 별빛이 내린 언덕 위에
내 이름자를 써 보고,
흙으로 덮어 버리었습니다.

딴은 밤을 새워 우는 벌레는
부끄러운 이름을 슬퍼하는 까닭입니다.

그러나 겨울이 지나고 나의 별에도 봄이 오면
무덤 위에 파란 잔디가 피어나듯이
내 이름자 묻힌 언덕 위에도
자랑처럼 풀이 무성할 거외다.

모란이 피기까지는

김영랑

모란이 피기까지는
나는 아직 나의 봄을 기다리고 있을 테요.
모란이 뚝뚝 떨어져 버린 날
나는 비로소 봄을 여읜 설움에 잠길 테요.
오월 어느 날 그 하루 무덥던 날
떨어져 누운 꽃잎마저 시들어 버리고는
천지에 모란은 자취도 없어지고
뻗쳐 오르던 내 보람 서운케 무너졌느니
모란이 지고 말면 그 뿐 내 한 해는 다 가고 말아
삼백 예순 날 하냥 섭섭해 우옵내다.
모란이 피기까지는
나는 아직 기다리고 있을 테요, 찬란한 슬픔의 봄을.

이름 없는 여인이 되어

노천명

어느 조그만 산골로 들어가
나는 이름 없는 여인이 되고 싶소
초가지붕에 박넝쿨 올리고
삼밭엔 오이랑 호박을 놓고
들장미로 울타리를 엮어
마당엔 하늘을 욕심껏 들여놓고
밤이면 실컷 별을 안고

부엉이가 우는 밤도 내사 외롭지 않겠소
기차가 지나가 버리는 마을
놋양푼의 수수엿을 녹여 먹으며
내 좋은 사람과 밤이 늦도록
여우 나는 산골 얘기를 하면
삽살개는 달을 짖고
나는 여왕보다 더 행복하겠소

나그네

박목월

강나루 건너서
밀밭 길을

구름에 달 가듯이
가는 나그네

길은 외줄기
남도 삼백리

술 익는 마을마다
타는 저녁 놀

구름에 달 가듯이
가는 나그네

광야

이육사

까마득한 날에
하늘이 처음 열리고
어디 닭 우는 소리 들렸으랴

모든 산맥들이
바다를 연모해 휘달릴 때도
차마 이곳을 범하던 못 하였으리라

끊임없는 광음을
부지런한 계절이 피어선 지고
큰 강물이 비로소 길을 열었다

지금 눈 내리고
매화 향기 홀로 아득하니
내 여기 가난한 노래의 씨를 뿌려라

다시 천고의 뒤에
백마 타고 오는 초인이 있어
이 광야에서 목놓아 부르게 하리라

빼앗긴 들에도 봄은 오는가

이상화

지금은 남의 땅— 빼앗긴 들에도 봄은 오는가?

나는 온몸에 햇살을 받고
푸른 하늘 푸른 들이 맞붙은 곳으로
가르마 같은 논길을 따라 꿈속을 가듯 걸어만 간다.

입술을 다문 하늘아 들아
내 맘에는 내 혼자 온 것 같지를 않구나.
네가 끌었느냐 누가 부르더냐
답답워라 말을 해 다오.

바람은 내 귀에 속삭이며
한 자욱도 섰지 마라 옷자락을 흔들고
종다리는 울타리 너머 아씨같이 구름 뒤에서 반갑다 웃네.

고맙게 잘 자란 보리밭아
간밤 자정이 넘어 내리던 고운 비로
너는 삼단 같은 머리를 감았구나, 내 머리조차 가뿐하다.

혼자라도 가쁘게나 가자.
마른 논을 안고 도는 착한 도랑이
젖먹이 달래는 노래를 하고 제 혼자 어깨춤만 추고 가네.

나비 제비야 깝치지 마라.
맨드라미 들마꽃에도 인사를 해야지.
아주까리 기름을 바른 이가 지심 매던 그 들이라 다 보고 싶다.

내 손에 호미를 쥐어 다오.
살찐 젖가슴과 같은 부드러운 이 흙을
발목이 시도록 밟아도 보고 좋은 땀조차 흘리고 싶다.

강가에 나온 아이와 같이
짬도 모르고 끝도 없이 닫는 내 혼아
무엇을 찾느냐 어디로 가느냐 웃어웁다 답을 하려무나.

나는 온 몸에 풋내를 띠고
푸른 웃음 푸른 설움이 어우러진 사이로
다리를 절며 하루를 걷는다. 아마도 봄 신령이 접혔나 보다.

그러나 지금은— 들을 빼앗겨 봄조차 빼앗기겠네.

바람 속에서

정한모

1.
바람은
발기발기 찢어진
기폭

어두운 산정에서
하늘 높은 곳에서

비장하게 휘날리다가
절규하다가

지금은
그 남루한 자락으로
땅을 쓸며
경사진 나의 밤을
거슬러 오른다.

소리는
창밖을 지나가는데
그 허허한 자락은
때묻은 이불이 되어

내 가슴
위에
싸늘히
얹힌다.

2.
바람은 산모퉁이 우물 속 잔잔한 수면에 서린 아침 안개를
걷어 올리면서 일어났을 것이다.
대숲에 깃드는 마지막 한 마리 참새의 깃을 따라 잠들고 새벽
이슬잠 포근한 아가의 가는 숨결 위에 첫 마디 입을 여는 참새
소리 같은 청청한 것으로 하여 깨어났을 것이다.

처마 밑에서 제비의 비상처럼 날아온 날씬한 놈과 숲 속에서
빠져나온 다람쥐 같은 재빠른 놈과 깊은 산골짝 동굴에서 부시
시 몸을 털고 일어 나온 짐승 같은 놈들이 웅성웅성 모여서 그
러나 언제든 하나의 체온과 하나의 방향과 하나의 의지만을 생
명하면서 나뭇가지에 더운 입김으로 꽃을 피우고 머루 넝쿨에
머루를 익게 하고 은행잎 물들이는 가을을 실어온다.

솔잎에선 솔잎소리 갈대숲에선 갈대잎 소리로 울며 나무에선
나무소리 쇠에선 쇠소리로 음향하면서 무너진 벽을 지나 무너
진 포대 어두운 묘지를 지나서 골목을 돌고 도시의 지붕들을
넘어서 들에 나가 들의 마음으로 펄럭이고 산에 올라 산처럼
오연히 포효하면 고함소리는 하늘에 솟고 노호는 탄도를 따라
날은다.

그 우람한 자락으로 하늘을 덮고 들판에서 또한 산정에서 몰아치고 부딪쳐 부서지던 그 분노와 격정의 포효가 지나간 뒤 무엇이 남아 있는가 다시 푸른 하늘 뿐 외연한 산악일 뿐 바다일 뿐 지평일 뿐 그리하여 어두운 처마 밑 기어드는 남루한 기폭일뿐

바람이여
새벽 이슬잠 포근한 아가의 고운 숨결 위에 첫마디 입을 여는 참새소리 같은 청청한 것으로 하여 깨어나고 대숲에 깃드는 마지막 한 마리 참새의 깃을 따라 잠드는 그런 있음으로만 너를 있게하라
산모퉁이 우물 속 잔잔한 수면에 서린 아침 안개를 걷으며 일어나는 그런 바람 속에서만 너는 있어라.

부록 Ⅱ

역대 '시인만세' 시낭송 콩쿠르
본선대회 수상자 · 낭송시

• 1967년 '시인만세'

성 명	시 제	시 인	시 상
박용호 이순자	해마다 피는꽃	김용호	최우수상
이종태	해	박두진	우수상
박소자	귀촉도	서정주	우수상
김인자	님의 침묵	한용운	
윤용호	이렇게 될 줄 알면서도	조병화	
한상현 천성조 이의순 조영미	어서 고국의 품으로	이하윤	
채양도	국군은 죽어서 말한다	모윤숙	
이정아	설목	김남조	
강성수	산이여 통곡하라	신석정	
김중현	부다페스트에서의 소녀의 죽음	김춘수	
김혜자	배따라기	권일송	
김 정	나그네	박목월	
이상준	승무	조지훈	
김경숙	마지막 장미	김남조	
박재홍	연춘곡	김해강	
장명자	목마와 숙녀	박인환	
서병욱	떠나가는 배	박용철	
김용복	한 발자귀	김종문	
박정아	깃발	유치환	
최선애	귀촉도	서정주	
한동미	낮잠	김남조	
한문선	나목과 시	김춘수	

• 1986년 '시인만세'

성 명	시 제	시 인	시 상
이현걸	창외설경	조병화	최우수상
신남래	님의 침묵	한용운	우수상
유명희	기다림	모윤숙	우수상
김태홍	별 헤는 밤	윤동주	

성 명	시 제	시 인	시 상
노희설	복종	한용운	
김연수	목적	김현승	
홍만유	광야	이육사	
이화숙	울음이 타는 가을 강	박재삼	
한정옥	갈대	신경림	
이재형	논개	변영로	
김현식	승무	조지훈	
전미아	행복	유치환	
정명화	진달래꽃	김소월	
남윤식	산거	한용운	
정정성	연필로 쓰기	정진규	
안영희	호수	이형기	
김태영	해	박두진	
서미연	이렇게 될 줄 알면서도	조병화	
박승주	편지	이해인	
김순녀	어머니의 눈물	박목월	

· 1987년 '시인만세'

성 명	시 제	시 인	시 상
김성천	바램의 노래	조지훈	최우수상
장혜선	행복	유치환	우수상
주성현	그 먼 나라를 알으십니까	신석정	우수상
김광식	바다	서정주	
전종안	님의 침묵	한용운	
안영희	돌의 노래	박두진	
권성우 권경희	광야	이육사	
서은영	울음이 타는 가을 강	박재삼	
김난경	갈대	신경림	
임현진	논개	변영로	
곽홍란	승무	조지훈	

성 명	시 제	시 인	시 상
변미정 강유정 정현경 황은주 김경선	무등을 보며	오명규	
양기석	사평역에서	곽재구	
문정혜	별 헤는 밤	윤동주	
송경희	사랑법	강은교	
양경진	풀리는 한강가에서	서정주	
정미희	눈오는 날엔	서정윤	
최은용 한선우	님의 모습	김달진	
손대근	목마와 숙녀	박인환	
유인자	추풍에 부치는 노래	노천명	
배현옥	빼앗긴 들에도 봄은 오는가	이상화	
이화숙	비천	박제천	
유춘희	목마와 숙녀	박인환	
박기산 조현건 최은미 문설란	찌꺼기의 노래	성찬경	

• 2008년 '시인만세'

(부록Ⅲ 역대 재능시낭송대회 수상자 중 제18회 참조)

부록 Ⅲ

역대 재능시낭송대회 (성인부 본선대회) 수상자 · 낭송시

• 제1회 전국 어린이와 어머니 시낭송대회 (1991)

시상	성명	시제	시인	비고
대상	전경옥	나를 떠나 보내는 강가엔	성춘복	
금상	박홍란	별 헤는 밤	윤동주	
금상	김원희	상리과원	서정주	
금상	이성근	행복	유치환	
은상	박옥란	사랑법	강은교	
은상	김계영	행복	유치환	
은상	김명실	님의 침묵	한용운	
은상	오성주	무등을 보며	서정주	시낭송가
동상	양현숙	얼마나 좋을까	신진호	17명
동상	심기순	초혼	김소월	
동상	이순례	사랑하는 까닭	한용운	
동상	정현우	당신의 숲속에서	이해인	
동상	한수선	작은 연가	박정만	
동상	장기숙	고풍의상	조지훈	
동상	지영란	생명	김남조	
동상	이윤숙	흑방비곡	박종화	
동상	문경순	너를 위하여	김남조	

• 제2회 전국 어린이와 어머니 시낭송대회 (1992)

시상	성명	시제	시인	비고
대상	여신숙	인생 찬가	롱펠로우	
금상	정옥희	오늘은 내가 반달로 떠도	이해인	
금상	임연옥	그리운 바다 성산포	이생진	
금상	김정남	뼈저린 꿈에서만	전봉건	시낭송가
은상	이경윤	청산도	박두진	16명
은상	오영순	가을 강물 소리는	이향아	
은상	정정애	말을 위한 기도	이해인	
은상	문인선	사모곡	수 안	
은상	유영애	하나의 과일이 익을 때까지	도종환	

시상	성명	시제	시인	비고
동상	신영옥	너는	박두진	
동상	옥태순	풀리는 한강가에서	서정주	
동상	김순와	노래여 노래여	이근배	
동상	정석려	별 헤는 밤	윤동주	
동상	김인혜	가난한 이름에게	김남조	
동상	이윤희	산새	김완기	
동상	조주임	새	박남수	
장려상	한생우	국화 옆에서	서정주	
장려상	이병희	행복	유치환	
장려상	김미경	꽃	김춘수	
장려상	안권순	임께서 부르시면	신석정	
장려상	강기완	이름 없는 여인이 되어	노천명	

• 제3회 전국 어린이와 어머니 시낭송대회 (1993)

시상	성명	시제	시인	비고
대상	최현숙	이별	한용운	
금상	강석순	벼	이성부	
금상	최정임	청산도	박두진	
금상	강혜숙	목마와 숙녀	박인환	
은상	신혜원	님의 침묵	한용운	
은상	박용자	신해가사	고 은	
은상	양명희	별 헤는 밤	윤동주	
은상	김회자	지상에서 부르고 싶은 노래	이기철	시낭송가 16명
은상	최광순	낙엽의 꿈	김소엽	
동상	강숙경	단추를 달듯	이해인	
동상	박난희	칠석	한용운	
동상	이잠숙	그대	정두리	
동상	석난용	별 헤는 밤	윤동주	
동상	엄금미	콩나물을 다듬으며	이향아	
동상	박은자	승무	조지훈	
동상	김지연	사평역에서	곽재구	

시상	성명	시제	시인	비고
장려상	김수남	별 헤는 밤	윤동주	
장려상	윤정미	그 사람을 가졌는가	함석헌	
장려상	이옥자	풍랑몽	정지용	
장려상	이진숙	인생 찬가	롱펠로우	
장려상	이영란	별 헤는 밤	윤동주	
장려상	박애란	목마와 숙녀	박인환	
장려상	이덕자	모란이 피기까지는	김영랑	

• 제4회 전국 어린이와 어머니 시낭송대회 (1994)

시상	성명	시제	시인	비고
대상	김희정	별 헤는 밤	윤동주	
금상	이숙례	그리운 바다 성산포	이생진	
금상	임지숙	당신을 보았습니다	한용운	
은상	손혜정	송가	양명문	
은상	손인덕	향수	정지용	
은상	한영진	자화상	서정주	
은상	이향원	아가와 엄마의 이야기	최돈선	
은상	서향숙	절정	조지훈	
은상	윤현순	눈 감으면 보이는 어머니	함동선	시낭송가 16명
동상	이애진	별 헤는 밤	윤동주	
동상	조정이	해의 품으로	박두진	
동상	반명순	사랑의 힘	최영미	
동상	김혜자	우리가 어느 별에서	정호승	
동상	김창수	그 먼 나라를 알으십니까	신석정	
동상	양영숙	별 헤는 밤	윤동주	
동상	서현주	기도	김옥진	
장려상	박성신	님의 침묵	한용운	
장려상	박종순	그대	정두리	
장려상	박정연	그 먼 나라를 알으십니까	신석정	
장려상	최현란	목마와 숙녀	박인환	
장려상	임정자	님의 침묵	한용운	

시상	성명	시제	시인	비고
장려상	김미애	별 헤는 밤	윤동주	
장려상	이현옥	행복	유치환	
장려상	이규선	서한체	박두진	

• 제5회 전국 어린이와 어머니 시낭송대회 (1995)

시상	성명	시제	시인	비고
대상	이연례	불혹의 연가	문병란	
금상	박성신	별 헤는 밤	윤동주	
금상	주기순	문을 여소서	모윤숙	
금상	한윤희	어서 너는 오너라	박두진	
은상	최미향	님의 침묵	한용운	
은상	유혜원	영원히 사랑한다는 것은	도종환	
은상	전경애	우울한 샹송	이수익	
은상	전혜영	나무들	김남조	시낭송가 16명
은상	박영애	겨울행	이근배	
동상	정영희	빈 손으로	김규동	
동상	조정현	이것은 괴로움인가 기쁨인가	황동규	
동상	임순환	밤에 용서라는 말을 들었다	이진명	
동상	정숙지	목마와 숙녀	박인환	
동상	김인순	빼앗긴 들에도 봄은 오는가	이상화	
동상	조미선	이 겨울은	서정윤	
동상	이윤숙	꽃의 연가	정상구	
장려상	정희숙	지상에서 부르고 싶은 노래	이기철	
장려상	성상옥	봄 아침	이해인	
장려상	박진희	농무	신경림	
장려상	최영숙	길	윤동주	
장려상	이현희	희망에게	이해인	
장려상	이해숙	가을의 기도	김현승	

시상	성명	시제	시인	비고
장려상	유옥정	추풍에 부치는 노래	노천명	
장려상	류태엽	서편제	김광림	
장려상	홍미경	나의 가난은	천상병	
장려상	배경희	님의 침묵	한용운	
장려상	김영숙	신록	서정주	

• 제6회 전국 어린이와 어머니 시낭송대회 (1996)

시상	성명	시제	시인	비고
대상	곽홍란	거시기의 노래	서정주	
금상	신정자	성탄제	김종길	
금상	한순영	바다여, 제주 바다여	김용길	
은상	김영재	그리운 바다 성산포	이생진	
은상	김영숙	거울 앞에서	박두진	
은상	임공빈	관음보살님	허영자	
은상	홍연경	낙화	조지훈	시낭송가 13명
동상	주순덕	오오! 조선의 남아여!	심 훈	
동상	권소희	옥동녀, 탐라	문복주	
동상	조선희	로스트로포비치의 첼로	고정희	
동상	최은주	풀잎하나를 사랑하는 일도 괴로움입니다	도종환	
동상	박종순	청산도	박두진	
동상	최기순	당신을 보았습니다	한용운	
장려상	정경화	청산도	박두진	
장려상	오태옥	님의 침묵	한용운	
장려상	천양선	마지막 장미	김남조	
장려상	이정연	섬진강	김용택	
장려상	유혜숙	사랑을 사랑하여요	한용운	
장려상	조화영	질그릇의 노래	김봉렬	
장려상	옥순원	이 적막에 저 꽃향기	김용택	
장려상	박영점	문을 여소서	모윤숙	
장려상	정미숙	겨울 바다	김남조	

• 제7회 전국재능시낭송대회 (1997)

시상	성명	시제	시인	비고
대상	국혜숙	푸른 하늘 아래	박두진	
금상	김미애	마법의 새	박두진	
금상	구경영	연어	정호승	
금상	이정아	바라춤	신석초	
은상	이경순	어린 몽상가에게	서정윤	
은상	이경옥	정동진	정호승	
은상	정윤경	첨성대	정호승	
은상	차옥경	어서 너는 오너라	박두진	시낭송가
은상	이한희	칠석	한용운	17명
동상	이경화	낙동강	조동화	
동상	황영선	성탄제	김종길	
동상	박석순	고향	노천명	
동상	오영희	청산도	박두진	
동상	전숙경	잔설을 이고 선 소나무	신달자	
동상	박정옥	우화의 강	마종기	
동상	정경화	선덕여왕의 말씀	서정주	
동상	한현숙	해조사	이육사	
장려상	이숙자	이렇게 될 줄을 알면서도	조병화	
장려상	박강희	어서 너는 오너라	박두진	
장려상	정계숙	별 찾기	제해만	
장려상	김선이	사평역에서	곽재구	
장려상	이하숙	마지막 장미	김남조	
장려상	박명주	추풍에 부치는 노래	노천명	
장려상	강기숙	행복	유치환	
장려상	조경화	풀리는 한강가에서	서정주	
장려상	권금희	지상에서 부르고 싶은 노래	이기철	
장려상	신숙자	흰 바람벽이 있어	백 석	
장려상	이송은	염원	조지훈	

• 제8회 전국재능시낭송대회 (1998)

시상	성명	시제	시인	비고
대상	이경화	처용은 말한다	신석초	
금상	한현숙	해의 품으로	박두진	
금상	김수영	첨성대	정호승	
금상	정상용	임진강에서	정호승	
은상	박명주	고대	한용운	
은상	정경화	쑥국새 타령	서정주	
은상	김현숙	석굴암 관세음의 노래	서정주	
은상	구경미	지상에서 부르고 싶은 노래	이기철	
은상	민병숙	돌의 노래	박두진	
은상	강기숙	사랑법	박진환	시낭송가 20명
동상	김복선	종이배	정호승	
동상	유애순	바다	서정주	
동상	김혜영	느릅나무에 기대어	김규동	
동상	문경화	상리과원	서정주	
동상	이숙자	어머니의 물감상자	강우식	
동상	류형숙	역사	신석정	
동상	황혜연	고원에 보내는 시	신석정	
동상	강흠경	심상	황금찬	
동상	문수정	앞강도 야위는 이 그리운	고재종	
장려상	박은희	목마와 숙녀	박인환	
장려상	임영천	광화문	서정주	
장려상	권금희	상구두쇠	고 은	
장려상	박영숙	신부	서정주	
장려상	김미숙	정돈진	정호승	
장려상	인정이	하늘문을 두드리며 22	이성선	
장려상	이미영	염원	조지훈	
장려상	유지연	차라리 한그루 푸른대로	신석정	
장려상	박강희	이런 나라를 아시나요	서정주	
장려상	김용주	열하를 향하여	이기철	

• 제9회 전국재능시낭송대회 (1999)

시상	성명	시제	시인	비고
대상	윤성옥	불놀이	주요한	
금상	이주은	바다의 영가	박두진	
금상	김금재	마법의 새	박두진	
금상	최효순	노래여 노래여	이근배	
은상	하영선	지상에서 부르고싶은 노래	이기철	
은상	마정순	해의 품으로	박두진	
은상	조미화	불춤	신석초	
은상	노연숙	팽이	홍윤숙	
은상	이하숙	상리과원	서정주	
은상	윤미경	석굴암 관세음의 노래	서정주	
은상	천은미	설악부	박두진	시낭송가 24명
은상	유숙자	양철지붕에 대하여	안도현	
동상	전혜영	첨성대	정호승	
동상	김명삼	나의 침실로	이상화	
동상	이미애	석굴암 관세음의 노래	서정주	
동상	최정자	시월	황동규	
동상	이미영	자작나무 숲으로 가서	고 은	
동상	이미숙	연어	정호승	
동상	이진아	지상에서 부르고 싶은 노래	이기철	
동상	김애란	처용은 말한다	신석초	
동상	하미현	미완성을 위한 연가	김승희	
동상	안미희	올라갈 수도 없이 높은 산의 하늘 마당	박두진	
동상	이미영	마법의 새	박두진	
동상	최윤정	마법의 새	박두진	
장려상	김순희	연어	정호승	
장려상	김달자	불혹의 연가	문병란	
장려상	이선영	설악부	박두진	
장려상	김경미	지상의 길	이기철	
장려상	김혜진	남신의주 유동 박시봉방	백 석	

시상	성명	시제	시인	비고
장려상	오정숙	강강수월래	박두진	
장려상	정명자	후조	김남조	
장려상	인현주	고원에 보내는 시	신석정	
장려상	지미자	학	서정주	
장려상	김세린	염원	조지훈	
장려상	박인정	이름이여 빛이여 사랑이여	이한호	
장려상	정계숙	자개	박세현	
장려상	권금희	바라춤	신석초	
장려상	최낙매	자화상	유안진	
장려상	송연주	은선리 오층석탑 이야기	곽재구	

• 제10회 전국재능시낭송대회 (2000)

시상	성명	시제	시인	비고
대상	신영자	인연설화조	서정주	
금상	강병혜	한강	이근배	
금상	손운경	노래여 노래여	이근배	
은상	표수욱	비취단장	신석초	
은상	김귀자	누가 하늘을 보았다 하는가	신동엽	
은상	한미정	너는	박두진	
은상	오순희	바다의 영가	박두진	
은상	배진희	석굴암 관세음의 노래	서정주	시낭송가 19명
은상	성은경	너를 기다리는 동안	황지우	
은상	최복자	사랑의 전설	서정윤	
동상	최낙매	거울 앞에서	박두진	
동상	최옥선	연가	정일근	
동상	손은실	물긷는 사람	이기철	
동상	손희정	고요한 왕국	이기철	
동상	김미숙	정동진	정호승	
동상	김주영	석문	조지훈	
동상	정무남	사월은 갈아엎는 달	신동엽	

시상	성명	시제	시인	비고
동상	안근자	어떤 노을	박두진	
동상	홍성애	뼈저린 꿈에서만	전봉건	
장려상	박성희	이별을 하느니	박상화	
장려상	박영숙	당신을 보았습니다	한용운	
장려상	안은영	나무	안도현	
장려상	김미숙	두견	김영랑	
장려상	이현정	신생의 노래	오장환	
장려상	이현미	앞강도 야위는 이 그리움	고재종	
장려상	강경숙	가난한 이름에게	김남조	
장려상	이오순	그리운 바다 성산포	이생진	
장려상	예정화	돌의 노래	박두진	
장려상	이옥희	비취단장	신석초	
장려상	김세린	불춤	신석초	
장려상	고윤자	여기에 우리 머물며	이기철	
장려상	이선영	아가에게	석용원	

• 제11회 전국재능시낭송대회 (2001)

시상	성명	시제	시인	비고
대상	오선숙	무슨 꽃으로 문지르는 가슴이기에 나는 이리도 살고 싶은가	서정주	
금상	홍성훈	남신의주 유동 박시봉방	백 석	
금상	최순자	설악부	박두진	
금상	이오순	백록담	정지용	
은상	김옥희	백두산	고 은	시낭송가 23명
은상	신제균	앞강도 야위는 이 그리움	고재종	
은상	강수경	청자삼감운학문매병송	박희진	
은상	이춘우	사평역에서	곽재구	
은상	정민자	바다로 가자	김영랑	
은상	지혜진	강강수월래	박두진	
은상	신혜숙	한국의 강	송수권	

시상	성명	시제	시인	비고
은상	김혜진	남신의주 유동 박시봉방	백 석	
동상	김경복	칠석	한용운	
동상	송도연	처용은 말한다 2	신석초	
동상	김희정	감사하는 마음	김현승	
동상	서랑화	불혹의 연가	문병란	
동상	안은영	신부	서정주	시낭송가 23명
동상	오순찬	노래여 노래여	이근배	
동상	김은진	한 사람을 사랑했네 1	이정하	
동상	조미경	마법의 새	박두진	
동상	조순희	처용은 말한다 1	신석초	
동상	지효숙	석굴암 관세음의 노래	서정주	
동상	김미경	땅의 연가	문병란	
장려상	이기환	청산도	박두진	
장려상	지미자	바다여 끓는 빛의 노래여	이근배	
장려상	안숙란	새벽이 오기까지는	문병란	
장려상	강명자	무슨 꽃으로 문지르는 가슴이기에 나는 이리도 살고 싶은가	서정주	
장려상	김달자	절정	조지훈	
장려상	정연춘	돌의 노래	박두진	
장려상	최윤희	당신을 보았습니다	한용운	
장려상	박명희	그 사람에게	김소월	
장려상	김경미	샘물	김현승	
장려상	박경옥	노래여 노래여	이근배	
장려상	김춘자	그리운 바다 성산포	이생진	
장려상	국은순	해후	이육사	

• 제12회 전국재능시낭송대회 (2002)

시상	성명	시제	시인	비고
대상	김현정	바람 속에서	정한모	
금상	김영희	낙동강	조동화	

시상	성명	시제	시인	비고
금상	강상훈	그 눈부심 불기둥이 되어	허영자	
금상	신은희	아름다운 집, 그 집	김용택	
은상	윤금아	성탄제	김종길	
은상	김희정	낡은 집	이용악	
은상	최경숙	분같이	고창환	
은상	박주경	함께 있는 우리를 보고 싶다	도종환	
은상	도경원	압록강의 밤	황순원	
은상	김국화	영원히 사랑한다는 것은	도종환	
은상	이용춘	산하지일초	서정주	
동상	문태영	지상에서 부르고 싶은 노래	이기철	시낭송가 24명
동상	김명혜	아직 촛불을 켤때가 아닙니다	신석정	
동상	김명숙	제주 찔레꽃	채바다	
동상	오상석	뼈저린 꿈에서만	전봉건	
동상	장금숙	불놀이	주요한	
동상	김경미	눈물	한용운	
동상	배찬효	바다여 당신은	이해인	
동상	김혜숙	차라리 한 그루 푸른대로	신석정	
동상	박순임	안개와 불	하재봉	
동상	이혜숙	어떤 사람	신동집	
동상	정미희	어서 너는 오너라	박두진	
동상	김명심	신생의 노래	오장환	
동상	박행자	처용은 말한다 1	신석초	
장려상	김혜영	어머니 어서 일어나요	김기림	
장려상	장지연	감사하는 마음	김현승	
장려상	김순희	생거라 진천	송재섭	
장려상	김말희	허준	백 석	
장려상	김연실	새 아리랑	문정희	
장려상	김윤화	혼자가는 선재	송수권	
장려상	국은순	해후	이육사	
장려상	이경량	논개의 애인이 되어서 그의 묘에	한용운	
장려상	박영숙	당신을 보았습니다	한용운	

• 제13회 전국재능시낭송대회 (2003)

시상	성명	시제	시인	비고
대상	문선희	제주바다1	문충성	
금상	최미경	사랑의 감옥	오규원	
금상	박미숙	보리밭	임찬일	
은상	김임자	그해 겨울나무	박노해	
은상	김경노	한강	이근배	
은상	피기춘	누가 하늘을 보았다 하는가	신동엽	시낭송가 11명
동상	나영숙	한국의 강	송수권	
동상	박경희	불혹의 연가	문병란	
동상	박은희	당신은 누구십니까	도종환	
동상	송미영	흰 바람벽이 있어	백 석	
동상	송연주	승천	이수익	
장려상	최송자	바다의 영가	박두진	
장려상	조선민	설악부	박두진	
장려상	제일진	해의 시절	주요한	
장려상	전해일	속초에서	최영미	
장려상	이부녀	저물 무렵	신동호	
장려상	이경은	춘향	김영랑	
장려상	유명숙	근심을 지펴 밥을 짓는다	이기철	
장려상	유노아	논개의 애인이 되어서 그의 묘에	한용운	
장려상	안선희	시월 새벽	류시화	
장려상	김화생	그분	김용택	
장려상	김 둘	부다페스트에서의 소녀의 죽음	김춘수	
장려상	권현숙	오셔요	한용운	
장려상	권숙희	땅의 연가	문병란	

• 제14회 전국재능시낭송대회 (2004)

시상	성명	시제	시인	비고
대상	진기향	비취단장	신석초	
금상	장재영	역사	신석정	

시상	성명	시제	시인	비고
금상	전지영	청령포에 와서	이근배	시낭송가 11명
은상	이명환	원시	오세영	
은상	박경희	바다	서정주	
은상	이부녀	뼈저린 꿈에서만	전봉건	
동상	차혁수	백록담	정지용	
동상	김순복	바람 속에서	정한모	
동상	박향자	아침바다	고정희	
동상	양선경	강은 가르지 않고, 막지 않는다	신경림	
동상	최경자	안개와 불	하재봉	
장려상	서도숙	낙동강	조동화	
장려상	지미자	종이학	송수권	
장려상	전해선	날아오르는 산	정일근	
장려상	권영임	자화상	유안진	
장려상	김현철	남신의주 유동 박시봉방	백 석	
장려상	윤향미	북방에서	백 석	
장려상	이경은	바다	서정주	
장려상	정진영	둥근, 어머니의 두레밥상	정일근	
장려상	유명숙	어머니와 할머니의 실루엣	신경림	
장려상	박영숙	자화상	서정주	
장려상	김연화	가을편지	고정희	

• 제15회 전국 시낭송 경연대회 (2005)

시상	성명	시제	시인	비고
대상	박순희	님의 침묵	한용운	시낭송가 12명
금상	도혜경	비천	박제천	
금상	조성미	아버지의 기침소리	이미애	
은상	김택근	처용은 말한다	신석초	
은상	김순옥	보리밭	임찬일	
은상	홍수진	휴전선	박봉우	
동상	김해윤	놀고 있는 햇볕이 아깝다	정진규	
동상	권선자	새 아리랑	문정희	

시상	성명	시제	시인	비고
동상	서도숙	논개의 애인이 되어 그의 묘에	한용운	
동상	김연주	푸른 하늘 아래	박두진	
동상	문재열 이현주	나무여, 큰 나무여	신경림	
동상	유노아	추사의 글씨에게	성찬경	
장려상	김용숙	슬픈 아버지	김현승	
장려상	정석환 이춘희	정동진	정호승	
장려상	손정아	이 겨울의 어두운 창문	기형도	
장려상	김미화	누가 하늘을 보았다 하는가	신동엽	
장려상	박종미	승천	이수익	
장려상	문진섭	언제 삶이 위기 아닌 적 있었던가	이기철	
장려상	이명희	석류	정지용	
장려상	전명자	상리과원	서정주	
장려상	박순회	낙화암 벼랑 위의 태양의 바라의 춤	김승희	
장려상	김영순	모닥불	국효문	
장려상	임정수	올라갈 수도 없이 높은 산의 하늘 마당	박두진	

• 제16회 전국 시낭송 경연대회 (2006)

시상	성명	시제	시인	비고
대상	이미란	바다의 영가	박두진	
금상	오지현	설악부	박두진	
금상	이춘희	정동진	정호승	
은상	유영숙	처용은 말한다	신석초	
은상	이상화	흰 바람벽이 있어	백 석	시낭송가 13명
은상	천애란	흙	문정희	
동상	고순남	박꽃	황금찬	
동상	김차순	빈논	안도현	
동상	신현종	바람 속에서	정한모	
동상	유연정	금강 7장	신동엽	
동상	임혁희	역려	서정주	

시상	성명	시제	시인	비고
동상	황보양선	흙	문정희	
동상	황진경	목숨	신동집	
장려상	강경희	뼈저린 꿈에서만	전봉건	
장려상	김미정	추풍에 부치는 노래	노천명	
장려상	김연화	승무	조지훈	
장려상	김인옥	비천	문효치	
장려상	김정환	해	박두진	
장려상	김향심	부활	서정주	
장려상	문진섭	학	서정주	
장려상	이유선	풍장 3	황동규	
장려상	이은숙	인연설화조	서정주	
장려상	조향순	땅의 연가	문병란	

• 제17회 전국 시낭송 경연대회 (2007)

시상	성명	시제	시인	비고
대상	전영란	성묘	고 은	
금상	김봉임	남도창	김승희	
금상	설인화	고독	백 석	
은상	김향심	월광으로 짠 병실	박영희	
은상	이웅달	청산도	박두진	
은상	정영옥	유전도	박두진	시낭송가 12명
동상	조영희	불놀이	주요한	
동상	이우정	초상집	유치환	
동상	이지희	숲의 노래	고 은	
동상	조향순	정동진	정호승	
동상	문진섭	타는 목마름으로	김지하	
동상	지미자	바다	유치환	
장려상	김정환	고구려ㅅ 길	김지하	
장려상	김양미	빼앗긴 들에도 봄은 오는가	이상화	
장려상	김미옥	연탄 한 장	안도현	

시상	성명	시제	시인	비고
장려상	안해경	바다여 당신은	이해인	
장려상	김현철 신미경	아버지와 느티나무	손택수	
장려상	김애경	독수리의 비가	양명문	
장려상	박경이	승천	이수익	

• 제18회 전국 시낭송 경연대회 (2008)

시상	성명	시제	시인	비고
대상	이상진	휩쓸려 가는 것은 바람이다	박두진	
금상	김정아	만술 아비의 축문	박목월	
금상	정서경	정든 땅 정든 언덕 위에	송수권	
은상	조연화	비천	박제천	시낭송가 10명
은상	김미혜	염원	조지훈	
은상	최근익	누구나 혼자이지 않은 사람은 없다	김재진	
동상	이수희	뼈저린 꿈에서만	전봉건	
동상	최영애	고대	한용운	
동상	우희순	역려	서정주	
동상	김미옥	눈물 나비	신달자	
장려상	양경신	님의 침묵	한용운	
장려상	김미하	희미한 옛사랑의 그림자	김광규	
장려상	최현철	나의 가족	김수영	
장려상	최헌숙	행복	유치환	
장려상	김정희	꽃피는 시절	이성복	
장려상	유미숙	님의 침묵	한용운	
장려상	김유진	별 헤는 밤	윤동주	

• 제19회 전국 시낭송 경연대회 (2009)

시상	성명	시제	시인	비고
대상	김정환	우리들의 팔월로 돌아가자	김기림	
금상	홍성례	별까지는 가야한다	이기철	

시상	성명	시제	시인	비고
금상	이재영	모래여자	김혜순	
은상	남미숙	바다	유치환	
은상	전향미	저걸 어쩌나	이생진	
은상	조경구	겨울나무로부터 봄나무에로	황지우	
동상	김혜숙	독도를 위하여	김남조	
동상	최헌숙	새 아리랑	문정희	
동상	김정희	바다의 영가	박두진	
동상	안용관	해의 품으로	박두진	시낭송가
동상	신윤미	내리는 눈밭 속에서는	서정주	16명
동상	이관호	사평역에서	곽재구	
동상	김병천 김지선	둥근, 어머니의 두레밥상	정일근	
동상	김애경	고별	노천명	
동상	김일권	사람들이 새가 되고 싶은 까닭을 안다	이근배	
동상	강석화	의자	김명인	
장려상	고옥향	뼈저린 꿈에서만	전봉건	
장려상	박문자	목숨	신동집	
장려상	전영숙	상리과원	서정주	
장려상	송관심	타지마할	오탁번	
장려상	김미정	직녀에게	문병란	
장려상	양은주	조국	신동엽	
장려상	김수열	목마와 숙녀	박인환	

• 제20회 전국 시낭송 경연대회 (2010)

시상	성명	시제	시인	비고
대상	서상철	백록담	정지용	
금상	고두석	서울로 가는 전봉준	안도현	시낭송가
금상	서수옥	석굴암 관세음의 노래	서정주	14명
은상	심재용	새 아리랑	문정희	
은상	박배균	촛불 앞에서	고 은	

시상	성명	시제	시인	비고
은상	신성애	갈보리의 노래	박두진	시낭송가 14명
동상	김윤아	그리운 바다 성산포	이생진	
동상	김남권	바람 속에서	곽재구	
동상	이용석	통영	백 석	
동상	이소라	춘향	김영랑	
동상	심태교	기	박두진	
동상	김장명	산중문답	서정주	
동상	박 란	겨울나무로부터 봄나무에로	황지우	
동상	남기선	추풍에 부치는 노래	노천명	
장려상	이숙자	뼈저린 꿈에서만	전봉건	
장려상	김순자	제주바다	문충성	
장려상	김혜숙	바람 속에서	정한모	
장려상	박명화	기다린다는 것에 대하여	정일근	
장려상	노나경	세희	김용택	
장려상	이현정	염원	조지훈	
장려상	구지혜	바다	서정주	
장려상	김수열	새벽	정한모	
장려상	장영수	등잔	송수권	
장려상	김환철	풍장1	황동규	
장려상	서 담	창외 설경	조병화	

• 제21회 전국 시낭송 경연대회 (2011)

시상	성명	시제	시인	비고
대상	윤정희	겨레의 어머니여, 낙동강이여	유치환	시낭송가 15명
금상	이화미	남도창	김승희	
금상	임명수	북위선	이근배	
은상	박애정	서한체	박두진	
은상	김차경	불춤	신석초	
은상	박태서	휩쓸려가는 것은 바람이다	박두진	
동상	홍미순	백록담	정지용	

시상	성명	시제	시인	비고
동상	한재윤	고독	백 석	
동상	유미숙	두견	김영랑	
동상	이난희	허수아비의 춤	임영조	
동상	김현서	상리과원	서정주	시낭송가
동상	이명옥	사평역에서	곽재구	15명
동상	박명화	석문	조지훈	
동상	오금숙	비취단장	신석초	
동상	주봉길	목마와 숙녀	박인환	
장려상	노나경	식목제	기형도	
장려상	이선경	바람속에서	정한모	
장려상	김혜숙	흰 바람벽이 있어	백 석	
장려상	최정옥	아버지의 기침소리	이미애	
장려상	손성호	이별을 하느니	이상화	
장려상	김민용	그 먼 나라를 알으십니까	신석정	
장려상	이순휘	설악부	박두진	
장려상	김은주	비	이형기	
장려상	석은주	어머님의 아리랑	황금찬	
장려상	김명자	남신의주 유동 박시봉방	백 석	

• 제22회 전국 시낭송 경연대회 (2012)

시상	성명	시제	시인	비고
대상	장영호	남신의주 유동 박시봉방	백 석	
금상	최인홍	설악부	박두진	
금상	조영기	바다	서정주	
은상	손무성	휴전선	박봉우	
은상	이은숙	태양의 각문	김남조	시낭송가
은상	김형숙	무량수전 배흘림 기둥에 기대어	송수권	16명
동상	박윤경	논개의 애인이 되어 그의 묘에	한용운	
동상	구선녀	비천	박제천	
동상	김면수	카페 프란스	정지용	

시상	성명	시제	시인	비고
동상	반기룡	자작나무 숲으로 가서	고 은	
동상	안영희	정념의 기	김남조	
동상	하정철	수선화	유치환	
동상	김병중	새들이 조용할 때	김용택	
동상	이창하	바라춤	신석초	
동상	김구완	마법의 새	박두진	
동상	소병오	독수리의 비가	양명문	
장려상	최옥자	쉬	문인수	
장려상	이종락	역사	신석정	
장려상	신정숙	이런 나라를 아시나요	서정주	
장려상	송인숙	내가 만난 사람은 모두 아름다웠다	이기철	
장려상	황세연	멱라의 길	이기철	
장려상	오학수	바라춤	신석초	
장려상	김효선	역려	서정주	
장려상	김덕현	사평역에서	곽재구	

• 제23회 전국 시낭송 경연대회 (2013)

시상	성명	시제	시인	비고
대상	오세신	초상집	유치환	
금상	고미선	바다	서정주	
금상	윤혜경	금강산은 길을 묻지않는다	이근배	
은상	김명자	남신의주 유동 박시봉방	백 석	
은상	김양지	불혹의 연가	문병란	
은상	이삼남	다시 천년을 넘어	나태주	시낭송가 16명
동상	이소연	흰 장미와 백합꽃을 흔들며	박두진	
동상	최정옥	어느 대나무의 고백	복효근	
동상	이현정	비천	박제천	
동상	김복남	수선화	유치환	
동상	우동식	서울로 가는 전봉준	안도현	
동상	차영희	나는 생이라는 말을 얼마나 사랑했던가	이기철	

시상	성명	시제	시인	비고
동상	김금주	심장이 아프다	김남조	
동상	석은주	너	박두진	
동상	박경조	타는 목마름으로	김지하	
동상	오연이	바다가 내게	문병란	
장려상	김장선	동경	이장희	
장려상	김진란	북방에서	백 석	
장려상	김경숙	너무도 슬픈 사실	박팔양	
장려상	김용현	신록	서정주	
장려상	김은숙	비천	박제천	
장려상	조정숙	흰 바람벽이 있어	백 석	
장려상	편미옥	바라춤	신석초	
장려상	정채연	별 헤는 밤	윤동주	

• 제24회 전국 시낭송 경연대회 (2014)

시상	성명	시제	시인	비고
대상	김희정	내일	고 은	
금상	김명수	태양의 각문	김남조	
금상	박진찬	바다의 영가	박두진	
은상	박성락	갈보리의 노래(2)	박두진	
은상	최미숙	남도창	김승희	
은상	장삼규	나는 나의 시가	김남주	
동상	강서정	고대용시도	유치환	
동상	임서현	비천	박제천	시낭송가
동상	남상미	금강산은 길을 묻지 않는다	이근배	16명
동상	이수연	산등성이	고영민	
동상	이영미	촛불 앞에서	고 은	
동상	이상훈	사모	조지훈	
동상	김경숙	석문	조지훈	
동상	정안나	타지마할	오탁번	
동상	권정아	돌의 노래	박두진	
동상	정연심	겨울행	이근배	

시상	성명	시제	시인	비고
장려상	최진자	석문	조지훈	
장려상	조흥석	네가 그리우면 나는 울었다	고정희	
장려상	김복미	서한체	박두진	
장려상	김진란	고독	백 석	
장려상	하정숙	화엄에 오르다	김명인	
장려상	이숙희	태양의 각문	김남조	
장려상	문미란	비천	박제천	
장려상	황세연	처용은 말한다	신석초	

• 제25회 전국 시낭송 경연대회 (2015)

시상	성명	시제	시인	비고
대상	이재근	서울의 예수	정호승	
금상	강여정	역사	신석정	
금상	한경동	타지마할	오탁번	
은상	김병순	받침 없는 편지	유 헌	
은상	정지홍	금강산은 길을 묻지 않는다	이근배	
은상	김혜영	20년 후의 가을	곽재구	
은상	최진자	영구차의 역사	신석정	
동상	홍성삼	정동진	정호승	시낭송가 17명
동상	조흥석	임진강에서	정호승	
동상	송기순	화사	서정주	
동상	고미자	둥근, 어머니의 두레밥상	정일근	
동상	김진란	남신의주 유동 박시봉방	백 석	
동상	강경식	어느 대나무의 고백	복효근	
동상	문지원	학	서정주	
동상	한혜숙	석굴암 관세음의 노래	서정주	
동상	이재형	설악부	박두진	
동상	어중희	축제	신석정	
장려상	윤해순	베개	문정희	
장려상	배경자	낙동강 은하수	이종섶	
장려상	하정숙	세월	유치환	

시상	성명	시제	시인	비고
장려상	한옥례	여승	송수권	
장려상	조성식	죽순밭에서	문병란	
장려상	유춘목	설악부	박두진	
장려상	방영승	새 아리랑	문정희	
장려상	권남숙	설악부	박두진	

• 제26회 재능시낭송대회 (2016)

시상	성명	시제	시인	비고
대상	서윤경	영구차의 역사	신석정	
금상	김귀숙	축제	신석정	
금상	조영숙	고향	박두진	
은상	김성일	그 날이 오면	심 훈	
은상	김순덕	기	박두진	
은상	이영숙	어머니 기억	신석정	
은상	장혜숙	한 개의 별을 노래하자	이육사	
동상	구진용	금강산은 길을 묻지 않는다	이근배	시낭송가 17명
동상	김수하	태양의 각문	김남조	
동상	백운지	나는 해를 먹다	이상화	
동상	서민경	놀고 있는 햇볕이 아깝다	정진규	
동상	손용해	학	서정주	
동상	이경희	당신을 보았습니다	한용운	
동상	이병숙	갈보리의 노래	박두진	
동상	이재령	전라도 가시내	이용악	
동상	임미숙	우화의 강	마종기	
동상	한은숙	빼앗긴 들에도 봄은 오는가	이상화	
장려상	김경희	겨울행	이근배	
장려상	김양원	너	박두진	
장려상	김영동	서울로 가는 전봉준	안도현	
장려상	김지희	별	박두진	
장려상	김태현	독도에서 온 편지	김다연	

시상	성명	시제	시인	비고
장려상	김홍엽	바다	서정주	
장려상	송종호	목마와 숙녀	박인환	
장려상	신준석	님의 침묵	한용운	
장려상	차상영	독도만세	이근배	
장려상	허연정	설악부	박두진	

• 제27회 재능시낭송대회 (2017)

시상	성명	시제	시인	비고
대상	이미숙	갈보리의 노래	박두진	
금상	조지영	길	윤동주	
은상	김수열	전라도 가시내	이용악	
은상	김지희	아침바다	고 은	
동상	강리원	세월	유치환	
동상	고정선	옛날의 그 집	박경리	
동상	김은자	전라도 가시내	이용악	
동상	김진규	동네 한 바퀴	하재일	시낭송가 16명
동상	김태현	님의 침묵	한용운	
동상	박기영	개가	유치환	
동상	손예섬	어느 대나무의 고백	복효근	
동상	윤성필	종로5가	신동엽	
동상	이셀실리아	냉이의 뿌리는 하얗다	복효근	
동상	조유연	빼앗긴 들에도 봄은 오는가	이상화	
동상	차상영	수선화	유치환	
동상	최상기	사랑	김용택	
동상	강영아	자작나무 숲으로 가서	고 은	
장려상	김민주	모카 커피를 마시며	최하림	
장려상	김은애	고독	백 석	
장려상	방현희	새 아리랑	문정희	
장려상	오미옥	고풍의상	조지훈	
장려상	윤여연	뿌리에게	나희덕	

시상	성명	시제	시인	비고
장려상	윤정숙	어떤 노을	박두진	
장려상	이재은	슬픔이 기쁨에게	정호승	
장려상	임무성	통일을 기다리며	김의중	
장려상	한혜숙	죽은 나무를 위한 아르페지오	강인한	

• 제28회 재능시낭송대회 (2018)

시상	성명	시제	시인	비고
대상	김태정	역사	신석정	
금상	김재순	설악부	박두진	
은상	박찬원	꽃길	유자효	
은상	서광식	희미한 옛사랑의 그림자	김광규	
동상	강영아	아직 촛불을 켤 때가 아닙니다	신석정	
동상	고이석	강강수월래	박두진	
동상	김문숙	투르게네프의 언덕	윤동주	
동상	김영희	사평역에서	곽재구	
동상	김춘이	치자꽃 설화	박규리	
동상	민은선	바다	서정주	
동상	박은주	빈집의 약속	문태준	시낭송가 28명
동상	방영희	고향	박두진	
동상	서옥자	사랑	김용택	
동상	신정숙	국물	신달자	
동상	오정숙	태양의 각문	김남조	
동상	용인순	날아오르는 산	정일근	
동상	윤순분	천년의 잠	오세영	
동상	이민선	저 거리의 암자	신달자	
동상	장윤진	금강산은 길을 묻지 않는다	이근배	
동상	정유정	송가	양명문	
동상	정정란	망향가	황송문	
동상	최기향	남도창	김승희	
동상	하정숙	산	김광섭	

시상	성명	시제	시인	비고
동상	한혜숙	비천	박제천	
동상	형시원	겨울이사	송수권	
동상	홍성숙	휘어진 길 저쪽	권대웅	
동상	홍윤정	엄마는 그래도 되는 줄 알았습니다	심순덕	
동상	황인필	담장을 허물다	공광규	
장려상	강순자	바다가 내게	문병란	
장려상	김나연	길	허만하	
장려상	김미선	가재미	문태준	
장려상	김영옥	석문	조지훈	
장려상	도건형	빼앗긴 들에도 봄은 오는가	이상화	
장려상	송은주	저 거리의 암자	신달자	
장려상	윤여연	맨발	문태준	
장려상	윤정숙	나는 해를 먹다	이상화	
장려상	탁영옥	초상집	유치환	

• 제29회 재능시낭송대회 (2019)

시상	성명	시제	시인	비고
대상	박경희	국수	백　석	
금상	안재란	눈물은 왜 짠가	함민복	
은상	강순자	영원히 사랑한다는 것은	도종환	
은상	최금숙	만세로 가득찬 사나이	허영자	
동상	김경남	산양	이건청	
동상	김성실	그래도라는 섬이 있다	김승희	
동상	김윤정	파도	김기림	시낭송가 31명
동상	김 진	흰 바람벽이 있어	백　석	
동상	김형순	죽순밭에서	문병란	
동상	나하영	인연서설	문병란	
동상	박주현	풀	김수영	
동상	배선미	외할머니의 시외는 소리	문태준	
동상	서진숙	그리스도 폴의 강	구　상	

시상	성명	시제	시인	비고
동상	안은경	직소포에 들다	천양희	
동상	위인숙	옛날의 그 집	박경리	
동상	유경숙	어느날의 울음 이야기	유자효	
동상	유인선	거꾸로 가는 생	김선우	
동상	유현숙	그날이 오면	심 훈	
동상	윤경희	이 가을에 나는	김남주	
동상	윤해순	베개	문정희	
동상	임찬란	20년 후의 가을	곽재구	
동상	장원미	택배상자속의 어머니	박상률	
동상	전병조	그리운 바다 성산포	이생진	
동상	정보빈	광야	이육사	
동상	정완택	빙하	신석정	
동상	조다은	제주 바다는 소리쳐 울 때 아름답다	김순이	
동상	주미은	마법의 새	박두진	
동상	최영희	흰 석고상	신석정	
동상	허연정	역천	이상화	
동상	홍명순	올라갈 수도 없이 높은 산의 하늘마당	박두진	
동상	황미정	연비	송수권	
장려상	김연숙	심장을 켜는 사람	나희덕	
장려상	김옥선	거제도 둔덕골	유치환	
장려상	김준기	종로 5가	신동엽	
장려상	백승훈	염원	조지훈	
장려상	변영민	소리	조지훈	
장려상	이병숙	기	박두진	
장려상	이재은	화인	도종환	
장려상	임경화	어머니 기억	신석정	
장려상	전영숙	지상에서 부르고 싶은 노래	이기철	
장려상	최원만	세한도	유자효	

• 제30회 재능시낭송대회 (2020)

시상	성명	시제	시인	비고
대상	한임숙	제주바다2	문충성	
금상	김진엽	빈집의 약속	문태준	
은상	김선미	흰 석고상	신석정	
은상	조작래	아내와 나 사이	이생진	
동상	구덕희	길	김기림	
동상	김금숙	옛날의 그 집	박경리	
동상	김나연	미완성을 위한 연가	김승희	
동상	김점숙	끈	신달자	
동상	김희숙	설악부	박두진	
동상	노강자	죽순밭에서	문병란	
동상	민선희	낙동강	조동화	시낭송가 23명
동상	박근조	누나의 손	유자효	
동상	송명완	편복	이육사	
동상	송은주	저 거리의 암자	신달자	
동상	송일섭	유배지에서 보내는 정약용의 편지	정일근	
동상	윤순옥	여름 아침	김수영	
동상	이경남	담장을 허물다	공광규	
동상	이명순	생도랑집 바우	황송문	
동상	이인선	나무	공중인	
동상	전영숙	식민지의 국어시간	문병란	
동상	허득실	사는 일	나태주	
동상	홍승숙	섶섬이 보이는 방	나희덕	
동상	황주현	사철나무 그늘 아래 쉴 때는	장정일	
동상	강영호	나와 나타샤의 흰당나귀	백 석	
장려상	강용은	축제	신석정	
장려상	강은진	쓸쓸함이 따뜻함에게	고정희	
장려상	김나라	사상의 거처	김남주	
장려상	김미화	가재미	문태준	
장려상	김현순	못 위의 잠	나희덕	

시상	성명	시제	시인	비고
장려상	우진숙	여우난곬족	백 석	
장려상	윤정숙	매화나무	유치환	
장려상	이유민	그대는 어떤 바람입니까	정일근	
장려상	이재일	겨울행	이근배	
장려상	이정선	안개와 불	하재봉	
장려상	임경화	가을행	문병란	
장려상	전명재	별 헤는 밤	윤동주	
장려상	정연숙	참깨꽃	조동화	
장려상	정인숙	그 눈부심 불기둥 되어	허영자	
장려상	정희숙	남신의주 유동 박시봉방	박규리	
장려상	조영실	전아사	신석정	
장려상	조현미	옛날의 그 집	박경리	
장려상	한소진	장식론	홍윤숙	

• 제31회 재능시낭송대회 (2021)

시상	성명	시제	시인	비고
대상	김현순	연륜	박두진	
금상	부보미	누군가 곁에서 자꾸 질문을 던진다	김소연	
은상	김인주	어릴때 내 꿈은	도종환	
은상	오다흰	나 당신을 그렇게 사랑합니다	한용운	
동상	권윤경	꽃잎은 오늘도 지면서 붉다	이기철	
동상	김미화	가재미	문태준	
동상	김연숙	누가 우는가	나희덕	시낭송가
동상	김준기	종로5가	신동엽	25명
동상	김태경	늦게 온 소포	고두현	
동상	김형해	현실같은 화면 화면같은 현실	박경리	
동상	남궁경희	땅 이야기	고두현	
동상	박경옥	월훈	박용래	
동상	박노경	남신의주 유동 박시봉방	백 석	
동상	박소민	약속	신석정	

시상	성명	시제	시인	비고
동상	배성철	하나의 나뭇잎이 흔들릴 때	이어령	
동상	윤혜정	약속	신석정	
동상	이수민	너를 기다리는 동안	황지우	
동상	이지윤	내가 사랑하는 계절	나태주	
동상	임경화	사평역에서	곽재구	
동상	임미경	노래여 노래여	이근배	
동상	전영희	나의 가족	김수영	
동상	최승희	역천	이상화	
동상	최옥자	무슨꽃으로 문지르는 가슴이기에 나는 이리도 살고 싶은가	서정주	
동상	최원만	여승	송수권	
동상	최현관	마법의 새	박두진	
장려상	강용은	어머니의 편지	문정희	
장려상	강현용	꿈꾸는 당신	마종기	
장려상	고정숙	할매부처	김현동	
장려상	공명식	여우난 곬족	백 석	
장려상	김경나	세한도	유자효	
장려상	김나라	바다가 내게	문병란	
장려상	김동호	통일의 빛살	김규동	
장려상	김미이	홍어	손택수	
장려상	김미화	당신은 첫눈입니까	이규리	
장려상	김상순	비연과 더불어	유치환	
장려상	김유례	길	마종기	
장려상	김재중	안중근 의사의 권총	문병란	
장려상	김정금	허수아비의 춤 베틀송	임영조	
장려상	배정연	바다여 당신은	이해인	
장려상	안영민	어머니의 편지	문정희	
장려상	임수연	비천	박제천	
장려상	전명재	별 헤는 밤	윤동주	
장려상	정선혜	확신	박경리	
장려상	최슬기	심연송	박두진	

시상	성명	시제	시인	비고
장려상	한소진	초상집	유치환	

시낭송 교실

펴 낸 날   2009년 5월 15일 초판 1쇄
          2009년 6월 25일 재판 1쇄
          2011년 10월 24일 개정판 1쇄
          2016년 8월 1일 증보판 1쇄
          2022년 8월 1일 증보 2판 1쇄

지 은 이   김성우
펴 낸 이   박종우
펴 낸 곳   (주)재능교육
인   쇄   (주)재능인쇄

출판등록   1977년 2월 11일(제5-20호)
주   소   서울시 종로구 창경궁로 293
전   화   02-3670-0705
팩   스   02-3670-0460

ISBN : 978-89-7499-636-9

※ 책값은 뒤표지에 있습니다.
※ 잘못된 책은 바꾸어 드립니다.